Mis nidos de Alcatatrapas

MIS NIDOS
DE
ALCATATRAPAS

Antonio Lozano Herrera

Mis Nidos de Alcatatrapas

©Antonio Lozano Herrera

Diseño gráfico de cubierta

©Álvaro Morales Gómez

NOTA DEL AUTOR

Aunque la mayoría de las historias de este libro tienen su origen en un recuerdo, un hecho real acaecido, hay que recordar, que tanto nombres, y personajes, son ficticios y solo producto de la imaginación del autor. Las profesiones u organismos oficiales mencionados (ciudades, calles, juzgados, hospitales, ministerios, centros militares, etc.,), no guardan relación alguna con lo relatado, solo han sido utilizados caprichosamente, para situar cada historia en un lugar concreto.

A unos ojos, a una mirada,
A una boca, a una sonrisa,
A una piel aterciopelada,
A una muñeca, a una princesa,
A mi nieta María.

A mi nieta María, esa estrella que ilumina mis días.
Luchadora incansable contra las adversidades y el desánimo.
Lección de vida, que me ha dado la fuerza y el coraje necesario,
para adentrarme en este apasionante mundo de las letras.

Y al reto de mi familia, sin cuya paciencia y ánimo, no habría sido
posible que mis alcatatrapas con sus nidos vieran la luz.

PRESENTACIÓN

Podría definir al autor como un "contador de historias", y lo hace de manera apasionada, desbordando calor y entusiasmo en sus palabras. Antonio Lozano tiene un maravilloso secreto, y es su conexión con la realidad.

Son historias enlazadas con la vida, y el lenguaje utilizado en cada capítulo se asemeja al movimiento neorrealista, es sencillo y sobrio, arropado por argumentos inspirados en problemas cotidianos, calcados de una dura realidad.

No es un libro de cuentos, sino de relatos tomados de la vida... Y por tanto son "relatos de interés humano". ¡La vida y la muerte, son los dos polos, los dos grandes pilares en torno a los cuales giran las noticias!

Es un libro que invita y obliga a pensar. Tras la lectura de sus capítulos, no nos deja indiferente.

En cada uno de sus trece episodios encontramos una llave que nos abre "las puertas de la esperanza". Aunque parezca poseer un trasfondo pesimista y dramático, no lo es tanto. Cada historia se asemeja a una galería de personajes y de sentimientos, donde debamos descubrir la puerta de salida para abandonar el derrotismo.

Es una obra que "remueve conciencias". "Alcatatrapas" es la palabra clave y cuyo significado puede ser interpretado por cada lector de manera diferente, pero al final coincidimos en que va muy unida al remordimiento, al arrepentimiento, en definitiva, a la conciencia.

Este es el problema de hoy, que nos hemos quedado sin conciencia, "sin despertador" de nuestros sueños, sin acicates para seguir caminando, sin argumentos para vivir...

Antonio Gil Moreno
Sacerdote, Teólogo y Periodista

ÍNDICE

NIDOS DE ALCATATRAPAS

Hace algunos años, una amiga me contó una enternecedora historia ocurrida en su infancia, donde aparecía un extraño y singular vocablo: "Alcatatrapa". Se trataba de un antiguo trabalenguas que le enseñó su padre Miguel "El Manotas", así era conocido en su pueblo, y que recitaban cada noche cuando este volvía agotado de una larga jornada de trabajo en el campo.

"Tengo un nido de alcatatrapa con cuatro alcatatrapitos, si la alcatatrapa no alcatatrapeara, no alcatatrapearían los cuatro alcatatrapitos".

Busqué y rebusqué en diccionarios, enciclopedias, glosarios, manuales etc., y cuanto menos encontraba el significado del mismo, más intrigante se me antojaba.

¡¡¡Alcatatrapa!!! Me atrapó la palabra.

En un primer momento pensé que se trataría de una linda y dulce especie de ave, por aquello de que nacían y criaban en nidos, pero comprendí que también podría relacionarse con un reptil, batracio, insecto, pez, o mamífero. Amplié mi campo de búsqueda, pero no obtuve una explicación convincente.

Al final desistí de seguir buscando, y llegué a la terrible conclusión, de que también podría referirse a seres humanos. ¿Por qué no identificar a las alcatatrapas con la conciencia, siendo sus nidos nuestras mentes? Ese lugar recóndito del cerebro, donde las personas escondemos nuestras bondades y maldades más inconfesables.

Podría definir a las Alcatatrapas como algo sin forma, sin color ni olor, cuyo hábitat está en nuestras mentes, y nos acompañan de por vida. Duermen durante el día y vigilan de noche. A veces las encontramos vestidas de ternura y nos ayudan a conciliar el sueño, en otras ocasiones su atuendo es oscuro como el odio, y nos mantienen despiertos durante largas y angustiosas horas de insomnio.

En el mundo de los sueños ¿quién se atreve a separar lo real de lo fantástico?

Es por ello que como agradecimiento a la protagonista de aquella historia, decidí dar dicho nombre al conjunto de mis relatos, aunque la mayoría de ellos no tengan aquel final feliz, pues son escasos los que se dejan acompañar por la nostalgia, y muchos, los que van cargados de una buena dosis de arrepentimiento, misterio, engaño, envidia, venganza y hasta de muerte.

Una simple ambulancia, un ladrón de naranjas, un amigo de la infancia, un trastero lleno de recuerdos, un padre "modélico", una feria infernal, una aparición fantasmagórica, una huelga laboral, una misión arriesgada, una mujer infiel, una estatua con vida, un viaje inesperado. ¡Todo vale!, cualquier tema es válido para construir una historia, y el final elegido dependerá de nuestro estado de ánimo el día que la escribamos. Por ello, cada cuento podría acabar de mil maneras diferentes.

En cada uno de estos relatos se esconde un nido, y por supuesto una o más alcatatrapas. Unos, arropados por un pequeño toque de humor y surrealismo, otros, impregnados de terror y racionalidad.

El objetivo propuesto es mantener al lector atrapado hasta la última página de cada narración, allá donde se encuentra el duro y cruel desenlace, o un inesperado final cargado de melancolía. Cada uno de los trece nidos van acompañados de una moraleja común, y ésta no es otra que jugar con la posibilidad de que nuestros actos en esta vida por muy nimios que parezcan, para bien o para mal, acaban por pasarnos factura. En algunos casos, recreando nuestra existencia, y en otros, transportándonos a la locura.

Ficción y realidad, verdad y mentira, se dan la mano para caminar juntos a través de los relatos que componen la obra. A cualquiera nos podría suceder, o quizás a más de uno ya nos ha ocurrido.

NIDO I: <u>LA AMBULANCIA</u>

El castigo más importante del culpable;
es no ser absuelto nunca, en el tribunal de su propia conciencia.
(<u>Décimo Junio Juvenal</u>)

La sirena, con su sonido chirriante y agudo, alertaba de la presencia de la ambulancia, solicitando vía libre entre el denso tráfico del amanecer. Al mismo tiempo las luces rotativas dotaban al alba de un colorido ferial, aunque la realidad era bien distinta.

Mientras conducía buscando el recorrido más corto y fluido hacia el hospital, mi mente se empeñaba en recordarme en pequeños flashes como si de instantáneas fotográficas se tratara, la angustia vivida unos minutos antes.

Me observaba llegando al lugar del siniestro. La oscura noche se encontraba cediéndole su lugar a los primeros rayos de luz, y llovía de un modo torrencial. El atasco originado era impresionante. La Glorieta de Las tres Culturas se mostraba colapsada. Una persona yacía en el suelo inmóvil, a su lado un hombre intentaba reanimarle, mientras su coche permanecía cruzado en la calzada obstaculizando la circulación. Solo se escuchaba la voz de este, suplicante.

—Se me ha cruzado, no he podido esquivarlo -y lloraba sin consuelo arrodillado sobre un charco, implorando una contestación-. ¡No te muevas ya están aquí!, ¡aguanta! -decía, mientras el agua que caía con insistencia le calaba hasta los huesos.

Contemplé la dantesca escena mientras descendía la camilla. El doctor Garrido y Susana la enfermera ya se encontraban examinando a la víctima. Se hallaba en el arcén sobre una enorme mancha de sangre. Debía ser joven, su vestimenta así lo denotaba, pero no acertaría a adivinar su edad pues la oscuridad de la noche me lo impedía. Su silueta me pareció femenina, aunque no llegué a verle las facciones. Me llamó la atención una preciosa cabellera rubia que asomaba por debajo del casco. Como a unos treinta metros, una moto de pequeña cilindrada se mostraba en el suelo, bajo ella se apreciaba lucecitas que brillaban, eran salpicaduras de aceite que ponían en peligro la seguridad de aquellos autos que pasaban junto al lugar.

Antes de introducirlo en la ambulancia atiné a escuchar al doctor frases poco alentadoras:

—Múltiples fracturas, traumatismo en tórax y abdomen, e intensa hemorragia. ¡Esto pinta muy mal!

Tomé la Avenida de Los Mozárabes con dirección a República Argentina. Mientras conducía notaba como los nervios de mi cara se contraían producto de la tensión contenida, y señal inequívoca de la emergencia del suceso. Los coches se hacían a un lado con dificultad, intentando dejarme un resquicio de espacio para no retrasar mi llegada al hospital. La mayoría de los semáforos se hallaban en rojo, esto obligaba a detener la marcha unas décimas de segundo para comprobar que no se cruzaba nadie. Procuraba sacar mi habilidad al volante pero me veía impotente ante la necesidad de frenar cada pocos metros, dando lugar a una demora que podría ser valiosa para la supervivencia de la víctima que trasladaba. No conforme con las señales acústicas y luminosas, suplicaba gesticulando con mi brazo izquierdo, que me hicieran sitio, que la premura era vital, que necesitaba con urgencia llegar a mi destino porque transportaba una vida que se iba apagando por segundos.

Yo seguía conduciendo con la vista y el oído centrados en el tráfico, pero con la mente puesta en la gravedad del accidentado.

Con gran esfuerzo conseguía ir avanzando lentamente entre la mirada curiosa de muchos conductores. Todos tenían prisa pues era la hora de entrada a los trabajos. Pese a ello, colaboraban con el vehículo sanitario cediéndole el paso. ¡Nunca Córdoba me había parecido tan grande! En escasos minutos habíamos cruzado gran parte del recorrido. Al llegar a la Glorieta de la Media Luna giré violentamente a la derecha con el semáforo en rojo, por suerte en aquel momento no cruzaba nadie, y respiré aliviado cuando me vi inmerso en la Avenida del Aeropuerto. Sabía que aún me faltaban unos kilómetros para llegar al centro hospitalario, pero confiaba en la amplitud de la larga carretera para avanzar sin contratiempos.

El sudor me caía por las mejillas, sin tener en cuenta que era pleno enero. De manera instintiva apagué la calefacción de la cabina. No podía soportarlo, me estaba ahogando. Mientras realizaba endiablados virajes, no dejaba de preguntarme ¿Quién sería el accidentado que viajaba en la parte trasera del vehículo?

—No te duermas guapa. Dinos cómo te llamas -reiteraban los sanitarios constantemente en su lucha porque no perdiera la conciencia.

—¡Laura! -me pareció oír débilmente.

El pronóstico debía ser ¡gravísimo! -pensé.

La ambulancia sorteaba con frecuencia la línea continua en mi afán por ganarle segundos al reloj. Escuchaba fuera de sí al doctor Garrido:

—¡Hay que detener esta maldita hemorragia! -y a continuación una voz aniñada parecía apagarse lentamente.

—¡Tengo frío y sed, papá! -deliraba en profundo estado de shock, mientras me imaginaba su tersa piel y labios adquiriendo una palidez mortecina-. Parece imposible entre el estrés y el ruido de la sirena, pero podría jurar que oí su débil lamento.

Destellos de lo sucedido se esforzaban en bloquear mi mente. El camino aparecía despejado, aunque disminuí la velocidad por precaución al pasar el cruce de Gran Vía Parque con Plaza de Vista Alegre, después aproveché para pisar con mayor fuerza el acelerador, pero este parecía no responder a mí orden.

Ya creía que la mayor parte de los obstáculos estaban sorteados, sin imaginar que por desgracia me faltaba el peor, "el obstáculo de la sinrazón, del capricho, y de la chulería". Fue cuando un vehículo que circulaba delante comenzó a comportarse de modo extrañísimo. No solo se negaba a echarse a un lado, sino que entorpecía nuestro paso realizando unos zigzag que me desconcertaban. Su actitud era exasperante. ¿Cuál sería su intención? Yo era joven y puede que algo falto de experiencia, pero puedo prometer que sobrado de voluntariedad y entusiasmo, pues hacía pocos meses que había conseguido el trabajo con el que llevaba soñando toda la vida. La lentitud de la marcha de la ambulancia provocada por el desvarío del loco que me precedía en su coche, me llenó de impotencia y desesperación.

—¡Imbécil!, ¡échate a un lado! -grité.

Sabía que la vida del paciente podía depender de mi arrojo, de mi aptitud ante lo desconocido e inesperado, y me atormentaba la idea de que falleciera por mi culpa.

El coche de delante no se apartaba, es más, parecía estorbar intencionadamente el adelantamiento de la ambulancia.

Cambiaba constantemente el tono acústico de la sirena, y hasta le hacía señales con las luces, intercambiando la larga y la corta, anunciándole la urgencia del caso. Pero al individuo no parecía importarle, y circulaba de manera imprudente ajeno a mis múltiples avisos. Era inútil el esfuerzo, no conseguía mi ansiado objetivo.

De esta manera continué unos cinco minutos que se hicieron eternos. Llegué al cruce con Virgen de Los Dolores, el semáforo se hallaba en verde, pero increíblemente el coche que me precedía se detuvo en una inesperada frenada que me hizo dejar las huellas de mis neumáticos en el pavimento. Hice sonar el claxon varias veces y este reanudó la marcha de manera parsimoniosa. Al fondo el perfil del Hospital Reina Sofía se dibujaba majestuoso en el horizonte grisáceo del nuevo día.

Se escuchaba en la parte posterior la voz suplicante del médico:

—¡Más rápido Rafael, que se nos va!, ¡está perdiendo mucha sangre!

—Doctor, no puedo hacer más sin riesgo a estrellarnos, tengo delante a un loco que me ralentiza el paso. No entiendo lo que busca, pero me impide adelantarle.

—Pues habrá que arriesgar, busca la forma de sortearlo, de no ser así lamentaremos la muerte de esta chiquilla.

En aquel instante noté la sangre bombear con fuerza en mi cabeza, perdí por unos segundos la razón, y me sentí tan demente como el mequetrefe que circulaba delante. Pisé el acelerador hasta el fondo, y embestí con ira a la parte posterior del auto que me precedía. Lo alejé unos cuantos de metros, espacio suficiente para forzar una maniobra peligrosa montando en la acera, esquivando a un transeúnte que se hallaba bajo la marquesina de la parada de autobús, y a punto estuve de empotrarme contra uno de los muchos árboles que adornaban el paseo, pero lo evité con destreza, no así una de las papeleras que salió despedida a gran distancia. Por fin lo estaba adelantando. Cuando circulaba en paralelo al vehículo que me entorpecía el camino, miré con curiosidad a su chofer. Era un hombre de poco más de cuarenta años, con cara agriada.

Este bajó la ventanilla pese al frío de la mañana, y con gesto despectivo levantó la mano con el dedo corazón extendido, exclamando ante mi incomprensión en tono amenazante:

—¡Te denunciaré niñato!, ¡anda y que te den gilipollas! -comprobé por el espejo retrovisor mientras me alejaba, como proseguía mascullando palabras ininteligibles. No caí en la trampa de discutir.

Fue cuando él continuó hacia el cruce con la Ronda de Poniente, mientras la ambulancia giraba a la izquierda por la calle San Alberto Magno, que me llevaría directamente a las puertas de Urgencias, donde una camilla y una marea de batas verdes con material adecuado, ya esperaba con impaciencia nuestra llegada, al haber sido avisados del gravísimo accidente por la emisora de radio.

====== OOOOOO ======

—Hola Agustín, ¡que temprano vienes hoy!

—Pues podía haber llegado antes pero una dichosa ambulancia me ha hecho disminuir la velocidad. Se ve que tenía ganas de jugar conmigo durante buena parte del trayecto. Yo escuchando mi radio, y haciendo como que no veía ni oía nada. No sé qué se cree esta juventud cuando cogen un cacharro con lucecitas y sirena. ¡Como si yo no supiera que lo mismo iba a tomar café! ¡A mí me lo van a decir, después de quince años llevando una ambulancia! ¡Serán novatos! ¡Y encima me golpea el coche! ¡No sabe ese desgraciado con quien ha dado! Dentro de un rato iré a la comisaria a poner la denuncia, y después le haré una visita al hospital ¡Haré que lo despidan! La próxima vez, cuando le apetezca divertirse, se lo pensará mejor.

Los compañeros lo miraban con una mezcla de envidia y temor. Su violento carácter, le hacía ser el centro de atención en las reuniones. La aparente seguridad en sí mismo, rayaba el egocentrismo.

Nadie se atrevía a preguntarle, ¿por qué después de tantos años con un puesto seguro, envidiado y bien remunerado como el de conductor de ambulancia, lo había cambiado por aquella cutre oficina sin ventilación y de sucias mamparas, donde su trabajo era casi irrelevante, su cargo mediocre, y su responsabilidad nula, además de cobrar un mísero sueldo? Una empresa mordida por la crisis y a punto de engullirla, dejándolo en la calle, sin trabajo y en la miseria.

Siempre ocultó que la verdadera razón de su despido, había sido las múltiples sanciones impuestas por utilizar la ambulancia para fines prohibidos, y bien distintos a los asignados. Se comenta que en horario laboral y cuando el control no era muy férreo, sus camillas esterilizadas habían sido usadas para desahogo sexual propio y de sus colegas, convirtiendo el vehículo en un garito de mujeres de dudosa reputación, que entraban y salían de él como si de un prostíbulo se tratara. También su vehículo sanitario había sido visto aparcado, junto a lugares tan inusuales como puertas de bingos o bares nocturnos. El perfecto antagonista de la profesionalidad. Pero llegó el día que lo cazaron. Desde aquel momento en que lo despidieron mandándolo a casa de una patada en el culo, odiaba todo lo relacionado con el mundo de la sanidad. Miraba a los profesionales de la medicina, y sobre todo a sus antiguos colegas conductores de ambulancia con desprecio. Eso hacía que cada vez que observaba a uno de ellos a toda velocidad con luces y sirena conectada, intentara por todos los medios hacerse notar, complicando su labor. ¡Solo era un cobarde resentido!

Los compañeros del trabajo le reían la gracia cuando les relataba con toda clase de detalles sus osados giros y bruscos volantazos, ante la mirada atónita del imberbe que le solicitaba paso.

Gigantescas carcajadas se escuchaba en la oficina. Les parecía divertido lo sucedido. ¡Qué macho era su amigo Agustín! -se decían. Todos anhelaban llegar a ser como él. ¡Tan seguro!, ¡tan firme en su proceder!

—Vuelvo pronto, voy a interponer la denuncia y a tener unas palabritas con ese mentecato. Luego os contaré con detalle cómo me ha ido.

Y salió por la puerta, ante la mirada embelesada de sus compañeros que continuaban seducidos por lo relatado minutos antes.

—¡Los tiene bien puestos, Agustín! —exclamaban con admiración.

Iba conduciendo con la vista en la carretera y la mente en las mentiras que tendría que aportar para dar peso a la denuncia. Sería fácil, ya estaba acostumbrado. Su versión de los hechos en nada se correspondería con lo acaecido. Su objetivo no era la reparación de la chapa de su coche, eso era secundario, lo que deseaba con vehemencia era ver sin trabajo al conductor de la ambulancia. Estaba decidido a que este le recordara mientras viviera. Fue cuando se sobresaltó con el sonido del móvil.

====== OOOOOO ======

En otro punto de la ciudad, justo en la barriada de Las Margaritas, una mujer recibía una amarga llamada telefónica comunicándole que su hija había tenido un grave percance con su motocicleta.

Le animaban a que acudiera lo antes posible al Hospital para recibir información. La voz al otro lado del auricular era seria, y en su tono se adivinaba un enorme esfuerzo por ocultar la verdad. ¿Qué verdad? A punto estuvo de desvanecerse pero se repuso, y entre lágrimas, antes de salir de casa, avisó de lo sucedido a su marido que se había marchado a primera hora de la mañana. La angustia no le permitía centrarse, tomó lo primero que tenía a mano y como una loca sin peinar siquiera, salió a toda prisa buscando un taxi, sin querer ponerse en lo peor. Repetía insistentemente: —¡Mi niña!, ¡mi niña!

Me encontraba mirando al techo impotente, intentando encontrar una explicación que no hallaba, cuando dos cirujanos salieron cabizbajos del quirófano. Me vieron abatido y se acercaron.

—No te tortures Rafael, has hecho todo lo humanamente posible, poniendo en peligro tu vida al volante de esa ambulancia. Por desgracia los médicos solo administramos los fármacos y no el tiempo. Nuestras manos pueden detener una hemorragia, soldar un hueso fracturado, y hasta trasplantar un corazón, pero nunca podremos detener las manillas de un reloj. Si así fuese, se salvarían muchas más vidas. Posiblemente en este caso, la diferencia entre la vida y la muerte, es lo que ha tardado el segundero en dar dos vueltas a la esfera. ¡Dos preciosos minutos! ¡Solo ciento veinte segundos y esa chiquilla seguiría respirando! Ya te acostumbrarás, eres joven y puede que te sientas inmensamente culpable, pero si te sirve de consuelo, nadie ha peleado más que tú por salvarle la vida. Ni el propio doctor

Garrido ni Susana la enfermera con sus cuidados intensivos durante el traslado han podido evitar la fatalidad. ¡Échale la culpa al destino!

Fue cuando le puse cara a ese destino del que hablaban los médicos, y en el reconocí al canalla que se interpuso caprichosamente en mi trayecto. Fueron poco más de dos minutos a los que en principio no había echado cuenta, pero que ahora después de la conversación con los doctores, comprendí que fueron los que me impidieron llegar a tiempo. Y con la tensión del momento, olvidé tomar su matrícula. Me aterraba que aquel granuja saliera impune de su fechoría.

La mujer ya había recibido la fatal noticia, y gritaba sin consuelo presa de un ataque de nervios.

Solo acertaba a repetir con voz entrecortada por el sollozo: —¿Por qué? ¿Por qué? ¿Por qué?

Yo conocía la respuesta a su pregunta ¿por qué?, pero debía guardar silencio. Un doloroso silencio que me oprimía. No podía ni debía decirlo, no era ético, además agrandaría el sufrimiento de esa madre. Aunque en mi interior continuaba preguntándome ¿por qué coño aquel cabrón no se apartaba y me dejaba adelantar?

Cuando el marido entró en urgencias se encontró a su esposa abrazada a mí. Ambos llorábamos desconsolados, mirando a través de un cristal el cuerpo inerte de una chiquilla de apenas veinte años. Una blanca sábana con manchas de sangre pretendía cubrirla sin lograrlo, pues una mata de precioso cabello rubio se dejaba asomar por un extremo de la camilla.

La mujer me soltó y corrió a abrazar a su marido.

—Agustín, Agustín, ¡ha muerto!, nuestra niña, ¡ha muerto!

—¡No puede ser!, ¡no! -gritaba Agustín, preso del pánico.

El hombre se sintió aturdido, el mazazo le había noqueado. Sin fuerzas para preguntar cómo y dónde, se dejó caer contra la pared con las manos en la cara y sin capacidad de reacción.

Después, ambos acabaron en el suelo agotados por la tensión. Me aproximé a ayudarles, a compartir su dolor, para ofrecerles aquellos ánimos imposibles de aceptar en momentos tan difíciles.

Al abrazarlos e intentar incorporarlos, me pareció ver en el rostro del marido la fisonomía del mamarracho que me interrumpió el paso. ¡Se parecía tanto!, pero no podía ser. Los nervios me estarían jugando una mala pasada. ¡Eran tantas las ganas de coger por el cuello a aquel insensato, que ya todo el mundo me parecía él!

Agustín y yo nos miramos, y callamos. Los dos supimos en ese instante la identidad de cada uno, nos habíamos conocido hacía poco más de una hora, y ya éramos cómplices. Mientras el calló avergonzado, yo lo hice por respeto al dolor de su esposa. No pude evitar alejarme asqueado de su presencia. Ambos preferimos ignorar lo ocurrido y optar por un tenso silencio.

Solo acerté a pensar:- Ella no debe saberlo, porque a este sinvergüenza le serviría de alivio un par de bofetadas, de insultos, de recriminaciones. Será más doloroso si purga su culpa en soledad, exclusivamente con su remordimiento, sin compartirlo, sin dividirlo. Llevando su pecado a cuesta día y noche durante el resto de vida que le queda. Pensé que la aflicción y pena de aquella mujer eran tan insufribles, que de nada serviría agrandarlo. Sin embargo él debería expiar por su delito.

Pasaron los días, y Rafael se encontraba realizando un traslado rutinario. El caso no era urgente. Pulsó el botón de la radio, le agradaba cuando la prisa daba un respiro, escuchar las noticias locales. Con voz grave y consternada el locutor anunciaba un hecho acaecido hacía escasas horas: "Un varón cuyas iniciales corresponden a A.G.L., aparece muerto en su domicilio en extrañas circunstancias. El cadáver fue encontrado por su mujer. Tras los primeros análisis toxicológicos, se puede afirmar que la muerte le sobrevino por la ingestión abusiva de fuertes medicamentos contra la ansiedad, la depresión y el insomnio. La confusión hasta el momento es grande, aunque la versión más creíble apunta a una toma masiva e involuntaria de barbitúricos, pero tampoco se descarta la posibilidad del suicidio por sobredosis, teniendo en cuenta que el fallecido se encontraba en tratamiento psiquiátrico, al no poder superar el trauma sufrido por la pérdida reciente de una hija, en desgraciado accidente de moto".

De nuevo el presentador: -Les dejamos con "Minutos Musicales" -y comenzó a escucharse la melodía de "El Sueño de Morfeo".

"La voz de mi conciencia, no puede parar de hablar. No para de recordarme, todo aquello que hice mal. Malditos remordimientos que no me dejan dormir, noches en vela y no se cansa, no se va de aquí".

¡Se equivocaban!, no eran los antidepresivos, ni los ansiolíticos los culpables. ¡Solo yo!, el conductor de la ambulancia conocía los motivos de esa misteriosa muerte. Solo yo sabía quién le había asesinado sin piedad. Como afirmaba la canción, fue "La Conciencia".

¡Y por supuesto, no pensaba llamar a la policía para denunciarla!

NIDO II: <u>EL LADRÓN DE NARANJAS</u>

Permitir una injusticia, significa abrir el camino a todas las que siguen.
(<u>Willy Brandt</u>)

Antón era un hombre recto, de profunda fe religiosa, y plena confianza en la justicia humana, aunque últimamente su creencia en las leyes comenzaba a flaquear.

Había sido militar durante más de tres décadas. Después de una vida plenamente dedicada a la milicia, llegó el día en que una maldita enfermedad le obligó a retirarse. Al colgar su uniforme probó el dulce sabor de la satisfacción del deber cumplido, unido a la agria tristeza de una trayectoria incompleta. Aficionado a la práctica deportiva, el punto final a su profesión le recordaba a la impotencia del maratoniano cuando cae exhausto a escasos metros de la meta, sin lograr su ansiado objetivo.

Siempre eligió aquellos destinos que le mantuvieran en contacto con su Tropa. Le hacía sentirse útil y animado.

Desde su marcha, le asaltaba la duda de si podría haber hecho más por el futuro de sus soldados, esa desagradable sensación que debe experimentar quien abandona a un compañero frente al fuego enemigo, ignorando cuál será su destino final, o simplemente la de un padre que por obligación se aleja de sus hijos, con la incertidumbre de si podrá estar presente cuando le necesiten, cuando deseen un consejo, o realizar una consulta sobre qué camino elegir, y que posiblemente les marcará el resto de sus vidas. Porque lo suyo era la enseñanza, la instrucción.

Su objetivo había sido siempre el de inculcar a sus hombres esos valores morales que cada persona llevamos intrínsecos, pero que en un momento de nuestra existencia, muchos se ven obligados a abandonar, sin acertar a concretar el motivo.

Las charlas sobre formación ética y moral era su especialidad, aunque compaginaba ésta con la preparación meramente castrense, como los ejercicios de tiro, manejo de armamento, o tácticas de combate.

Su vida había sido austera, nada de lujos superfluos. Después de muchos años de trabajo, su casita era pequeña y humilde, su coche destartalado y achacoso, su vestuario sencillo, y sus costumbres sobrias. Solo era rico en cariño. Su familia lo adoraba porque siempre había sido honesto, buen marido, padre, y abuelo.

Una mañana de invierno, cuando el frio arreciaba sin piedad y mientras se apeaba de su auto alzándose el cuello de la cazadora en su intento por abrigarse, se le acercó un desconocido solicitando una propina. Este, de aspecto desaseado, despedía un nauseabundo olor a alcohol, a pesar de lo temprano de la hora. Era el clásico "gorrilla", el guardacoches ilegal y ocasional. No llegaba a los cincuenta, aunque una piel surcada por profundas arrugas, le hacían aparentar mucha más edad. Una cara demacrada, sin afeitar en varios días, y un cabello grasiento, denotaba una vida poco ordenada. Su vestimenta era zarrapastrosa, unos pantalones raídos, ajada camisa a cuadros de mangas cortas pese a la baja temperatura reinante, y una sucia gorra de visera. Su pechera abierta y sus mangas exageradamente subidas, dejaban a la luz unos brazos que en algún tiempo pasado fueron fuertes y fornidos. Sobre su pecho hundido se adivinaba el rostro del "Cristo de la Buena Muerte" chapuceramente tatuado, y en sus extremidades superiores lucía mensajes como "Amor de Madre" dentro de un mal trazado corazón, o la silueta de una despampanante chica a lo largo de un escuálido bíceps, pruebas fehacientes de su lejano paso por la Legión. Los zapatos sucios y rotos llamaban la atención por ser varios números mayor que el tamaño de sus pies, no había que ser muy inteligente para apreciar que su procedencia era la de cualquier contenedor de basura.

En un instante determinado las miradas se cruzaron. ¡Nunca olvidaría a uno de los suyos! Ambos se reconocieron al momento, aunque habían transcurrido más de treinta largos años. El gesto de sorpresa en uno, y la actitud de vergüenza en el otro, hicieron que los dos rehuyeran en un principio el saludo, agachando instintivamente la cabeza.

Pero el envejecido guardacoches dio el primer paso ante la turbación de Antón. Con una mueca de sonrisa y llevándose la mano a la gorra a modo de saludo, exclamó casi vociferando, con el consiguiente estupor de los viandantes: —¡Buenos días "mi sargento"!

En aquel instante la mente del suboficial pulsó el botón de "replay", y retrocedió mucho tiempo atrás. Y en su memoria apareció aquel individuo con apenas veinte años de edad, uniforme caqui, y chapiri ligeramente inclinado apoyado sobre la parte superior de la nariz en clara muestra de veteranía, con la borla roja y juguetona balanceándose a cada paso. No lo vio de guardia, ni en formación, ni de maniobras, lo contempló plácidamente sentado en un aula junto a decenas de reclutas, escuchando los consejos de un joven sargento que les hablaba de justicia, honor, dignidad, sacrificio, compañerismo, términos abstractos, pero útiles según el militar para una vida honrada.

Sin duda, el tiempo había hecho estragos con aquel joven con quien compartió doce meses en el cuartel. La vida se habría ensañado con él. ¿Qué había pasado?, ¿qué era aquello, que no había funcionado en sus palabras, en sus teóricas, y advertencias? Y se sintió inmensamente insatisfecho, se vio fracasado, y responsable de la situación de aquel individuo que con la mano extendida le imploraba una mísera limosna.

Antón sin tiempo a reaccionar, solo acertó a escuchar.

—Muy bonito todo aquello que usted nos decía "mi sargento", pero como verá la vida es otra cosa. ¡Míreme! -con un gesto de la mano se señaló de arriba abajo-. ¿Era esto lo que esperaba para su tropa?

—¿Qué ha fallado?, ¿en qué momento me equivoqué?, ¿qué habré hecho mal? -pensó Antón.

Lo miró compasivo. No era nada agradable la escena. No era la imagen que esperaba encontrar de un antiguo soldado. Pero la vida da muchos derroteros, la vida hay que lucharla, hay que afrontarla con entereza. Es fácil darse por vencido cuando las cosas van mal y dejarse abandonar a la suerte. Lo realmente difícil, lo complicado, era pelear, dejarse la piel para sacar la cabeza de la mierda. La vida es para los valientes. Ese había sido su mensaje y no otro. Y ahora al cabo de tres décadas, viene éste a pedirme responsabilidades. ¡Joder! Igualmente me podría haber encontrado con un recluta, hoy abogado, ingeniero, médico, o ¡yo que sé! -reflexionó.

—Puede que tengas razón Gutiérrez -no solía olvidar el nombre de sus soldados-, pero también pudiera ser que no prestaras atención a mis consejos, o que los olvidaras con facilidad -agregó el militar, intentando mitigar aquella culpabilidad que le oprimía.

El gorrilla dejó escapar otra sonrisa envuelta con papel de sarcasmo, dejando asomar unas encías desdentadas.

Los dos se abrazaron, y mientras uno olía a colonia fresca, el otro transpiraba un fétido olor a suciedad. Lo que no impidió que el abrazo fuera limpio, y si no sirvió para lavar la vestimenta ni el cuerpo del antiguo soldado, seguramente su alma quedó aseada.

Desde aquel día comenzaron a verse con asiduidad. Antón gustaba de buscar encuentros casuales para conocer la situación de su amigo. Estos siempre acababan con: —Un *eurillo* "mi sargento", para comer algo hoy.

El hombre sabía que era para otra cosa muy diferente, pero accedía para acallar su conciencia. Se echaba mano al bolsillo y sacaba unas cuantas monedas que en ocasiones se convertían en algún billete de cinco o diez euros.

Supo que había perdido a su padre siendo un niño, que tuvo que dejar el colegio y buscarse la vida para sacar adelante a su madre, a la que cuidaba. Bueno, ¡nunca supo quién cuidaba a quién! Era su única familia, y ahora ya anciana, cargaba sobre sus maltrechas espaldas con todos los disgustos que su hijo le llevaba diariamente a casa.

Desde la infancia se vio envuelto en peleas callejeras, pequeños hurtos, y se convirtió en un chico conflictivo, carente de una imagen paterna que con autoridad le indicase el camino correcto. Luego, ya en el ejército, la conducta de su sargento suplió con creces a la de un padre, pero ya era tarde, el árbol estaba torcido y sus raíces muy arraigadas para enderezarlo, y mucho menos para volverlo a plantar. ¡Una lástima!

Lo invitó a comer en casa en varias ocasiones, pese a la reticencia de su mujer. Intentó encontrarle trabajo, se preocupó de que no le faltara alojamiento. Desconocía cómo atenuar su malestar, su incapacidad, y empezó a tratarlo como a un hijo.

Una mañana se encontraba Antón ojeando el periódico en una céntrica cafetería de la localidad, y leía indignado como en la primera página aludía a un supuesto "tráfico de influencias". En la segunda, la noticia hablaba de "malversaciones de caudales". En la tercera, se encontró un caso de "blanqueo de capital en paraísos fiscales". En la cuarta, que si un prestigioso personaje estaba acusado de "cohecho". En la quinta, trataba sobre "prevaricación". La sexta sin embargo, aportaba una relación de "empresas fantasmas" de cierto individuo sin escrúpulos. La séptima, estaba dedicada a "fraude a la Hacienda Pública". Y así, hasta llegar a la página de deportes y necrológica.

—¡Lamentable!, ¡verdadera basura! -murmuró.

Pero lo relevante del caso, era que ninguno de los imputados era considerado culpable, todos salían impunes sin cumplir condena alguna, y por supuesto sin devolver un solo euro a las Arcas del Estado. Es más, gran parte de ellos aprovechaban para sacarse unos miles de euros extras en platós televisivos, haciendo gala con total desfachatez de su supuesta inocencia.

—¡Esto no tiene solución!, ¡esta sociedad está corrompida! -pensaba- y aquella Justicia que siempre había imaginado con los ojos vendados, sencilla túnica, balanza y espada en cada mano, ahora la contemplaba ataviada con traje de Giorgio Armani, corbata italiana, y zapatos de Prada.

—Buenos días "mi sargento" -escuchó Antón a sus espaldas. Era Evaristo Gutiérrez, el "gorrilla", que a pesar de su insistencia en que no empleara ese apelativo militar para dirigirse a él, volvía a hacerlo una y mil veces, alegando que era lo que había aprendido, y que ya era mayor para cambiar.

—Hola Evaristo, ¿cómo te va la vida? -ya sabía él que la contestación sería: —Ahí vamos tirando. ¿No tendrá un euro que le queme en el bolsillo?

En esta ocasión no fue así. Se acercó a su oído, y le dijo sin preámbulos, sin cortapisas, sin andarse con rodeos:

—El próximo veintitrés, entro en chirona.

Antón sonrió, y pensando que se trataba de una broma, preguntó.

—¿A quién has matado esta vez?

El mendigo aparcacoches sacó un sucio y arrugado papel del bolsillo trasero de su pantalón, y se lo mostró con gesto de incomprensión.

Entre enormes lamparones de aceite, Antón acertó a leer con dificultad una Diligencia de Notificación y Requerimiento para ingreso voluntario en presión, emitida por el Juzgado de lo Penal de Sevilla.

Decía algo así:

"Teniendo en mi presencia al penado Evaristo Gutiérrez Alarcón, con D.N.I tal y cual, le notifico por lectura íntegra y entrega de copia el Auto de fecha 29/06/2011, de la no suspensión de la pena privativa de libertad... Requiriéndolo para que cumpla la pena impuesta en el Centro Penitenciario de esta capital, debiendo ingresar con fecha límite el día veintitrés de enero de dos mil doce, con el apercibimiento de que de no cumple voluntariamente lo dispuesto, se darán las órdenes necesarias para su búsqueda, detención, e ingreso en prisión. Firmado: El Sr. Juez."

—Pero ¡Dios mío! ¿Qué has hecho Evaristo?

—Nada "mi sargento", entrar en una hacienda y robar un saco de quince kilos de naranjas.

—¿Y por eso te meten en prisión? -contestó Antón sorprendido.

—Pero, es que no es la primera vez que me trincan, ¡sabe! Soy reincidente -alegó el mendigo asumiendo su culpa y arrepentimiento.

—¡Joder Evaristo!, no justifico tu acción, ¡pero es que se trata de un simple puñado de naranjas!

—Sí, pero la acusación asegura que ha sido "robo con fuerza y escalamiento".

—Será "ensañamiento" -agregó Antón. Aunque no podía imaginarse al "gorrilla" agrediendo salvajemente al dueño de la finca.

—¡Qué va!, con "fuerza", porque al bajar rompí una rama del árbol, y "escalamiento", porque para entrar tuve que escalar una pequeña valla de tela metálica.

Después de leer las noticias del diario, no comprendía nada de lo que ocurría. Este mundo es de locos -pensó.

—No te preocupes, si hoy casi nadie entra en la cárcel -trató de tranquilizarlo- ¿Piensas recurrir?

—¿Para qué?, ¿me serviría de algo? -y prosiguió-. Mi sargento, la vida es otra cosa. Que no es como usted nos la dibujaba. Aprovechándose de nuestra corta edad, de nuestra inocencia, nos hizo creer que este mundo es maravilloso. Que todos somos iguales ante la ley, que la justicia es la misma para el rico que para el pobre...bla,bla,bla. Y se equivocaba. ¡Vaya si se equivocaba!

El antiguo militar quedó pensativo. Esa última frase llevaba un mensaje escondido en sus palabras. Por primera vez quien menos esperaba, le estaba abriendo los ojos y dando una lección de realidad.

¿Cuántos *Evaristos* habré dejado en el camino? -se preguntó- y se despidieron con un efusivo apretón de manos.

Pasó el tiempo, y un mal día despertó el pueblo con el lánguido sonido de las campanas de la ermita tocando a muerte. No había duda, algún vecino había fallecido aquella noche y el triste y pausado repicar anunciaba el óbito. Mañana sería el entierro.

Era costumbre que los entierros se realizaran por la tarde, cuando el sol se pone, se había convertido en una tradición. Dicen que los ocasos dan mayor realce a la ceremonia. Sol y difunto se marchan casi a la misma hora, con la diferencia de que el primero vuelve al despuntar el día, y el segundo no.

Cuando la tarde iba perdiendo su brillo y las sombras se mostraban más alargadas, se acercó Antón a la diminuta capilla con curiosidad. Solo unas cuantas mujeres enlutadas se arremolinaban en la puerta del templo entre susurros y lamentos. No quiso preguntar, y se mantuvo a una prudencial distancia.

Vio llegar por un sendero sinuoso de tierra un coche fúnebre, este se aproximaba con exasperante lentitud, como muestra de respeto hacia quien habitaba su parte posterior. Se detuvo a escasos metros de la iglesia, paró el motor, pero nadie salió del vehículo. Por la ventanilla trasera y pese a los cristales ahumados, se adivinaba la inconfundible silueta de un féretro. Sin duda, aguardaban la llegada de alguien, para dar comienzo la misa por el alma del finado.

Una espesa nube de polvo se levantaba en el horizonte, anunciando que un vehículo se acercaba a toda prisa. Era seguro que se trataba de la persona esperada.

Se quedó sorprendido cuando vio el distintivo de la Guardia Civil señalizado en la chapa del coche, y las señales luminosas encendidas. ¡Vaya!, lo primero que pensó es que el fallecido tendría parentesco directo con algún alto mando de la Benemérita, o también pudiera ser, que la muerte no hubiera sido natural, y su presencia se debiera a puro acto de servicio para investigar la verdadera causa. Ninguna de las dos opciones le era válida, y así lo comprobó, cuando este aparcó junto al coche fúnebre. Se bajó raudo un agente con uniforme verde oliva, bigote y tricornio, para abrir la puerta trasera, donde le pareció adivinar el rostro de alguien muy conocido. Efectivamente, se trataba de Evaristo. Antón no daba crédito.

Cuando descendió, le impresionó su cuerpo enjuto y su piel macilenta. Estaba escuálido, había perdido mucho peso. Convencido estaba, de que el muerto tendría mejor aspecto que él.

¿Qué estaba sucediendo allí? El antiguo soldado descendió con dificultad con la cara gacha, la mirada al suelo, en una actitud sumisa y avergonzada, intentando ocultar aquellos grilletes en ambas muñecas que le delataban ante los ojos de los congregados. Ya nadie hablaba del entierro, nadie mencionaba al fallecido, todos los comentarios eran para Evaristo y sus acompañantes.

Con respeto solicitó que se le quitaran las esposas. El guardia del bigote que portaba las llaves miró con desconfianza al compañero con galones rojos, esperando el consentimiento de este. Con un gesto afirmativo de cabeza, pareció dar la orden para liberarlo. Eso sí, ante la atenta mirada y el fusil descolgado, en previsión de una posible fuga. ¡Qué pena!, quien no conociera la historia, pensaría que se trataba de un peligroso atracador, asesino o violador. ¡Todo, menos un pobre ladrón de naranjas! Intentaba disimular su inmenso dolor, pero no pudo impedir una vez liberado, lanzarse desconsoladamente sobre el ataúd, que ya había sido descendido, hallándose a pie de la escalinata de la ermita, a la espera de que algunos hombres de amigos o familiares se ofrecieran a cargarlo. Fue cuando supe de quien se trataba. ¡Su madre!

Con la mirada perdida, y abrazado al féretro, solo se escuchó un grito desgarrador y sin destinatario que retumbó en el templo: "*HIJOS DE PUTA*". Nadie se podía sentir aludido, nadie podía reprocharle el insulto, pero su antiguo sargento sabía a quién iba dirigido, sin duda a todos aquellos que lo enviaron a la cárcel por un delito menor. Los mismos que no aplican la misma vara de medir hacia los influyentes. Estaba claro que insultaba a la injusta justicia, que protege a los fuertes y ricos, mientras se ensaña con los débiles y pobres.

Los guardias civiles se miraron dubitativos, pero permanecieron firmes y atentos a cualquier indicación del cabo que parecía ordenar tranquilidad.

Antón permaneció en el exterior mientras duró la homilía. Un agente acompañó a Evaristo al interior de la iglesia, mientras otro y el que mandaba en la escolta permanecían junto al vehículo controlando la puerta y fumando un pitillo tras otro.

Acabado el responso, y a la salida de la comitiva, solo un conmovedor silencio era roto por los chismosos murmullos de las ancianas, que en corrillo no dejaban de prestar atención a cada detalle del detenido.

Este intuía que Antón se encontraría cerca, y no tardó en dar con él. Mientras le volvían a colocar los grilletes le dirigió una mirada coctel de incomprensión y acatamiento. Un agente le ayudó a entrar nuevamente en el coche patrulla, pero antes, aún tuvo tiempo de levantar los puños en un gesto de rabia incontenida, para mostrar aquellos vejatorios grilletes que oprimían más su corazón que sus muñecas. ¿Qué querría decir con aquella señal?

Los dos vehículos arrancaron al unísono, y se alejaron del camposanto por la angosta cuesta. Un mar verde de cipreses se dibujaba al fondo, cuando la luz de la tarde ya languidecía.

Antón marchó para casa, con la dolorosa imagen grabada de aquel hombre al que conoció treinta años antes. Nunca imaginó que la vida lo trataría de esa manera.

No se volvieron a encontrar en cuatro meses, hasta que un día de mediados de julio coincidieron en el aparcamiento. Como siempre, Antón bajando de su auto y el gorrilla solicitando unos céntimos.

—¡Que sorpresa Evaristo!, ¡cuánto tiempo!

—¡Así es "mi sargento"!, cinco meses y medio y gracias a la buena conducta.

Pero notó en el ex-presidiario, una seguridad en su carácter que desconocía. El paso por el presidio le había hecho madurar.

¿Será posible que lo que no hizo el Cuartel, lo haya hecho la Prisión? -se preguntaba confuso-¡Aquí hay gato encerrado!

—No se preocupe, que la cárcel es el paraíso comparado con el calabozo del Regimiento -y soltó una amplia carcajada, volviendo a mostrar sus encías casi desiertas de piezas dentales.

A continuación Evaristo pidió que le invitara a un trago para proponerle un trato. Antón aceptó, eligieron una discreta cafetería. En un rincón de ella, el antiguo legionario le aseguró que tenía entre manos un negocio sin riesgo, pero necesitaba urgentemente mil euros. Prometió devolverlo en un corto plazo con intereses, dando por hecho que le estaría agradecido de por vida. Antón no supo negarse, solo puso una condición, saber, de qué clase de chanchullo se trataba.

—Lo siento, no puedo dar detalles, solo le pido que si continua creyendo en aquel soldado que un día le defraudó no prestando atención a sus teóricas sobre ética, me entregue el dinero sin condiciones -fue un chantaje emocional en toda regla al viejo combatiente.

¿Y si tiene razón?, ¿y si logra salir del negro pozo donde se encuentra gracias a mí? -se peguntaba en silencio.

Antón le explicó la conversación a su esposa, que se echó las manos a la cabeza, poniendo el grito en el cielo.

—No te conozco Antón, tu siempre tan metódico, tan cauto, tan desconfiado desde que te engañaron aquellos en los que más confiabas. No me mires así, ¡sí, tu maldito Ministerio!, ese que te prometía el oro y el moro mientras le robabas horas, días y semanas a tu familia para entregárselas a tu trabajo, y cuando más lo necesitaste te dejó en la estacada. Te arrebataron la salud, el dinero y hasta el ascenso, pero tú erre que erre, continuas dándote golpes de pecho ¡¡¡Ingenuo!!! ¡Cuándo aprenderás de los palos que te da la vida! Ahora vas, y le quieres regalar mil euros, a un desconocido indigente.

—No se los voy a regalar Rosario, ni te permito que le llames desconocido a un amigo de hace treinta años, al hombre que un día me sentí orgulloso de tenerlo a mis órdenes, a una persona a quien la vida ha maltratado hasta el punto de mendigar. ¿No se merece una oportunidad?

—¡No!, no es eso lo que te ocurre. Lo que no permites es escuchar a tu conciencia, cuando te hace sentir responsable de su estado. ¡Olvídalo Antón!, tú no eres culpable de que haya elegido el camino incorrecto.

¿O acaso le pusiste tú la droga por delante?, ¿le dijiste en alguna ocasión que esta le haría bien?, ¿le inculcaste que el alcohol era un excelente compañero de viaje?, ¿le animaste a delinquir? ¡No, verdad! pues olvídalo, no te martirices más, y no juegues con el dinero de tu familia.

—Puede que tengas razón, pero ¿qué puedo hacer?

El militar desoyó el consejo de su mujer, y antepuso la voz de su ética y moralidad. Se encaminó a su entidad bancaria y sacó en billetes de cincuenta, los mil euros solicitados. Sabía que le costaría un problema en casa, pero confiaba en su soldado, y además le permitiría dormir tranquilo.

Sabía dónde encontrarlo a esa hora. Se dirigió a la zona de aparcamientos. Estaba seguro que estaría luchando por conseguir algún euro mendigando entre los automovilistas. Y así era. Lo vio enfrascado en la tarea, señalando la maniobra de aparcamiento a un conductor, con su gorra y su inseparable vara indicadora. No cabía duda de que sabía ganarse la vida, aunque para subsistir dependiera de la buena voluntad de las personas.

—¡Toma Evaristo!, espero no tenerme que arrepentir de este día.

El gorrilla tomó el sobre, echó un vistazo a su interior, y sin contar el dinero se lo guardó con celeridad, mirando con desconfianza a su alrededor.

—¡Gracias, "mi sargento"!, sabía que podía confiar en usted -después de abrazarlo con energía, se sintió incómodo, nunca se había tomado esa ligereza en el trato con su antiguo jefe. Dio media vuelta, y se alejó velozmente del lugar. No supo más de él en varias semanas.

====== OOOOOO ======

Recuerda que era un atardecer de sábado. El mes de agosto daba sus últimas bocanadas de sofocante calor, pero cuando el sol se ocultaba, una agradable brisa con aroma a Guadalquivir, ofrecía un ligero respiro a modo de tregua. Era el momento que Antón aprovechaba para hacer sabrosas barbacoas en su jardín, poblado de damas de noche y un par de limoneros. La excusa perfecta para reunir a la familia. Siempre había sido muy familiar, aunque últimamente la relación había empeorado por el dichoso préstamo a Evaristo. Más que por el dinero en sí, que ya lo daba por perdido, la esposa de Antón se hallaba molesta porque comprobaba como seguían engañándolo sin que este escarmentara. No conseguía abrirle los ojos, era imposible que escuchara sus opiniones y consejos, mucho más materialistas pero prácticos que los de su marido.

—¡Eres un incauto! -le repetía constantemente-. ¡Espabila Antón!

Enfrascado en su quehacer, mientras preparaba el fuego llegaron sus hijos con su nieto. El mayor de ellos portaba bajo el brazo un periódico, que al depositarlo sobre la mesa dejó al descubierto la portada.

Antón instintivamente echó una mirada al diario y leyó el titular. "Robo en una sucursal bancaria". La curiosidad hizo que lo tomara y quisiera saber más detalles sobre el suceso. Le llamó la atención que se había producido cerca de su domicilio. Tomó sus gafas de "vista cansada" y se dispuso a leer con mayor atención la letra pequeña:

"Un atracador se había apoderado de más de trescientos mil euros, en un robo limpio y "sin fuerza", en una entidad bancaria. Solo tuvo que abrir la puerta y solicitar amablemente a la cajera el dinero, con un dedo en el bolsillo de la chaqueta a modo de pistola.

Una fotografía tomada por la cámara de seguridad de la empresa, mostraba al ladrón, vistiendo elegante traje, camisa y corbata. - Le debía haber costado por lo menos, mil euros -se dijo, mientras comenzaban a dibujar sus labios una leve sonrisa.

En su exquisito vestuario de marca, algo desentonaba, pues para ocultar su rostro, utilizaba un desgastado pasamontañas mimetizado que le cubría hasta las orejas, dejando asomar unos vivarachos ojos. Mientras, una antigua gorra cuartelera, completaba su singular vestimenta, tapando la parte superior de la cabeza. Aparte del ropaje, ¡Antón lo llamaría uniformidad!, lo que desconcertó a los agentes que investigaban el caso, es el inaudito gesto del atracador antes de huir. Este, miró fijamente a la cámara, se cuadró de un impresionante taconazo que retumbó en el aire a modo de disparo, y se llevó con energía la mano derecha a la visera de la gorra, realizando un perfecto saludo militar.

¿A quién le estaría dedicando dicho saludo? -se preguntaban los agentes de la ley.

Una frase a pie de foto, animaba a denunciar a todo aquel que pudiese aportar algún dato sobre el atracador, insistiendo en que lo pusiera en conocimiento de la policía. Se ofrecía total anonimato, y una suculenta gratificación.

Miró fijamente la instantánea, y en aquel individuo apreció sin duda algunos rasgos que le resultaron familiares. Y soltó aquella frase que solía decir cuando se encontraba con algún antiguo veterano de mili.

—¡Antón nunca olvida a ninguno de los suyos!

—En esta ocasión ha sido sin violencia ni escalamiento Evaristo – murmuró-. ¡Te cansaste de naranjas amargas, amigo! -y la leve sonrisa inicial se convirtió en abierta y sonora risotada, dando colorido a su rostro y brillantez a sus ojos. Por primera vez en su vida, algo tan indigno, ruin, y reprobable como un robo, lo veía justificado. ¡Quién lo iba a decir!

Su esposa no entendía lo que ocurría, nunca había visto a su marido reír de ese modo.

—Rosario, ¿has mirado hoy la correspondencia?, ¿puedes traerla?, tengo un presentimiento.

—¡Sí Antón! ¡Como todos los días! Sobre tu escritorio he dejado un montón de cartas sin mirarlas. ¡Total, solo son facturas!

La mujer turbada por el comportamiento anormal de su marido, le hizo caso a regañadientes. Cuando volvió, llevaba en sus manos un manojo de sobres blancos con membretes bancarios, pero entre todos, uno le llamó poderosamente la atención a Antón. Totalmente anónimo. No aparecía el nombre, pero si el lugar de origen: Centro de Rehabilitación Toxicológico: "El Paraíso". Islas Caimán "El Caribe".

—¡Bonito lugar! -exclamó, asintiendo con la cabeza.

Lo abrió con parsimonia, con la certeza y el convencimiento de quien sabe, lo que va a encontrar en su interior. Sin inmutarse, sacó un fajo de veinte billetes de quinientos, y una tarjeta con nota incluida.

—Sé que es poco, pero tengo la seguridad de que no aceptaría más. Su honradez y honor se lo prohíbe. Gracias "mi sargento".

Efectivamente, para el militar la ética seguía siendo su razón de ser, aunque a su edad y con la de palos que la vida le había dado, se hallaba defraudado por el trato recibido y se preguntaba con frecuencia si era lo mismo una existencia recta a una correcta. Llegando a pensar en ocasiones, que había que ser más flexible, y si era necesario dirigir la mirada hacia otro lado.

Apartó dos billetes que sumaban mil euros, y se los entregó a su esposa ante la sorpresa de esta. Después sacó uno, e hizo lo mismo entregándoselo a su nieto.

—Toma chiquitín, los intereses -este lo tomó inocentemente, y se lo enseñaba con alegría a sus padres que observaban atónitos la escena.

A continuación encendió una cerilla, y ante la mirada expectante de su familia, deposito el resto del dinero en el interior de la barbacoa, prendiéndole fuego. Y una humareda con olor y color a justicia se elevó hacia el cielo estrellado del patio.

—¡Deuda zanjada! -añadió, frotándose enérgicamente las manos contra un trapo de cocina, en un intento por sacudirse, cualquier complicidad que le vinculara con aquel dinero de dudosa procedencia que acababa de quemar. Su conciencia quedó tranquila.

—No sé por qué, pero tengo el presentimiento, de que hoy las chuletas estarán más sabrosas que de costumbre -agregó.

Antón no acostumbraba a reír abiertamente, le bastaba una ligera mueca con su bigote para demostrar que algo le hacía gracia, pero en esta ocasión después de escucharse a sí mismo, no le quedó más remedio que soltar una estridente carcajada ante la confundida e incrédula mirada de la familia.

NIDO III: <u>LA NIÑA Y EL PERRO</u>

Loco, no es el que ha perdido la razón,
sino el que lo ha perdido todo, todo, menos la razón.
<u>*(Gilbert Keith Chesterton)*</u>

Alberto era una persona aparentemente normal, si no fuera por las momentáneas pero continuas lagunas mentales que sufría. Aquellos que le conocían bien, coincidían en que su problema era que se sumergía repetidamente en un estado de aislamiento profundo que rayaba en lo espiritual, abstrayéndose del mundo y de todo lo que le rodeaba. Luego cuando volvía a la realidad, era amable, dicharachero, simpático, y hasta amigo de las bromas. Pero eso era cuando regresaba de sus periódicos paseos por la locura.

La vida últimamente no le sonreía, sus continuas crisis de ansiedad y sus depresiones sin motivo, hacían que su matrimonio se tambalease. Elena, cansada de sus rarezas y ausencias astrales injustificadas, se iba alejando cada vez más de él. La relación se fue enfriando, y aunque seguía amándolo, quedó lejos la pasión y complicidad que en antaño existió entre ellos. Hasta que llegó el día en que ambos decidieron darse un tiempo.

Precisaban su espacio, disfrutar de sus diferentes aficiones, y pusieron tierra de por medio para evitar herirse, porque lo singular del caso, es que se querían como dos adolescentes. No podían pasar mucho tiempo distanciados. Esperaban que la situación fuera transitoria, y confiaban en que pronto volvería a la normalidad. Al fin y al cabo lo habían decidido de común acuerdo. Alberto lo entendió, y optó por soportar en soledad su enfermedad, esas manías que le perseguían. Su afición era la escritura, y necesitaba rodearse de paz para concentrarse en buscar un final convincente al último capítulo de una novela. Luego volvería sin duda junto a ella. Lo tenía claro.

Buscó en la sección de anuncios de periódicos e internet para encontrar una vivienda provisional. Allí frente a sus ojos se hallaba lo que deseaba: "Se alquila piso económico en zona privilegiada, Calle Melancolía nº 7" –y se acordó de su cantante favorito Joaquín Sabina.

El enunciado continuaba: "Totalmente amueblado. Inmobiliaria de prestigio. Seriedad y garantía asegurada. Para mayor información llamar al…", no terminó de leer, tomó el teléfono sin dudarlo y contactó con la agencia. Lo atendió una voz de mujer cálida y simpática que amablemente se brindaba a mostrárselo.

Quedaron en la cafetería situada justo en los bajos del inmueble. No quedaba muy lejos de su residencia habitual, y eso le tranquilizaba. Después de una breve espera mientras degustaba un café ¡solo y negro como siempre! la vio acercarse. Supo que era ella por su atuendo y andares. Se la veía segura, y tras una ojeada al fondo del local, alcanzó a observar una mano en alto, avisándole de su presencia. Se acercó sorteando mesas y sillas hasta llegar a su altura. Entonces pudo comprobar de cerca que se trataba de una mujer joven y atractiva. Alta y elegantemente vestida con traje ceñido rojo intenso. Unos zapatos de altos tacones de aguja la hacían sobresalir sobre el resto de la clientela, cuyos libidinosos ojos se volvían a su paso. Desde luego no pasaba desapercibida. Bajo su brazo portaba una carpeta de cartón. Se levantó para saludarla, y se sintió algo ridículo por la diferencia de altura. Cuando se dispuso a estrecharle la mano, ella la rechazó inclinándose sobre él para sacudirle dos efusivos besos en la cara.

—¡Hola cariño, me llamo Clara! -se presentó empleando una dulzura empalagosa en sus palabras. Mientras tomaba asiento cruzando las piernas y dejando a la vista unos muslos atrayentes, que no pasaban desapercibidos a la mirada de la gente. Era de esas mujeres que para convencerte, además de su dulce y ágil verborrea, utilizan sus encantos, su esbelta figura, sus sensuales gestos, y su insinuante provocación. Pidió al camarero un café más, mientras dio comienzo a enumerar las ventajas del piso, así como la acertada decisión tomada al alquilarlo. Mientras hablaba se inclinaba de un modo descarado, dejando asomar sus voluptuosos pechos por el amplio escote.

—No se arrepentirá -fueron sus últimas palabras antes de levantarse y pagar la consumición en la barra. Por supuesto no permitió que Alberto la invitase, extrajo de su bolso un coqueto monedero a juego con este último y con el vestido, y pago con un billete de cinco euros.

—¡Quédese la vuelta! -dijo con ensayada clase.

Llegaron al edificio sin contratiempos. Se trataba de un bloque de pisos algo antiguo, sin ascensor, pero no le importó porque la vivienda se encontraba en la primera planta. Nada más entrar en el portal, la empleada de la agencia comenzó a mostrase inquieta, cambiando su carácter sin aparente motivo.

El nerviosismo se acrecentó al traspasar la puerta del pisito. Alberto ansiaba ver todos los detalles, comprobar que todo funcionaba a la perfección, pero la mujer cada segundo que transcurría parecía más impaciente. Su inicial y agradable tono de voz, se fue transformando en áspero y rudo. Su rictus se tensó. Era evidente que no se encontraba relajada, algo había en aquel lugar que le transmitía un extraño estado de ansiedad, convirtiendo sus palabras en un tartamudeo constante. Alegando trabajo pendiente, enfiló con decisión la salida sin dejar de repetir:

—Tómelo o déjelo, pero le aviso que por este precio no encontrará nada mejor. Es una verdadera ganga.

Y era cierto, el alquiler no era elevado, aunque a simple vista la vivienda resultara pequeña, algo lúgubre, y carente de comodidades. Estaba muy cansado para pedir explicaciones, incluso para regatear en el precio.

Firmó el contrato, alentado por la proximidad al domicilio de su mujer, de sus hijos, y de sus amigos, esas eran las condiciones que se había fijado y el lugar parecía cumplirlas. Le agradaba la idea de que la vería con frecuencia, incluso que en ocasiones almorzarían juntos y tomarían café, envueltos en una amena conversación. Albergaba el convencimiento, de que a la vuelta todo iría mejor, y la monotonía diaria se transformaría en ilusión por un comienzo nuevo. Ella no merecía el castigo de su dolencia, el mal humor, el distanciamiento en la comunicación, y los cada vez más habituales "viajes astrales" de su marido.

Le llamó la atención la obligación impuesta de realizar los pagos de las mensualidades a una cuenta corriente, ingresando la cuantía mediante transferencia a nombre del dueño del piso, un tal Ramiro Fonseca que se hallaba ausente. Este había delegado todo los trámites a la empresa inmobiliaria desde hacía años, y su paradero era un misterio. Insistió en obtener el teléfono del propietario por si surgía algún imprevisto, pero le fue imposible sacarle dato alguno sobre el mencionado personaje. El mutismo era total, rindiéndose en su intento.

Pese a lo extraño del caso, Alberto se instaló sin oposición. El lugar, algo diminuto, le venía grande, poco más de cincuenta metros para él solo. Bueno, debería de compartirlo con su perro Canelo, un bello ejemplar de pastor belga negro, dócil, leal, y poco exigente. Esa fue la única condición que le puso a sensual señorita de la agencia, y a la que esta no puso objeción.

—El dueño es un señor muy tolerante -agregó.

La vivienda se componía de un salón huérfano de muebles, con la excepción de una vencida estantería, donde colocó de manera desordenada sus últimos libros, una vetusta mesa, un par de sillas, y una cuarteada pintura al óleo con motivos campestres, presidía la sala. La cocina ausente de los electrodomésticos más elementales, solo disponía de un frigorífico y un sucio fogón. Dos dormitorios, y un reducido baño. ¡Eso era todo! Y fue ahí cuando su atención se dirigió a la puerta del cuarto de aseo, que se hallaba rota a la altura del pomo y desprovisto de este. Penetró en el habitáculo, y por su parte interior se apreciaba la marca de pintura descolorida, y seis huecos de tornillos en el lugar que debería ocupar un cerrojo. No le dio importancia, ¿para qué ponerle puertas al campo -se dijo sonriendo-, si iba a vivir solo?

Transcurrieron los primeros días, y Alberto repartía las horas en pasear a su perro y a escribir su fantástico libro. Pero al llegar el ocaso, le invadía la melancolía y añoranza, ¡la soledad es muy mala! se repetía mientras acariciaba a Canelo. Eso hacía que le costara conciliar el sueño, necesitando de ansiolítico o relajante para conseguirlo, lo que no impedía que las tenebrosas pesadillas se adueñaran de sus inacabables noches.

No sabría poner fecha a la primera vez. El caso es que dormía plácidamente después de haberle ganado con esfuerzo una guerra despiadada al insomnio, cuando los ladridos asustadizos de su perro le sobresaltaron. Ignoraba el motivo.

Nunca lo había escuchado ladrar de ese modo tan angustioso. Más bien se asemejaba a lamentos, o lloros de desconsuelo. Notó como sábana y manta se movían. Se incorporó frotándose los ojos con incredulidad para cerciorarse que no se trataba de un sueño. Le pareció ver en la oscuridad una sombra trasladarse por la alcoba, achacándolo a algún paseo nocturno de Canelo. Sin encender la luz, acercó la mano a la alfombra donde dormía el animal justo al lado de su cama, y advirtió con asombro como este se encontraba tumbado y petrificado, mientras jadeaba de manera inusual. Permaneció en silencio durante un rato, y acertó a escuchar un ruido extraño, un sonido metálico. Pulsó el interruptor, pero la bombilla juguetona se encendía y apagaba a su antojo parpadeando durante unos segundos, para acabar estallando, bañando la cama de microscópicos cristalitos que brillaban en la negrura de la colcha. Aprovechó la tenue luz que penetraba por la ventana para mirar a su perro, y los ojos del animal se hallaban impregnados de miedo e incomprensión. Fue cuando el pánico se adueñó de él, conocía muy bien a su fiel guardián, y siempre había destacado por su valor. Sin embargo estaba allí, postrado, sumiso, temeroso. ¿Qué sucedía? -se preguntó.

Acostumbraba a guardar en la mesita una minúscula linterna. Abrió el cajón, introdujo la mano, y rebuscó a ciegas hasta dar con ella, tomándola aliviado. Alumbró lentamente en semicírculo el dormitorio buscando aquello que desconocía, aquello sin nombre cuya sombra momentos antes se desplazaba sin control. No existía duda que de ser alguien, conocía bien el lugar, pues se movía entre tinieblas como pez en el agua.

Con mezcla de suspense y espanto levantó la manta que le cubría, se ajustó la bata de franela azul, y se dispuso a averiguar el origen del ruido que le había despertado.

Este provenía sin duda del cuarto de aseo. La puerta se encontraba entornada, cuando podía afirmar que la dejó abierta antes de marchar a dormir. La empujó lentamente, y el vapor le golpeó en el rostro. Podría jurar que alguien acababa de darse una ducha de agua muy caliente. Sin embargo el frío era intenso, se diría que insoportable, hasta el punto que llegaba a calarse en sus huesos. Miró al espejo y no consiguió verse, el vaho lo cubría. Se acercó a la bañera, la tocó y estaba mojada. Un goteo persistente de agua hirviendo emanaba aún del grifo. Giró con fuerza la manivela hiriéndose la mano, sin conseguir su propósito de cerrarlo. Comprobó que la caldera estaba apagada. El ruido de tuberías persistía. Echó un vistazo a su perro, y este ni levantó la cabeza, observando la escena a distancia con gesto de sorpresa. No le apetecía acercarse, es más, rehuía hacerlo. Mala señal se dijo, con lo fisgón que era siempre.

Pasados diez minutos, la luz volvió a funcionar con normalidad, el agua dejó de gotear sin control, el vapor iba desapareciendo, el sonido iba menguando, las sombras se desvanecieron, y la calma se adueñó de nuevo del lugar. Sin embargo Alberto no volvió a acostarse. Después de meditar sobre lo sucedido y no hallando explicación, estaba seguro de que no retomaría el sueño. Eligió uno de sus libros, y durante horas se dedicó a leer sin conseguir centrarse en la lectura, con el oído y la vista puesta en todo lo que le rodeaba, hasta que la claridad del nuevo día comenzó a traspasar los visillos de la ventana.

Durante varias noches y siempre a la misma hora, dos y treinta, los hechos se repitieron de manera sistemática, y en cada ocasión con mayor violencia. Era como un continuo bucle, las sombras, los ruidos, el vapor, el frío intenso, el machacoso goteo de agua. Todo era igual. Con la diferencia de que Canelo se implicaba cada vez más, y comenzó a olfatear junto a su amo; en un intento de darle protección, pero solo acertaba a mirar a este con expresión confundida. De vez en cuando emitía una mezcla de jadeo y ladrido lastimero, apenas audible. También las vigilias de Alberto se reiteraban, hasta que llegó el momento que permanecía la mayor parte de la jornada despierto.

Le era imposible dar con las palabras adecuadas, las necesarias para escribir aquel episodio final, que daría por concluida su obra literaria. Sin duda sería un éxito. Los dieciocho capítulos anteriores así lo avalaban, pero en la actualidad se hallaba ante un muro invisible e insuperable, una muralla mental que le impedía acceder a la parte de su cerebro donde solía buscar las ideas más originales. Allá donde dormían las musas a la espera de ser despertadas para acudir en su ayuda. Esa inspiración que nunca le fallaba cuando necesitaba dotar de un toque inesperado a la última página de un libro. Estaba seguro que si conseguía superar esa barrera psicológica, alcanzaría el éxito, convirtiendo su obra en verdadero best-seller, líder en las listas de superventas, un trampolín hacia la fama que le convertiría en un escritor consagrado. Tan solo unas pocas frases y el título definitivo, era lo que le necesitaba para su novela.

—¿Dónde se han marchado las musas? -se preguntaba derrumbado.

Una noche, en una de aquellas visiones, la silueta tomó forma. Una niña con largos tirabuzones rubios y ojos de un intenso azul, se mostraba ante él. Parecía suspendida, flotando, y una blanca toalla cubría su cuerpo. Una fina aurea le circundaba, dando luminosidad a su entorno. Era linda, de limpia y pálida piel, pero al girarse comprobó con horror como el lado derecho de su rostro se hallaba desfigurado por profundas quemaduras. En sus brazos mecía con cariño a una muñeca de trapo. Ella lo miró fijamente, y el hombre intuyó en su expresión, una imperiosa necesidad de comunicación. ¿Le estaría avisando del peligro sobrenatural y oculto que le acechaba?

Alberto pulsó el interruptor de la luz, y la figura de la chiquilla desapareció. La había visto, podría describirla correctamente, es más, nunca lograría olvidar aquella imagen mezcla de belleza y deformidad, de serenidad e inquietud con triste facciones.

No se atrevía a comentar con nadie lo sucedido, ¡qué pensarían sus amigos! Temía que lo tacharan de loco o cobarde. Le aterraba la idea de que le dieran de lado, de que lo acusaran de paranoico y trastornado. No podía abrir la boca, nadie debería saber lo que ocurría entre aquellas cuatro paredes cada anochecer. Su credibilidad estaba en juego, su prestigio y respeto entre sus allegados peligraba si se sabía la realidad. Eran muchas las ocasiones en que se preguntaba si efectivamente era verdad lo que ocurría, o era solo producto de su diabólica mente, de su amarga soledad.

Hubo días en que la flaqueza de ánimo, la imperiosa necesidad de compartir aquellas apariciones, le hizo estar muy cerca de sacar a la luz sus vivencias nocturnas, y contarlas a sus amigos más íntimos. A última hora siempre se echaba atrás.

El desasosiego se adueñaba de él cuando entraba en su domicilio. Sobre todo desde aquel primer día en que su perro comenzó a emitir unos ladridos de autodefensa cada vez que pasaba junto al baño de la vivienda. Canelo era pacífico, aunque seguramente molestaría a los vecinos con sus ladridos –pensaba Alberto-, sin embargo estos jamás se quejaban de su comportamiento.

Llegó una noche, la secuencia se repitió, primeramente la sombra que se convertía en silueta, y más tarde tomaba forma de niña, la puerta cerrada del baño, el vaho intenso, el grifo goteando agua hirviendo, y el intenso frío reinante. Todo era igual cada madrugada, excepto un detalle. Al entrar en el cuarto de aseo, pudo leer en el espejo un enigmático número "224" escrito sobre el vapor que lo impregnaba. ¿Sería verdad o estaría soñando? Un escalofrío le recorrió el cuerpo, al igual que si hubiese sido alcanzado por una descarga de cinco mil voltios, y su ritmo cardiaco se aceleró cuando el perro comenzó a ladrar amedrentado. Con seguridad estaría despertando a todo el barrio, pero extrañamente nadie protestaba por el escándalo a tan inhóspitas horas.

Imposible acallar al animal, cuando este dirigía sus ladridos hacia el interior del baño sin atreverse a penetrar en el. ¿Qué extraño fenómeno estaba sucediendo? Sin duda allí había una presencia, y si no era humana, sin duda era espiritual, fantasmagórica. ¿Quién había escrito "224", y que significado tenía? Intentó borrarlo agitando la mano sobre el cristal, pero su esfuerzo era inútil. El terror le sobrevino cuando en su afán desesperado por eliminar la huella escrita, distinguió a través del espejo, la imagen de la niña a sus espaldas. Le miraba fijamente con medio rostro calcinado. Miró a su alrededor, y solo halló a Canelo huyendo con el rabo entre las patas. Un frío helado, gélido, insoportable, inundó la casa, penetrando en su cuerpo a cada golpe de respiración.

Alberto comenzó a ahogar sus preocupaciones y miedos en alcohol. Perdió el apetito, y solo tomaba lo imprescindible para subsistir. Pasaba las noches junto a una botella de whisky, varios paquetes de tabaco, y su ordenador, buscando la perdida inspiración. En la cocina se amontonaban los vasos, platos, y cubertería sin lavar, y la suciedad se adueñó del entorno, dotándolo de una apariencia de abandono y un olor irrespirable.

Un par de día después de estos sucesos, Alberto acudió a una reunión de viejos amigos. Habían organizado un almuerzo para reencontrarse después de varios meses. Llegó tarde, cuando la totalidad del grupo compartía amena tertulia. En un principio no lo reconocieron. Lo observaron conmovidos, no daban crédito a su patético estado físico, que denotaba un enorme cansancio y fatiga en sus andares. El estado mental no era mejor, pero lo podía disimular con el silencio, pues si abría la boca, su incoherente lenguaje lo delataría. Su aspecto se asemejaba más al de un indigente, que al de un escritor afamado. La espalda encorvada, sus enjutas carnes, sus pómulos prominentes. Unas ojeras amoratadas, se marcaban bajo sus ojos, como el boxeador que recibe dos crochés de derecha, y está al borde de caer a la lona. Mal peinado y descuidada barba de varios días. Sudaba abundantemente, cuando el ambiente era glacial fuera del establecimiento. Se mostraba huidizo, receloso, desconfiado, y parco en palabras. Él, que siempre había sido el protagonista de todas las anteriores reuniones, con su lenguaje suelto y divertido. Así fue su asombrosa presentación ante quienes lo recordábamos solo unos meses antes con una estampa jovial, y totalmente aseado y acicalado de pie a cabeza.

Todos callaron e intentaron disfrazar la desagradable impresión inicial, menos Daniel, su mejor amigo de la infancia. Este no pudo guardar silencio ante el alarmante estado de deterioro de Alberto.

Le tomó del brazo, y lo condujo a un apartado del restaurante. Una especie de reservado alejado de miradas indiscretas.

—Alberto, ¿qué te ha ocurrido? -le preguntó sin preámbulos.

No abrió la boca, no sabía que contestar. Le miró fijamente y se echó a llorar como un chiquillo. Daniel dejó que se desahogara en su hombro, sabía que su amigo confiaba en él.

Luego más sosegado y entre susurros le contó:

—En mi casa ocurren cosas extrañas. Llevo varios días sin comer y sin dormir, estoy aterrado. Tengo que alejarme o me volveré loco. Veo fantasmas, oigo ruidos, y veo mensajes que no acierto a descifrar. Te juro que no son alucinaciones. Pero prométeme que no lo comentarás con nadie. No me creerían.

Daniel, no tuvo más remedio que sacar a la luz la verdad. Todo aquello que sabía, y que siempre achacó a un bulo, a una fantasía, a una ridícula leyenda urbana.

—Alberto, en ese piso, entre sus paredes, ocurrieron hechos espantosos y escalofriantes. Pero de esto hace ya mucho tiempo, y como yo soy persona poco dada a creer en los espíritus, fantasmas, o entes nebulosos, te silencié lo que se comenta, por pensar que solo se trataba de habladuría de la gente. En el barrio casi todos los vecinos están al corriente, y seguro que te han estado observando con curiosidad estos días. Yo pensaba que tú desmontarías el misterio, que tu presencia allí, demostraría que son solo chismes y cotilleos de viejas aburridas. Pero me equivoqué. Lo siento y te ruego que me perdones -hizo una breve pausa y prosiguió.

—Se comenta que allí vivía una familia. Un matrimonio con su única hija. Una chiquilla de siete u ocho años. Encantadora, guapísima y con una cabellera rubia que llamaba la atención, ¡Isabel, creo que se llamaba! Un día mientras se aseaba, sin saber cómo, la puerta del baño se cerró. Hay quien dice que fue el aire, los expertos en parasicología, lo achacaron a un ser maligno. El caso es que los gritos despavoridos de la niña, se escucharon en cien metros a la redonda. Cuando su padre acudió, la puerta no cedía, empujaba una y otra vez, pero esta permanecía cerrada a cal y canto, como si alguien desde el interior opusiera resistencia. Mientras, solo se oía el llanto lastimoso de la pequeña, mezclado con el chapoteo del agua y violentos golpes en las cañerías. La madre pedía auxilio desde la ventana, yo mismo la observé y acudí con intención de ayudar. Cuando llegué, el padre ya había derribado la puerta de una patada que hizo saltar por los aires el cerrojo interior, que incomprensiblemente estaba echado. La estancia se hallaba inundada por una enorme cantidad de vapor, debido al agua hirviendo que salía con presión, mientras el grifo permanecía cerrado. El padre abrazaba a su hija que descansaba en sus brazos ahogada, y con horribles quemaduras que le cubrían la totalidad de su cuerpecito. Sin embargo una parte de la cara y el pelo se hallaban intactos. La escena era dantesca, porque el rostro sin vida de la pequeña Isabel era la misma imagen del miedo.

—¿Qué vería esa niña, para morir con aquel rictus desencajado? Rosa, la madre, lloraba deambulando como una loca por el piso, mientras el padre miraba fijamente a su hija, intentando dar un sentido a lo sucedido. ¡No lo encontró! Se dice que ambos perdieron la cabeza. Nadie supo dar una explicación sensata y convincente. Ni los más estudiosos en la materia se atrevieron a pronunciarse.

—¿Que más sabes, Daniel? -le apremió para que continuara.

—A los pocos días, el matrimonio desconsolado abandonó la vivienda, y ya nada más se supo de ellos. Era como si se los hubiera tragado la tierra. Desde entonces, han sido varios los que la han alquilado a través de una agencia, pero ninguno ha permanecido en ella más de tres meses. Yo siempre he creído, que todo se debió a un cúmulo de nefastas casualidades, que se trató de un fatídico accidente, que la puerta la cerró el viento, que el agua hirviendo era un mal funcionamiento del termostato, pero ahora después de lo que me has contado, pienso que aquel día, el Mal se instaló en la casa, y aún sigue en ella. Ha dejado de ser leyenda para convertirse en realidad.

Para Alberto fue un alivio que su amigo le creyera, que no le acusara de locura.

—Daniel, ¿cuándo ocurrió la tragedia? -le preguntó con curiosidad.

—Pues es una fecha que casi nadie ha olvidado en la zona. El dos de febrero del dos mil cuatro.

—Dos de febrero de dos mil cuatro -repitió pensativo Alberto- Dos del dos del cuatro "224" -y un escalofrío de terror le invadió.

A toda prisa abandonó la reunión ante la desconcertante mirada del resto de amigos. Enfiló la dirección de la vivienda, subiendo las escaleras de tres en tres, sin acertar a introducir la llave en la cerradura. Por fin lo consiguió.

—¡Canelo!, ¡Canelo! -gritaba buscando a su perro con un mal presentimiento.

No había señales de él, pero el ruido era ensordecedor. Provenía del cuarto de baño, y se escuchaban unos ladridos, pero podría jurar que no eran de Canelo. ¡Imposible!. Su perro sería incapaz de transmitir esa violencia, esa ferocidad. Empujó la puerta, y esta no se abría. No tenía fuerzas para empujar, estaba débil, desfallecido, falto de sueño y alimento. Tenía la certeza de que un animal asesino habría entrado en el piso aprovechando su ausencia, y estaba devorando a su querido Canelo. Pero ¿quién le habría permitido la entrada? Lo que había allí dentro no podía ser un perro. Se escuchaban ladridos desgarradores, y se adivinaban salvajes mordiscos. Dentro se estaba produciendo un combate a muerte, y Alberto se sentía impotente para evitarlo. Una juguetona risa infantil se mezclaba con la agresividad y la rabia de los ladridos caninos.

La risa de la niña desapareció, sin embargo durante un rato que se hizo eterno, persistió los pavorosos aullidos del perro.

La puerta cedió sola, lentamente se fue abriendo, y apareció Canelo con la cabeza gacha, andares cansinos, gesto inexpresivo. ¿Era Canelo? Se encontraba agotado, jadeando con fuerza, con múltiples e inexplicables cortes en su piel, por donde parecía desangrarse. Al verlo se apartó despavorido. Por su boca emanaba gran cantidad de espuma blanca y sus ojos se hallaban inyectados en sangre. No se atrevió a acariciarlo, ni siquiera a acercarse para comprobar sus heridas. Dejó que este continuara su camino hasta llegar a un rincón y dejarse caer sin aliento. Miró en el interior del baño y ni señales de otro animal, ni por supuesto de niña alguna. Sin duda la locura se había adueñado de su mente.

Una vez repuesto de la primera impresión, colocó con recelo la correa a Canelo y lo llevó a su veterinario. Este impresionado al verlo, pidió explicaciones que Alberto se negó o no supo dar. Aunque se encontraba casi agonizando, logró salvarlo. Aseguró que las heridas eran muy feas y no descartaba una posible infección. Eran muchos los puntos de sutura y los antibióticos suministrados. Todo dependería de su evolución en los días sucesivos. Había que estar preparado para lo peor. Alberto dudaba si dejarlo en la clínica o llevarlo a casa, finalmente optó por lo segundo. Si algo le pasaba a su perro, quería estar junto a él cuando llegara el momento.

Por un tiempo anduvo desorientado, evitando el contacto con Canelo al que veía distante, y ausente. Al igual que su amo, dejó de comer, de dormir y hasta de beber. Ya no jugaba como de costumbre, no hacía ademán de ir tras su pelota, ni siquiera se dejaba acariciar emitiendo un sonido desgarrador cuando le pasaba la mano por el lomo. Estaba probado, su perro Canelo al igual que él, también había perdido la cabeza. Tras varios días agonizando, falleció. No le dolió su muerte, le había perdido el cariño, ya no era aquel perro fiel, cariñoso y amigo con el que convivió durante muchos años. Lo mandó incinerar.

Alberto le contó lo sucedido a su amigo Daniel, quien le aconsejó acudir a un psiquiatra que pusiera orden en su mente.

Fue cuando se acordó de una intrigante tarjeta adherida a la puerta del frigorífico por un adorno imantado. "Doctor Fonseca, psicoanalista especialista en trastornos del sueño, depresiones, ansiedad, y problemas psíquicos" -anunciaba.

—Por probar no se pierde nada -balbuceó con un hilo de esperanza.

La cegadora claridad inundaba el elegante despacho de aquella clínica. Sus inmensos ventanales dejaban pasar con nitidez la luz del día, dotando al despacho de una sensación acogedora y relajante.

Allí estaba Alberto tumbado en un cómodo diván con la cabeza apoyada en un mullido almohadón, y los pies extendidos y cruzados. Sin obviar nada de lo sucedido, ni un detalle, le explicaba al doctor sus tétricas experiencias paranormales.

Sonó el teléfono y el psiquiatra se excusó con su paciente.

—Perdone –se disculpó antes de atender a la llamada.

—¡Sí, Clara!, ¡ya me imagino!, otro inquilino que ha desaparecido sin dejar rastro. Bueno, no te preocupes, coloca de nuevo el cartel de "Se alquila", y lo dejo todo en tus manos. Confío en tu agencia, pero sobretodo en tus inigualables aptitudes para captar clientes. ¡Que se ha marchado sin pagar! No tiene importancia, cuando aparezca ya pagará con creces. Déjalo de mi cuenta.

Cuando se disponía a colgar agregó.

—¡Ah!, este sábado, si no tienes nada más importante, me gustaría compartir velada contigo. ¿Quedamos para cenar, y te cuento con más detalle? -por su sonrisa se diría que la respuesta había sido afirmativa.

A continuación marcó el número de una extensión.

—Rosa, prepara una dosis de ansiolítico inyectable y conecta la máquina de la risa. Envíeme a un par de celadores con el auto deportivo, y la chaqueta de los domingos, y no se olvide de preparar la doscientos veinticuatro para ser ocupada inmediatamente. ¡Sí, la que no tiene bañera! –puntualizó.

—¿Diagnóstico? Profundo brote psicótico, y esquizofrenia.

Alberto ignoraba que estaban hablando de él, hasta que relacionó el número de habitación. Giró la cabeza hacia donde se hallaba el individuo de bata blanca. Este distraído, continuaba hablando por teléfono. Sobre el escritorio del psiquiatra se hallaba un portarretrato donde aparecía una preciosa chiquilla de rizados cabellos rubios y ojos azules.

El pánico se apoderó de Alberto, intentó levantarse pero su cuerpo no le obedecía, incapaz de articular palabra o mover un solo músculo, y presa del terror. Quedó completamente paralizado. Aquella niña tenía un enorme parecido a la que se le aparecía cada noche desde su llegada a la misteriosa vivienda. Podría jurar que era la misma. Lo que unido al número de la habitación 224, le hicieron sospechar.

El médico colgó el teléfono acercándose con sigilo, aunque no pudo evitar que sus pasos retumbaran en el suelo entarimado de madera.

—Prosigamos -dijo, mientras tomaba de una estantería una chamuscada muñeca de trapo, comenzando a acariciarla-. Me comentaba que su visita era debido a que suele tener alucinaciones donde se le aparece una niña en mitad de la noche. ¿Me dijo que era escritor? ¡No le faltará un buen argumento para su próxima obra!

Mientras tanto en una sala contigua la enfermera se dispuso a llenar hasta el mismo borde una gigantesca jeringuilla de Midazolam, cantidad suficiente para dormir a un elefante durante veinticuatro horas seguidas. A continuación enchufó a la corriente unos electrodos utilizados para electroshock. Casualmente también sonreía de modo muy parecido al del terapeuta. Nadie alcanzaba a adivinar que se trataba de su esposa. No necesitó currículo para acceder a trabajar en la clínica mental privada de su desquiciado marido, aunque en lugar de clínica, su nombre más acertado sería manicomio, y la palabra privada debería ser sustituida por clandestina, ya que nadie conocía lo que se escondía tras aquellos inaccesibles muros y espinosas alambradas. Ni un solo letrero indicaba el uso del edificio. ¡Total!, los que habitaban aquel supuesto paraíso solo eran tarados olvidados de la sociedad, pagado con gusto por sus familiares para mantenerlos alejados.

En ese instante dos corpulentos celadores vestidos de un blanco impoluto llamaron a la puerta. Uno empujaba una silla de ruedas, mientras el otro portaba una camisa de fuerza.

Alberto miraba atónito. No daba crédito. Debía estar soñando.

—¿Nos ha mandado llamar, doctor?

—Si, gracias. Acompañen a este señor a la suite doscientos veinticuatro.

Así lo hicieron. Alberto no opuso resistencia, y se dejó hacer. La sumisión e impotencia se reflejaba en él, mientras una macabra sonrisa se volvías a dibujar en el rostro del psicoanalista.

Su mujer, demás familia, y amigos, en todo momento creyeron que aquel era el lugar idóneo. Ni siquiera se extrañaron cuando les prohibieron las visitas, alegando que estas alteraban al paciente, acrecentando su dolencia, y alterando su estado mental. Dentro de aquellos muros tenía reposo, sosiego, silencio, y calma, todo lo necesario para poder escribir sin contratiempos el último capítulo de su novela.

Todos sus allegados coincidían en que su ansiedad y depresiones venían por supuesto de mucho tiempo atrás. Aseguraban que la soledad vivida en aquel siniestro pisito, solo consiguió acrecentar su trastorno.

Con el paso del tiempo se rodeó de inofensivos y excéntricos compañeros de residencia, que se reunían para contar sus disparatadas historias. Cada uno a su manera, tan distintas, y a la vez tan similares. Todas tenían un lazo en común, un punto de concordancia, una fatal coincidencia, pero ninguno en su acentuada demencia atinó a averiguarlo. Nunca intuyó que quienes compartían la clínica con él, eran antiguos inquilinos del inmueble de la calle Melancolía. ¡Familias completas que habían habitado en el!

Cada tarde se le veía pasear por el jardín. La primavera había llegado y los árboles lucían en flor. Se le notaba abstraído y ausente, en algunas ocasiones caminaba aturdido, y en otras, se le contemplaba sentado en su silla de ruedas, mientras ésta parecía desplazarse sola. Movía los labios en clara muestra de hallarse hablando con alguien, o pudiera ser que tan solo tarareara aquella canción de Sabina que recordó cuando alquiló el pisito: "Vivo en el número siete, de la calle Melancolía. Quiero mudarme hace años al barrio de la alegría, pero siempre que lo intento ha salido ya el tranvía, en la escalera me siento a silbar mi melodía". Y continuaba silbando…

Su locura se agudizó con el tiempo, y hasta sus más íntimos y allegados decidieron dejar de visitarle. Pero él miraba a su alrededor y se veía acompañado. Sus inseparables amigos Isabel y Canelo, eran los únicos que se negaban a abandonarle. Mientras una mecía su silla, el otro permanecía inmóvil dormitando a su lado.

Alberto, nunca más recuperó la razón, pero si encontró el título a su novela inacabada:

¡¡¡LA NIÑA Y EL PERRO!!!

NIDO IV: LA CABRA "BENITA"

Lo maravilloso de la infancia,
es que cualquier cosa en ella, es una maravilla.
(Chesterton)

El calor de la mañana dominical de julio se adueñaba de las calles, mientras el chiquillo corría como alma perseguida por el diablo escuchando a sus espaldas la protectora voz de su madre que gritaba.

—¡Antoñín, ten cuidado y no te alejes, que si te descuidas los "húngaros" te llevarán con ellos!

Cuando el pequeño llegaba al cruce de Polifemo con Goya en la Huerta de la Reina cordobesa, se santiguaba sin detenerse al cruzar frente a la Iglesia de San Fernando, sorteando con dificultad a la multitud bien acicalada para la ocasión, que esperaba en la puerta para escuchar misa de once. En la entrada de la parroquia se encontraba don José Cañones, sacerdote de la misma, saludando a los concurrentes con la única intención de controlar quien asistía y quien no, al obligado encuentro semanal en la Casa del Señor. El chiquillo sin detenerse en su carrera, realizaba una ridícula pantomima de lo que debería ser una respetuosa genuflexión, al paso por el portón principal del templo.

—¡Antoñín! -escuchaba tras él la voz chillona del cura, y raudo se volvía, le tomaba la mano derecha, y con desgana zampaba en ella el beso de cumplido precepto. El párroco boquiabierto y realizando un gesto de desaprobación con la cabeza, veía impotente cómo se alejaba acelerando el paso.

Otro domingo sin asistir a su cita con Dios. Ardería en el infierno, pero la causa lo merecía –pensaba el chavalín.

El sacerdote sabía a dónde iba, al igual que aquel niño conocía con certeza, que su madre se enteraría del supuesto desaire al cura, y la grave ofensa al Santísimo. Le haría confesarse al día siguiente. La penitencia sería grande, y le aguardaba rezar *Padres Nuestros y Aves Marías* hasta que le salieran rozaduras en las rodillas, para reparar el pecado mortal cometido. Eso sin contar con la enorme reprimenda.

¡Bonito era Don José para guardar un chisme! Pero le daba igual, con tal de no llegar tarde a su reencuentro mensual.

Varios pasos atrás, se escuchaba el ¡Ufff! de Paquito "de Carmen" y Pedrito "de Teresa", que rebufando le seguían en su agotadora carrera.

En la lejanía, ya se oía los chirridos de una trompeta desafinada, entonando algo parecido a un pasodoble.

—¡Vamos, vamos, correr que no llegamos! -animaba Antoñín "de Emilia" a sus amigos, que sudorosos intentaban alcanzarle sin conseguirlo.

Pasaban muy cerca del señorial pórtico de entrada a su colegio Nuestra Señora de la Fuensanta, que lógicamente se encontraba cerrada por ser festivo, y por fin llegaban sin resuello a la explanada de amarillento albero, que unía la Acera Tomás de San Martín con la vía ferroviaria de la antigua línea Córdoba-Almorchón.

Los chavales sabían que el espectáculo había comenzado, pero les quedaba la esperanza de que su amiga "Benita", no hubiera aún demostrado su arte. Se decían entre ellos resoplando: - ¡Ojalá no haya subido ningún peldaño de la vieja escalera!

—¡Ooooohhhhhh!, -se escuchaba a lo lejos exclamar el gentío.

Y se imaginaban al joven y atractivo forzudo de torso desnudo, soplando con fuerza gasolina sobre una maza de fuego, a escasos centímetros de su cara. Entonces se obraba el milagro, una mágica llamarada pulverizada de más de un metro, aparecía imponente ante el público que se apartaba temeroso.

¡Otra vez, se lo habían vuelto a perder!

—¡Cachis en la má! -protestaba Antoñín, que insistía suplicando rapidez a sus amigos.

—¡Correr, correr! -pero otro largo- ¡Ooooohhhhhh!, -volvía a oírse, para su desesperación. Sabían que ahora se trataba del mismo muchacho, que tras despojarse de sus raídos zapatos, se encontraría caminando descalzo sobre miles de cristales, sin recibir un solo rasguño.

Pero no les importaba, porque lo que de verdad les maravillaba, lo que les ilusionaba, era la fantástica exhibición de "Benita", siempre guardada para el final.

Los chiquitines con no más de ocho años de edad, aprovechando su diminuta estatura y entre empujones, conseguían siempre colocarse en un lugar preferente. Buscaban una piedra acogedora para su trasero, y se sentaban radiantes de felicidad, dispuestos a contemplar lo que quedaba de función.

El gitano patriarca de la plebe, con arrugado sombrero de fieltro y sentado en una silla de enea sin respaldo, soplaba con el rostro enrojecido, la deforme trompeta cada vez con más fuerza en su intento por acaparar un buen número de público, mientras otra zíngara algo entrada en carnes le acompañaba golpeando un destartalado tambor.

"Benita", la cabra enjuta y escuálida cuyos huesos se dejaban ver por cualquier rincón de su cuerpo, y atada a una cuerda roñosa, permanecía ajena a las miradas de la multitud, sabiendo que era ella, y ¡solo ella!, la protagonista de la obra, ¡la actriz principal!

Una chiquilla cetrina, con camiseta y falda de chillante colorido, una enorme flor en la cabeza, y una pandereta carente de piel, bailaba alrededor del círculo, al son de trompeta y tambor. A pesar de la corta edad, tenía algo la zagala que atraía. La sensual danza de esa niña que entre giro y giro les miraba de manera insinuante, les producía un extraño hormigueo en sus barrigas cuyo origen desconocían. Lo averiguarían años después.

En su inocencia infantil, ya notaban el placer de la contemplación del talle femenino, cuando esta se contoneaba ante sus narices, babeando ellos al unísono.

Junto a ella, una perrita que con apuro lograba sostenerse a dos patas, con un estrambótico traje de lunares con volantes, intentaba seguir el ritmo de la música. El gentío aplaudía y reía ante la cómica escena.

En un momento dado, el supuesto jefe de la prole se levantaba y entonaba una melodía diferente con mucha más fuerza que las anteriores, como avisando que el número más importante de la tarde estaba a punto de comenzar. Entonces, todas las miradas eran para "Benita", que nerviosa reconocía el momento, y empezaba a mostrarse inquieta y dispuesta a actuar.

El silencio se hacía expectante, cuando la anciana gitana colocaba en el centro con un halo de misterio la escalera de madera carcomida. Se dirigía a la cabra y exclamaba: ¡¡¡Arriba Benita!!! Todas las miradas se centraban en la macilenta chiva, tanto, que la gitanilla con sus contorsiones y balanceo de caderas, así como la perrita con su simpático baile, pasaban a un segundo plano y totalmente desapercibidas. La cabra de manera cansina pero no exenta de solemnidad, empezaba a subir muy lentamente cada uno de los peldaños de la escalera, mientras la trompeta sonaba más y más fuerte.

Cuando "Benita" acariciaba la cumbre, y tras un arduo esfuerzo sus patas se disponían a posarse sobre la plataforma superior, el sonido de la trompeta era sustituido por el redoble del tambor de hojalata. En aquel instante, cuando tan solo faltaba el definitivo sacrificio para finalizar su brillante actuación, la gitana de mayor edad, con ancho vestido multicolor, y un enorme moño adornado con jazmines, sorprendía a todos colocando unos pequeños tacos circulares para dotar de mayor altura a la escalera. De nuevo se oía la misma frase imperativa ¡Benita arriba!, y la pobre cabra sin opción a negarse, y con una cara de miedo difícil de disimular, daba el paso crucial, en una ejemplar demostración de equilibrio. La lealtad, disciplina, y fidelidad del animal, estaba por encima del temor a una mortal caída. Todos sabían que "Benita" era consciente de que su supervivencia y la de aquella familia con la que convivía, dependía de posar sus cuatro patas en el taco superior de apenas diez centímetros cuadrados. Una vez arriba y muy lentamente se giraba a su alrededor, como esperando ese aplauso que indicará a sus amos el momento de escuchar la mágica y esperada frase ¡Benita abajo!, junto al premio de alguna golosina.

Las palmas y exclamaciones no se hacían esperar, y sin pérdida de tiempo, la gitanilla bailaora a la señal del trompetista, se paseaba ante los congregados con un plato de hojalata oxidada, solicitando la bondad y gratitud del público en forma de algunas pesetas.

Antoñín la observaban sin pestañear, y Paquito en más de una ocasión llegó a preguntarle enojado:

—¡Pero bueno!, ¿tú a que vienes, a ver a Benita, o a la niña esta? -pero el pequeño no contestaba, abstraído con el espectáculo.

Casi siempre, al pasar junto a su amigo Pedrito, la chiquilla le guiñaba un ojo en señal de complicidad, y este ruborizado sonreía bobalicón. Fue cuando por primera vez, supo Antoñín lo que era los celos. ¿Qué tenía su amigo que no tuviera él? –se preguntaba-. Pronto lo supo, era más alto, rubio, guapo, y además llevaba ya pantalones largos.

En aquel instante la multitud se dispersaba, y eran pocos los que esperaban al final para despedir a los mágicos artistas callejeros, que una vez al mes regalaban al barrio unos minutos de fantasía.

Los gitanos guardaban la recaudación en una bolsita, y recogían sus bártulos, escalera, instrumentos, y animales, los introducían en el carro del que tiraba una longeva mula, y emprendían la ruta de regreso. Siempre eran los últimos en marchar. Cuando el carromato se alejaba y Benita caminaba alegremente junto a el, esperaban la mirada de la niña que sentada en la parte trasera les decía adiós con la mano.

De vuelta a casa, los tres amigos sabían la reprimenda que les esperaba, pero sopesando los pros y los contras, siempre pensaron que valía la pena arriesgarse, incluso el castigo. Total, solo se trataba del primer sábado de cada mes, y ¡"Benita" se lo merecía!

====== OOOOOO ======

Medio siglo después y a ciento cincuenta kilómetros de distancia, se encontraba el abuelo una mañana primaveral paseando con la familia por la calle La Fuente de Tomares, muy lejos en tiempo y lugar de donde ocurrió la historia relatada anteriormente. A sus oídos llegaba el eco de una trompeta y un organillo. Era el pasodoble "España Cañí", con el tiempo llegó a saber su nombre, el mismo que sonaba aquellas mañanas de domingo, cuando siendo tan solo un chiquillo, corría sudoroso e ilusionado al encuentro de Benita. La melodía perfectamente acompasada y como si de un embrujo se tratara, se apoderó de él, haciendo que sus pasos se dirigieran hacia las Cuatro Esquinas, donde un revuelo de vecinos se congregaba.

Comprobó como el origen de la música, provenía de un grupo de gitanos dispuestos a realizar el número de la "Cabra".

Con semblante radiante, decenas de niños se arremolinaban sentados en el suelo, mientras la mayoría de sus padres no podían disimular su sorpresa, pues escasos eran los que conocían la existencia de dicho espectáculo, si no habían tenido la suerte de escucharlo por boca de sus mayores.

La memoria del anciano retrocedió en el tiempo, y pudo ver unas imágenes que permanecían guardadas bajo llave en lo más profundo de su cerebro. Mientras actuaban los artistas del improvisado circo ambulantes, notó pasar ante sus ojos como si de una vieja cinta de celuloide se tratara, el anterior relato.

Una vez finalizado y como si regresara por un lejano túnel, acertó a oír la voz de su hijo, que con su nieto en brazos, le preguntaba sonriendo:

—¿Te ha gustado, papá?

Desorientado, intentó volver a la realidad. Cuando lo hizo, solo le dio tiempo a contemplar cómo los zíngaros recogían sus numerosos cachivaches, para emprender la marcha hacia el pueblo más cercano.

Disimulando contestó: —¡Me ha encantado hijo, me ha encantado! Mientras su nieto Rafaelito gritaba entusiasmado: —¡Más, abuelo más!

La muchedumbre se fue disolviendo, pero el quedó absorto mirando como el carromato se perdía en la lejanía. La cortinilla trasera se entreabrió, y asomó el rostro de una gitana cincuentona que le guiñó un ojo de manera pícara. Por un momento creyó reconocer en ella, a la niña que con su contoneo provocativo y sensual acompañada de un abollado plato de hojalata, fue capaz de proporcionarle aquel primer y agradable cosquilleo en el estómago, cuyo origen desconocía.

Y recordó a sus amigos Paquito de Carmen y Pedrito de Teresa, mientras la gitana cerraba la cortina, desapareciendo tras ella.

—¡No puede ser la misma! -pensó el abuelo- La nostalgia estaba jugando y bromeando con su mente senil.

Observó a la vieja cabra que caminaba lánguidamente tras el carro hasta perderla de vista, y supo con certeza volviendo a la realidad, que aquella no era su querida "Benita" de la infancia.

NIDO V: <u>LA HUELGA GENERAL</u>

Quien siembra vientos, recoge tempestades.
<u>(Dicho popular)</u>

Juan no lograba conciliar el sueño, ante la inquietante duda de cómo actuar cuando amaneciera. Una lucha feroz entre su corazón y su mente le impedía dormir.

A la mañana siguiente tendría lugar la Huelga General contra algunas reformas del Gobierno que afectaba a muchas empresas, y por supuesto a su sector del taxi, como el incremento de los precios de los carburantes, y la subida de impuestos, entre otras, hecho que había convocado a sus compañeros a manifestarse en protesta apoyados por sindicatos.

El deseaba unirse a ellos, luchar por lo que creía justo, pero a la vez pensaba que no podía permitirse el lujo de dejar pasar un solo día sin salario. Se le vino a la cabeza los gastos de la hipoteca, el colegio de los niños, los plazos del coche, los recibos amontonados y sin pagar, de luz, agua, gas, y teléfono, con la amenaza de que se lo cortarían en breve tiempo. Y decidió finalmente no secundar la huelga, haciendo caso omiso a su corazón y a su conciencia.

Él no era autónomo, era un simple asalariado contratado por el dueño del taxi, que la tarde anterior le prohibió tajantemente salir a trabajar. Pese a todo y agobiado por las deudas y avisos de impago, desoyó el mandato de su jefe.

Se incorporó muy de mañana sin haber pegado ojo. Le dio un beso a su esposa evitando despertarla, y tomó su taxi para sacarse unos eurillos que le permitieran seguir comiendo un día más. Sabía con certeza que si se cruzaba con su patrón, o con alguno del gremio, tendría problemas, pese a ello, decidió aventurarse.

Circulaba por las calles semidesiertas de su ciudad, cuando notó un enorme golpe en una de las puertas del vehículo. Una piedra lanzada por algún incontrolado había impactado sobre ella. Es igual, confiaba en que el seguro lo cubriera, antes de que nadie lo advirtiera. Se dijo, en un afán por tranquilizarse.

Más adelante pudo ver, como una nube de humo se elevaba en el horizonte. Conforme se aproximaba, comprobó que este provenía de varios contenedores de plástico que ardían en medio de la calzada. En algunas esquinas comenzaban a levantarse barricadas infranqueables, y se propuso evitarlas. Las esquivó con habilidad y prosiguió su recorrido. Llevaba el susto en el cuerpo, y en un tris estuvo de dar media vuelta, volver a casa y unirse a sus compañeros que seguramente se hallarían en la Central, preparando sus pegatinas y pancartas. Sería menos arriesgado.

Otra vez, la inquietud por no poder llegar a final de mes le angustiaba. Su situación económica era alarmante. Conocía el riesgo que corría, pero continuó su camino intentando que algún cliente le parase.

Iba absorto en sus pensamientos cuando una enorme multitud se plantó delante. Llegó al convencimiento de que su trabajo aquel día había finalizado, pero se equivocaba, la gente se arremolinaba ante una señora mayor que había sufrido un repentino desvanecimiento. Un transeúnte levantó la mano solicitando ayuda, y Juan no dudó en detenerse. Con gran dificultad y entre varias personas, colocaron a la obesa mujer en el asiento trasero del taxi.

—¡Vaya comienzo de día he tenido! -se lamentó.

Uno de los testigos del suceso, se ofreció a acompañarla hasta el hospital más cercano.

En cuestión de segundos se hallaban a toda velocidad por las calles de la localidad buscando el itinerario más corto al centro médico, mientras el acompañante agitaba un pañuelo por la ventanilla, requiriendo vía libre a los vehículos que le precedían.

La mujer parecía no reaccionar, él con sus elementales nociones de primeros auxilios, dudaba si se trataba de un infarto de miocardio o de una angina de pecho.

Desde el asiento del conductor preguntaba:

—¿Cómo se encuentra?

—Mal, muy mal, está muy pálida, su respiración es débil, se queja de fuerte dolor en el pecho, y suda copiosamente.

—Claros síntomas de cardiopatía -alegó.

La señora vomitó en el auto, manchando la tapicería. Juan recordó una de las lecciones más elementales que recibió en aquel lejano curso de socorrismo, al que asistió obligado para poder trabajar de taxista. Abrió la guantera y tomó una cajita de aspirinas.

—Tenga dele una -le indicó al individuo de atrás. Le dijeron que en estos casos, servía para diluir la sangre evitando los coágulos-. Seguro que algo le alivia -dijo esperanzado.

Ya se veían por los alrededores algún grupo de individuos con carteles, pero estos se mostraban pasivos, inofensivos, repartiendo folletos a los viandantes. Trataban pacíficamente de alentar a los ciudadanos a apoyar la huelga, explicando sus ventajas.

Tan solo a unos metros se hallaba "el piquete". Una masa iracunda de rostros ocultos por pañuelos, gorras y pasamontañas, se parapetaba tras una pila de neumáticos a la que habían prendido fuego. El sonido era ensordecedor, y la humareda no permitía la visión a diez metros a la redonda. Protestaban con silbidos y golpeando cacerolas, a la vez que impedían la circulación a todo vehículo sin sirena o luces giratorias que se aproximaba. El colapso de tráfico era enorme, ante la impotencia de aquellos que necesitaban imperiosamente llegar a sus destinos.

No se trataba de un piquete informativo, no eran pacíficos trabajadores con intención de persuadir, sino más bien de forzar a secundar la huelga con actitud intimidatoria. Una cuadrilla de fanáticos enloquecidos - afortunadamente no pasaban de la veintena- esgrimiendo métodos violentos y amenazantes, querían imponer su ley. No la del derecho a la huelga, sino la del derecho a la coacción.

Cuando Juan llegó a la altura del fuego, rodeó a este, y ante su vista acertó a reconocer a ciertas personas. Eran sus amigos Pedro y Ernesto, compañeros de profesión, quienes le impedían el acceso. Juan se identificó sin éxito. El piquete no estaba por la labor de ceder un ápice en su intento por que la huelga diera sus frutos. Se habían infiltrado algunos miembros ajenos a la causa, a los que solo les importaba la agresividad y la violencia para general el desorden y el caos.

La mujer continuaba con un hilo de vida, pero esta se iba consumiendo con el transcurrir de los minutos. Juan suplicó, mendigó comprensión, hasta bajó del auto para hablar, pero solo se encontró con un puñetazo, que le hizo sangrar abundantemente por la nariz. Se volvió a introducir en el taxi, y este fue zarandeado de manera salvaje por una banda furibunda.

La Policía hizo acto de presencia siendo recibida a pedradas e insultos por los manifestantes. Unos pocos animaban a los congregados a actuar con mayor contundencia, aunque la mayoría se trataba de meros trabajadores que intentaban lograr mediante movilizaciones, unos derechos que le habían sido arrebatados.

—Por favor, dejen la vía libre. Desalojen la calzada o nos veremos obligados a intervenir -se oía desde un megáfono instalado en la parte superior de un coche patrulla.

—¡De aquí no nos mueve ni Dios! -alegaban envalentonados los cabecillas.

Juan imploró a los allí reunidos que le dejasen pasar. Intentó dialogar con la policía, pero ésta enfrascada en los disturbios, solo le ordenó que volviese al coche sin dejarlo explicarse. El deseaba hacer saber que transportaba a una mujer muy grave, agonizante, que precisaba atención médica inmediata. De nada sirvieron sus ruegos. Aquello era una salvaje batalla campal, donde la visión era nula y el ruido ensordecedor. Botes de humo, pelotas de goma, piedras, y toda clase de objetos volaban sobre su cabeza.

Arriesgando su integridad física, se plantó ante la barricada. A gritos explicó los motivos de su urgencia.

—Lo siento, si lo hacemos contigo, tenemos que hacerlo con todos. Cada cual se inventa una excusa, ¿quién me dice que es verdad? -alegó.

—¿Una excusa? Se está muriendo una persona en el asiento trasero de mi taxi, y es cuestión de segundos su supervivencia.

Se escuchó un fuerte ruido de cristales rotos en la acera de enfrente, era la vidriera destrozada de una cafetería cuyo propietario decidió abrir esa mañana. Cada uno luchaba por lo que creía suyo, pensando que la razón le amparaba, cuando era la sinrazón personificada la que se adueñaba del lugar.

Aquello era la guerra, contenedores volcados, farolas rotas, señales de tráfico arrancadas, gomas de neumáticos ardiendo, todo el mobiliario callejero era aplastado por los insurgentes que arrasaban con todo. El caos era total.

—¡Pedro!, ¡por tus muertos!, déjame pasar que se me muere en el coche.

—Juan, ya sabes tú que lo haría, pero estos de al lado –indicando a cuatro o cinco enmascarados con bates en las manos y rostros tapados- me matarían. ¡Lo siento pero no puedo!

"Lo siento pero no puedo". Aquella frase se le quedó grabada a fuego y nunca la olvidaría.

—¡Joder Pedro!, ¡inténtalo!, por tu madre, por tus hijos, por lo que más quieras. ¡Déjame pasar!

—Precisamente por eso no te dejo Juan, por mi madre y por mis hijos. Cuando llegué aquí, esto estaba casi vacío. Solo éramos unos cuantos los que ocupamos la carretera con inofensivos silbatos, pancartas y folletos informativos. Luego se fueron uniendo gente desconocida que incitaban al desorden. Nos amenazaron si alguno se rajaba y se echaba para atrás, y nos vigilan al igual que a vosotros. Ya no somos piquetes, somos simples secuestrados, rehenes de estos descerebrados, intentando sobrevivir. Somos cómplices involuntarios. Lo siento de corazón, Juan.

—No puede ser -volvió a repetir.

Dudé si decía la verdad, o se amparaba en ese pretexto para implantar su voluntad. Los antidisturbios se afanaban en detener a los más belicosos, protegiéndose con escudos de las pedradas que le llovían, mientras cargaban a porrazos contra los líderes de la revuelta. Ya se contaba por decenas los heridos de manifestantes y miembros de las Fuerzas de Orden Público. Las ambulancias hicieron acto de presencia para trasladar a los afectados. Fue cuando Juan pidió a los sanitarios de una de ellas que pasaba casualmente por el lugar, que se hicieran cargo de la enferma. Estos atendiendo sus ruegos miraron en el interior del taxi, le tomaron el pulso, y uno de ellos exclamó apesadumbrado:

—Ya no hay prisa. No hay posibilidad de reanimación, está fría como el hielo. ¡Ha muerto! —era un hombre con uniforme reflectante, y fonendoscopio al cuello, quien lo afirmaba con total seguridad. Ni siquiera les dio tiempo a sacar el desfibrilador. La introdujeron en la ambulancia, logrando con dificultad atravesar la barrera humana, y enfilar el camino de la morgue hospitalaria.

El mundo se le vino encima a Juan, se sentía mal, y se preguntaba ¿por qué aquella maldita mañana de marzo tuvo que coger el taxi? ¿Por qué no estaba con sus compañeros luchando por lo que era suyo y le intentaban arrebatar injustamente? Si así lo hubiese hecho, ni siquiera habría conocido a la pobre mujer que inerte yacía minutos antes en la parte trasera de su coche. No se habría enfrentado a su amigo Pedro, no tendría que dar explicaciones en el Centro de Salud, ni a la Policía, ni siquiera mañana a la Patronal.

Se sintió desolado al ver que su esfuerzo altruista había resultado estéril. Durante un rato indefinido estuvo sentado en un banco de unos jardines próximos, meditando si su actuación había sido la correcta. Si podía haber hecho algo más por salvar la vida de aquella mujer. ¿Quién le daría la noticia a su familia?

Luego dejó aparcado el taxi en un lugar seguro, y volvió a casa caminando. Cuando llegó, era el reflejo de la impotencia. Aunque encontró el aliento de sus seres queridos, solo le apetecía llorar.

A la mañana siguiente acudió a la empresa y se encontró con el finiquito. Le habían despedido. Esgrimieron como motivos: "Desobediencia al patrón, y no secundar la huelga".

Por mucho que luchó con sindicatos y abogados para que se considerara su despido improcedente, no lo consiguió. Su tesón no obtuvo fruto, solamente ocasionó un gasto extra familiar, que tendría que sumar a los ya existentes. Y sin saber cómo, se encontró en la larga cola del paro, con una mujer y cuatro hijos, además de una hipoteca y un coche por pagar. Se derrumbó.

Innumerables fueron las citaciones por autoridades policiales y médicas, para declarar sobre lo acaecido aquel día. En su agobio, llegó a sentirse culpable de la muerte de la anciana. Pero en su mente quedó el gesto de agradecimiento de la familia de la fallecida, fue lo único que le reconfortaba. Le quisieron premiar con ayuda económica, pero se negó tajantemente. ¡Aunque buena falta que le hacía! Nadie más había preguntado quien fue el valiente taxista que se enfrentó aquella mañana a un ejército de energúmenos enrabietados y enfebrecidos, en su intento por salvar una vida. ¡Nadie! Ni siquiera su amigo Pedro se apiadó de él. Este evitó la despedida, eludió el encuentro personal cuando Juan se dispuso a abandonar las dependencias de la empresa. El temor a posibles represalias de los jefes, le hizo rechazar el abrazo a su colega. ¡Ya no era de los suyos! Se conocían de muchos años atrás, incluso comenzaron juntos su andadura al volante del servicio público, pero no quería complicaciones, aunque eso conllevara sacrificar para siempre una íntima amistad. A Juan le dolió profundamente, pero nuca se lo reprochó.

Durante un tiempo no lograba sacarse de la cabeza la escena de aquella pobre mujer moribunda en el asiento trasero. La agónica imagen que veía a través del espejo retrovisor mientras conducía, se le aparecía en cada pesadilla. No pudo hacer nada por ella, pero su recuerdo le acompañó, robándole el sueño durante muchas largas noches.

Pasaron los meses, y Juan con mucho sacrificio y a base de mucha paciencia entregando currículum, logró colocarse en una gasolinera. Se le volvía a ver feliz, y la sonrisa afloraba de nuevo a su rostro. Horario de ocho horas, y a casa con los suyos. El sueldo no era demasiado atractivo, y en muchas ocasiones tendría que realizar turnos de festivos y noches, pero por lo menos podía hacer frente a las deudas, y estaba contento de saber que no les faltaría a los suyos un plato de comida y algún capricho. Miraba su casa con regocijo viéndola casi suya, cuando ya la daba por perdida -se encontraba al borde del desahucio,- y observaba con orgullo a sus hijos marchando al colegio, soñando con que algún día no muy lejano, aunque con enorme sacrificio, podría pagarle el estudio de alguna carrera universitaria.

===== OOOOOO =====

Pasaron un par de años y se convocó otra huelga general, el país no levantaba cabeza. En esta ocasión lo pensó mejor y se unió a los sindicatos. Recordó aquella negra jornada, aquella mujer expirando ante sus ojos, los reproches de los compañeros, y no quería volver a vivir la misma incómoda experiencia.

En un principio pensaba secundarla solo con la no asistencia a su trabajo, pero después decidió unirse a la lucha con sus compañeros de profesión. Sin saber cómo se halló cortando el tráfico y gritando: "Justicia por un salario digno". Los claxon de los coches se escuchaban exigiendo paso, pero él contagiado por la muchedumbre que le apoyaba, se negaba a ceder ni un metro de terreno.

Aún no se había personado en el lugar la policía. Cuando más caliente se encontraba la confrontación y el alboroto era álgido, se acercó jadeante un hombre. Este vestía elegante traje oscuro con corbata y pelo engominado. Sus zapatos impecablemente limpios llamaban la atención. Se acababa de apear de un flamante Mercedes con un maletín en la mano.

—*Por favor, déjeme pasar, necesito llegar a tiempo.*

Juan reconoció al momento al personaje, supo de quien se trataba aunque se había dejado un estúpido bigotillo, y su vestuario fuera muy distinto al que llevaba la última vez. El destino quiso que se produjera un reencuentro fortuito.

—*¡Hombre Pedro!, ¿cómo tu por aquí? Me alegro de verte. Veo que la vida te trata bien. Dame ese abrazo que quedó pendiente cuando me marché del gremio -le dijo con punzante entonación y abriendo los brazos exageradamente.*

El antiguo amigo se quedó petrificado, pero supo reaccionar.

—*Hola Juan, ¡que sorpresa! déjame pasar, necesito llegar a una reunión vital. De ella depende un importante contrato, que de conseguirse me proporcionaría un suculento beneficio económico, así como un merecido ascenso en la empresa. Llevo años esperando este día -todo ello lo dijo mirando al maletín que con fuerza sujetaba en su mano.*

—*¿Ya no trabajas en el taxi? –preguntó Juan.*

—*Lo dejé poco después de que te despidieran. Una multinacional me ofreció un puesto relevante y bien remunerado. No pude negarme y lo acepté -insistió-. ¡Pero por tu madre, por tus hijos, no me entretengas y déjame pasar!*

Esas palabras retumbaron en sus oídos. Eran las mismas que un día él también pronunció para que Pedro se apiadara, y le permitiera atravesar con su taxi el muro humano, con aquella mujer moribunda.

—*Desde entonces no secundas las huelgas ¿verdad Pedro? Debe ser muy importante lo que llevas ahí -señalando con un gesto despectivo el lujoso maletín.*

—Si Juan, en estos papeles se encuentra buena parte de mi futuro. Significan mucho. Necesito mostrarlos a tiempo ante la directiva en la reunión de esta mañana. Si alguien presenta otro proyecto antes, será mi ruina profesional. Ya voy tarde. ¡Si llego asciendo, si no, me despiden!

—Pedro, ¿te acuerdas de aquella pobre mujer agonizante, que viajaba en el asiento trasero de mi taxi? ¿Aquella por la que te supliqué que me dejaras pasar?

—Sí Juan, ¡claro que me acuerdo! y lo siento.

—¡Que lo sientes! No seas falso, ni siquiera te has acordado de ella en todo este tiempo. Pues bien, ¡si ella hubiera llegado al hospital estaría viva. Tú decidiste su destino. Por eso hoy, por su marido, por sus hijos, por sus nietos, no te dejaré pasar y yo decidiré el tuyo. Lo tengo decidido Pedro -puntualizó mirándole a los ojos-. Creo que perderás tu trabajo como yo perdí el mío, y como aquella señora perdió su vida. Así funciona esto. Unas veces se gana y otras se pierde. Y hoy te ha tocado perder, al igual que aquella maldita mañana me tocó a mí.

Todo ello lo pronunció sin rencor, sin aspavientos, sin que nadie le indujera a hacerlo. Necesitaba desahogarse, precisaba devolver a aquella mujer parte de la afrenta recibida. Y lo más curioso, es que sabía que su conciencia seguiría tranquila después de aquello. Posiblemente dejaría de pasar las noches en vela recordando una muerte inútil. Y con toda seguridad, el futuro de su antiguo compañero no le arrebataría ni un segundo de gratificante sueño.

Pedro cayó de rodillas. Su impecable traje comenzó a mancharse, sus zapatos ya no estaban igual de impolutos, y un golpe en el maletín hizo que este se abriera, dejando volar al viento un montón de documentos imposible de rescatar. Al instante se encontraban pisoteados por la marabunta.

—Pedro, contéstame, ¿qué son esos informes, comparados con una vida humana? Tú tendrás más oportunidades, ella no tendrá esa suerte.

No hubo respuesta. Solo se escuchaba el llanto sin consuelo de un hombre intentando recuperar inútilmente del suelo, un manojo de papeles arrugados, sucios, y rotos, que le llevarían a la ruina.

NIDO VI: MI QUERIDO MANUEL

No hay poema más triste, que la mirada de un niño maltratado.
(Davy Jones)

La pequeña Rocío, observaba y callaba desde su camita en un rincón del oscuro dormitorio. Sonaba martilleante el tic tac del viejo reloj sobre la mesilla de noche de su madre, María. Hacía minutos que su sueño era esclavo del insomnio, y temerosa de que el sonido de la alarma del despertador pudiera poner punto final al descanso de su marido, decidió desconectarlo con la seguridad de que él se enfadaría, y con razón, si llegaba a sonar e interrumpir su merecido reposo.

Las agujas marcaban, las cinco y veinte. Acurrucada en el mullido colchón y abrazada a la almohada, cerró los ojos pensando que aún disponía de diez minutos, ¡diez maravillosos minutos! para seguir disfrutando del calor que le proporcionaba el cuerpo de su Manuel. Pero unos ronquidos le devolvieron a la realidad, giró la cabeza y comprobó angustiada que el reloj marcaba las seis menos veinte. Se incorporó con cautela para no hacer ruido, tendría que darse prisa para recuperar esos minutos perdidos. Mientras se recogía el pelo en un descuidado moño y se vestía en la más completa oscuridad, miró hacia la cama haciendo un esfuerzo por verlo. Le gustaba contemplarlo cuando dormía.

El pobre siempre roncaba demasiado fuerte cuando bebía en exceso, y anoche lo hizo. Abandonó el dormitorio de puntillas, no quería molestarlo, pues a las siete tenía que madrugar para acudir a la obra. Debía descansar para poder trabajar, y sabía que su obligación ¡ya lo dijo el cura el día de la boda! era cuidarlo, y mimarlo, en definitiva, era el que traía el dinero a casa. ¡Poco!, porque en ocasiones se lo gastaba en algunas copillas con los amigos, o en interminables partidas de cartas, que hacía que volviera bien entrada la madrugada y con un genio de perros. Pero lo importante es que tenían para comer.

Sí, ya sabía ella que pasaban fatiguitas para llegar a final de mes; que los niños necesitaban unos zapatos nuevos, que los calcetines de Manolillo no aguantaban ni un remiendo más, y que a Rocío se le salían los dedos por la costura de aquellos guantes de lana que le compró hace ya varios inviernos. Menos más que fue previsora y lo escogió un par de tallas más grande.

Pero era un hombre bueno. Algunos domingos, cuando volvía del fútbol, si ganaba su equipo la sacaba de paseo. Una vuelta por aquel camino entre naranjos e higueras que llegaba hasta la fuente, y volver, *¡pa qué má*!, -pensaba ella. A veces la tomaba de la mano, para envidia de muchas, y en alguna ocasión, ¡eso sí!, a regañadientes, la llevaba a aquel cine de verano de la esquina, y le compraba unos jazmines que sujetaba con elegancia en su hermosa, aunque prematuramente canosa cabellera. Eran muy poquitas veces, contadas, pero entonces ella presumía de su Manuel, y era feliz.

Algunos días cuando disponía de tiempo y él no estaba en casa, me sentaba en su regazo para hablarme muy dulcemente. Me decía.

—Rocío, soy una mujer con suerte.

Según ella, papá nunca le había levantado la mano. Si bien era verdad, que a diario se oían voces amenazantes, que su puño golpeaba la mesa en un gesto de rabia cuando la comida no estaba en su punto, que la insultaba en público, pero aun así, continuaba diciendo, que los gritos era parte de su carácter, que el golpe en la mesa era normal, a nadie le agrada venir del tajo y encontrarse la comida fría, que los insultos solo eran palabras fuera de tono en momentos puntuales a los que no había que darle importancia, y la mayoría de las veces producto del maldito alcohol, las amistades equivocadas, y la dura faena diaria que lo tenía amargado. ¡Nunca faltaba una excusa para defenderlo!

A las vecinas solo les contaba las cosas buenas de papá. En el fondo, podía alardear de que su Manuel, su querido esposo, jamás le puso un solo dedo encima, y eso lo pregonaba con mucho orgullo.

Ellas sí que "reciben", me decía. Y era cierto, ¡cómo se escuchaban los gemidos lastimeros en el silencio de la noche! Era el momento en que papá se incorporaba y tras un leve carraspeo de complacencia, cerraba las ventanas a cal y canto, y subía el volumen de la televisión.

Mamá insistía en que era un marido muy responsable, que detestaba las riñas. Él solía decir que la cabra siempre tira al monte y hay que tenerla bien atada, y cuando la cuerda es larga, pasa lo que pasa, que al final han de utilizar la mano para volverlas al redil. Era señal de haberse dejado pisar el terreno que a todo hombre le corresponde en su hogar. ¡Solo son unos débiles! ¡Y tu padre de eso sabe bastante!

—¡Si hubieran sabido elegir como hice yo, no tendrían que aguantar tantas palizas! -repetía satisfecha.

Yo, con tan solo nueve años, no entendía de cabras ni de monte, no comprendía casi nada de lo que escuchaba, y solo me limitaba a asentir con la cabeza.

Volviendo a la realidad de aquella mañana, María miró por la ventana y comprobó que llovía con fuerza, tomó el baño de la ropa sucia, corriendo hasta el lavadero común del patio de la casa de vecinos. Al fondo se oía el ajetreo de alguna escoba madrugadora, o el soplido de cafeteras humeantes. Cuando dio por acabada la colada, eran las seis y cuarto. Mojada y entumecida por el frío, entró sin tiempo a cambiarse, y comprobó cómo papá, Manolillo y yo, dormíamos plácidamente. Suspiró aliviada.

Se dispuso a preparar el desayuno, café, y pan tostado con aceite para él, y un buen tazón de leche caliente con pan migado para nosotros. Ella rara vez tomaba algo. Mientras subía el café, aprovechaba para quitar el polvo, barrer, y fregar buena parte de la vivienda.

A las siete se acercaba a su esposo, y le besaba en la frente.

—Vamos cariño, es la hora.

Y papá se levantaba parsimoniosamente. Con gesto contrariado encendía un cigarrillo, y sin quitárselo de la boca se aseaba. Después acudía a la cocina, con la seguridad de que mamá ya lo tendría todo preparado. Manolillo y yo, nos levantábamos a la misma hora.

—¡Buenos días! -en un tono seco, eran sus primeras y únicas palabras, antes de sentarse a la mesa.

Acabado el último bocado, encendía un nuevo cigarro, se calaba la gorra, y salía con un escueto: —¡Hasta luego!, para a continuación escucharse el sonido seco de un portazo a sus espaldas. Ni un beso, ni una caricia, ni una muestra de cariño. ¡Era su carácter!, ¡ya lo decía mamá!

En ese momento mi madre suspiraba, siempre me he preguntado por qué. Era un suspiro extraño, mezcla de congoja y sumisión.

Siempre alegre delante de sus hijos y vecinas, se la oía cantar cada mañana, imitando la voz de Marifé de Triana.

—"María de la O, ¡que *desgraciaíta* gitana tu eres teniéndolo *tó*!" -y sonreía, pero yo sabía como decía el estribillo de la copla, que "hasta los ojitos los tenía *moraos* de tanto sufrir".

Mientras tarareaba, hacía las camas, aprovechaba que había dejado de llover para tender la ropa antes de que ésta se arrugase, limpiaba el polvo, barría la entrada, y nos llevaba al colegio, para cuando Doña Matilde decidiera abrir su tienda, ser la primera en comprar. La mitad del cuarto de esto, cien gramos de aquello, y como una hormiguita iba abasteciéndose de lo necesario.

—Apúntelo en la cuenta, la semana que viene se lo pago cuando cobre mi *Manué*.

¡Las diez menos cuarto!, ¡Dios mío!, disponía de quince minutos para preparar el puchero de papá, dejarlo a fuego lento, y marchar a casa del marqués. Tomó la olla con los garbanzos y la puso a hervir ¡menos mal que anoche me acordé de dejarlos en remojo!, se decía resoplando, en un vano intento por tranquilizarse. Luego los dos muslitos de gallina ¡cuando la economía lo permitía!, un trozo de hueso, el tocino salado, alguna patata, y una zanahoria ¡nada de costillas, puerros y apio!, ¡eso era un lujo! ¡Ya se irá haciendo todo mientras vuelvo!

Sin que nadie la viera, ocultándose de las vistas del vecindario como una prófuga, recorría los casi trescientos metros de distancia, para dedicarle un tiempo a la limpieza de aquel "palacete" en ruinas del señor marqués, a cambio de unas pesetas. Siempre con el miedo en el cuerpo, rezando para que Manuel nunca se enterara de que se sacaba un dinerito extra limpiando en casa de un hombre ¡sí de un hombre!, por muy viejo, viudo, y marqués que fuera.

—Espera chiquilla, ¡siempre con prisas!, siéntate y charlamos un rato -le insistía éste casi a diario con muy dudosas intenciones, según mamá.

Porque María, siempre había sido una morenaza de buen ver, de esas que acapara las miradas del hombre más tímido, aunque algunas tempranas arrugas comenzaban a juguetear surcando su rostro.

—Lo siento Don Cosme, pero no tengo tiempo.

Él la tomaba de la mano e insistía, ella intuía en su mirada descaro y obscenidad. Le obsesionaba que este fijase la vista en su pechera, poco podía ver, pero sí imaginar lo que aquel vestido abotonado hasta el cuello ocultaba. Papá le tenía prohibido vestir con escote. El marqués le hablaba babeando, y ella sentía que el asco la invadía. Se deshacía enérgicamente de sus garras, tomaba su dinero, y corría calle abajo, sintiéndose manchada, y tapándose parte de la cara con el pañuelo negro que cubría su cabeza desde que la abuela murió. Se prometió que nunca se lo diría a papá, si llegara a saberlo, este les mataría a ambos. Para esas cosas era muy especial, ¡muy hombre!, y los celos le volvían loco. Pero continuaría yendo a limpiar a esa casa, no había otra forma de poder comer todos los días.

Cuando llegaba a casa sudorosa, sacaba los avíos en un recipiente, y guardaba el caldo en otro. Tomaba la fiambrera metálica, y colocaba lo mejor del guiso en su interior, le ilusionaba llevarle la comida caliente a su marido, y allá que iba hasta la obra. Porque a Manuel, el puchero frío nunca le había gustado, él lo prefería recién hecho.

La veía aparecer a lo lejos, y soltaba todo para ir a su encuentro. Los primeros años de casados, ella ilusa y equivocada, pensaba que era porque se alegraba de su llegada, hasta que un mal día se escuchó un piropo desde un andamio cercano, y comprobó ante la actitud de Manuel, que el verdadero motivo era impedir que María se acercara demasiado, evitando con ello que sus amigos la miraran con ojos de vicio y deseo.

Luego volvía a toda prisa, con un poco de suerte la ropa ya estaría seca, pues los oscuros nubarrones de la mañana habían desaparecido, dejando una tarde primaveral. Recogía a los pequeños del colegio, y se sentaban a la mesa a comer lo que quedaba del puchero. Algunos garbanzos, trocitos de patatas y poco más, pero era un rato importante porque podía hablar con sus hijos, y le brillaban los ojos cuando le comentaban lo que aprendían en la escuela. —¡Qué suerte!, ¡si yo hubiese podido estudiar!, -se lamentaba.

Sin comer postre se levantaba, recogía la cocina, lavaba los cacharros mientras nosotros jugábamos en el patio, Manolillo con su pelota, y yo con aquella muñeca de trapo que un día le regaló el marqués a mamá. Más tarde, cuando el sol comenzaba a eclipsarse, y el frío nos visitaba, aprovechaba para planchar y coser, aquel montón de ropa gastada con infinitos zurcidos.

Cuando miró el reloj de la pared, este marcaba casi las nueve, ¡qué rápido corría el tiempo!

Entró de nuevo en la cocina, y tomó el recipiente del caldo sobrante del puchero, le agregó unos trocitos de pan duro, un puñado de arroz, un diente de ajo, y aquel huevo que guardaba con mimo para la ocasión, y lo puso a calentar. Al rato, la sopa ya estaba en su punto.

Nos llamaba, nunca esperaba a papá, aunque él terminaba su faena a las siete, sabía que no cenaría con nosotros. Guardó su plato para cuando llegara, y se dispusieron a cenar.

Se lo imaginó en la taberna de Bartolo, echando su partida diaria de cartas, ¡bien se lo merece, después de todo un día de duro trabajo!

Acabada la cena, mi hermano y yo nos acostábamos. Antes de dormirnos algunas noches mi madre solía contarnos un cuento. Pero siempre después de recoger y limpiar bien todos los cacharros de la cocina, no fuese a enfadar a papá encontrarse cachivaches por medio. Al acabar nos arropaba y besaba con ternura.

Y por fin el descanso, conectaba la televisión, se sentaba en aquella vieja mecedora que tanto le gustaba al calor de la copa de picón, y se disponía a ver su telenovela favorita. Pero al poco rato el cansancio la vencía, y el sueño se adueñaba de ella. Bien entrada la noche escuchaba la cerradura de la puerta, daba un respingo sobresaltada y salía a recibir a mi padre aún medio dormida.

En ocasiones, este le gritaba porque decía que para dormir estaba la cama, y era un lujo tener la tele encendida, y gastar el carbón del brasero. Ella bajaba la cabeza, y le calentaba su cena. Comía en completo silencio, y solo se volvía a escuchar su voz para decir.

—¡Vamos a dormir, que mañana tengo que *madrugá*!

Al momento se acostaban, el refunfuñando y oliendo a tinto barato, ella le seguía sumisamente sin pronunciar palabra. Cuando estaba molesto, y para evitar discusiones mamá lo besaba antes de dormir, entonces él se encendía, y a media luz comenzaba a desnudarla.

—No *Manué*, que es muy tarde ya, y además los niños pueden despertarse.

No contestaba, y como una alimaña se abalanzaba sobre su presa para devorarla. Entonces ella vencida se dejaba hacer. Yo desde mi cama escuchaba esa mezcla de sollozos y gemidos que tanto detestaba. Me tapaba la cabeza con la almohada, y sufría por mi madre. Cuando volvía el silencio, solo se oía el llanto desconsolado de mamá, y los insoportables ronquidos de papá. ¡Así, una noche tras otra!, ¡todas iguales! Fue entonces cuando prometí, no casarme nunca, detestaba a los hombres......

====== OOOOOO ======

El cuerpecito de la pequeña Rocío se encontraba en un diminuto habitáculo de seis paredes de madera, acorchadas de seda blanca a dos metros bajo tierra.

Manuel y María tiritaban bajo el paraguas, inmóviles, impasibles ante la gélida llovizna.

Cada vez que la visitaban la madre aseguraba escuchar desde el interior un sonido, una voz, una sola palabra, débil, tenue, como un lejano eco de ultratumba, pero sobre todo cargada de una tristeza que asustaba. María se mostraba convencida de que su niña necesitaba comunicarle algo. El mensaje era inaudible, porque éste se diluía por el campo santo apagado por los truenos y rayos de la tormenta, junto al viento que soplaba con fuerza, haciendo cimbrear a los cipreses.

—¡Vámonos! -insistía Manuel, siempre alegando que no le gustaba el cementerio. Incluso al entierro de su propia hija opuso resistencia para asistir.

—Me da mal fario este lugar –se justificaba.

—¡Por favor!, espera un rato más, presiento que está cerca. Algo trata de decirme que no llego a entender.

—¡Vamos María!, te estás volviendo loca, ¡si no lo estás ya! No te permito que sigas un minuto más aquí. Siempre te sucede lo mismo. Que si escuchas voces, que si percibes su presencia, que si su espíritu está contigo. ¡Ya estoy harto de bobadas! La niña se fue y punto - machacaba Manuel, con una mezcla de enojo y aprensión. Porque en realidad él también oía algo extraño a su alrededor, algo que le hacía palidecer, que le hacía estremecer más que el propio frío imperante.

Pero se negaba a admitir que en ello existiera algo sobrenatural. Le aterraba que aquel hilo de voz que se mezclaba con el ruido infernal de la ventisca, fuese el de su propia hija. No quería acabar loco como su mujer.

Súbitamente se hizo un escalofriante silencio. El aguacero amainó, y el aire sopló con mucha menos intensidad. Fue cuando llegó a los oídos de María una voz susurrante del más allá: "diario".

Miró a su marido que emprendía de mal humor el camino de regreso y le preguntó.

—*Manué,* ¿tú también lo has oído, verdad?

—¿A qué te refieres, María? -negando con la cabeza, y dando por hecho la demencia de su mujer. Ella estuvo a punto de repetir la palabra, pero optó por disimular. Enmudeció, porque ahora y en el fondo, no deseaba que él lo oyera. Presentía que el mensaje de su hija era solo para su madre.

María se agachó ante la impaciencia de su Manuel, y se deshizo de la moña de jazmín que solía adornar su pelo canoso que tanto gustaba a Rocío, lo único que no era negro en su enlutado vestuario. Con mimo la depositó sobre la fría lápida de mármol., mientras sus lágrimas se mezclaban con el agua de lluvia que regaba su rostro.

De regreso a casa no olvidaba la voz, y se repetía para sí: "diario" "diario" "diario".

Desde hacía algunos años Rocío tenía un diario. Una especie de libretita con tapas rosas donde ella anotaba sus vivencias, junto a algunas poesías. Se lo regaló para su cumpleaños sin que Manuel se enterase. Se hubiera puesto como una fiera de saberlo. No admitiría que se malgastara el poco dinero en esas tonterías.

¿Dónde lo guardaba? -se preguntó. Y recordó haberla visto en ocasiones guardarlo celosamente bajo el colchón de su cama. ¡Cómo no se le había ocurrido mirar antes!

====== OOOOOO ======

Las sirenas de Policía rompían el silencio y la quietud del vecindario. Varios coches patrullas circulaban velozmente. Una voz de niño avisó de que algo horrible había ocurrido.

Cuando entraron en la casa la visión fue espeluznante. Manolillo con los ojos abiertos como platos al igual que la boca en un gesto de horror, se hallaba sentado en el suelo con el auricular del teléfono en la mano.

En otro rincón, un hombre yacía inerte en gran charco de sangre con varias heridas punzantes y profundas a la altura del corazón. Sin duda estaba muerto.

Enfrente apoyada en la pared, una mujer mantenía unas enormes tijeras de costura en una de sus manos, mientras en la otra agarraba fuertemente lo que parecía una carta. Una especie de diario abierto con cubierta rosácea se hallaba junto a ella. Con las facciones desencajadas y la vista perdida, leía una y mil veces aquella enigmática carta, pero sus palabras eran incoherentes.

Uno de los agentes, el que vestía traje oscuro de paisano y parecía por su aspecto el jefe, arrebató a la mujer no sin esfuerzo aquel papel, y antes de introducirlo en una bolsa de plástico y hermética como prueba del delito, no pudo evitar la curiosidad de echarle un disimulado vistazo.

"Mamá, cuando leas esto, no estarás sola, yo estaré junto a ti aunque no me veas. No quería irme sin que supieras la verdad, o mejor diría, la mentira en la que has vivido.

Los compañeros de padre nunca te miraban con ojos viciosos, ni el marqués buscaba sexo en tu compañía. Este tan solo te quería como a una hija, con respeto, deseando lo mejor para ti. Te ayudaba con dinero cuando no le hacía falta que nadie le limpiara, porque sabía de tu penuria, del hambre que pasábamos. Los vecinos no pegaban a sus mujeres, ellas eran las reinas de sus hogares, mientras tú eras la esclava.

Tan solo se trataba de un engaño, de un burdo engaño. Tu mente manipulada por tu Manuel veía fantasmas donde no los había. Se negaba a que salieras de casa, a que se acercaran a ti, a que hablaras con las vecinas, porque le horrorizaba la idea de que alguien pudiera avisarte de que el enemigo, la maldad, el machismo asesino, habitaba dentro de él.

Una noche, una maldita noche después de llegar borracho como siempre, tú te hallabas cansada, derrotada, y no accediste a sus execrables pretensiones carnales. Te excusaste suplicante, aun sabiendo que él no te lo perdonaría. Fue la primera y única vez que te negaste. Tuviste valor.

Al día siguiente, cuando no hubo testigos, cuando Manolillo y yo estábamos en el colegio, aprovechó la soledad, como todos los cobardes para marcarte la cara. Al volver vi las señales en tu rostro y disimulé asustada. Seguro que después te diría aquello de que todos los hombres lo hacen, y de que a las mujeres había que atarlas en corto. Ese cuento que ha usado con éxito desde que os casasteis. Y tú seguirías creyéndolo, porque era lo que desde muy jovencita viste y aprendiste. Había que perdonar, a fin de cuenta, era el hombre el que llevaba el dinero a casa, era tu Manuel del alma.

Después de llorar un rato por los insultos que padre te dedicó aquella noche que te negaste a ser violada voluntariamente, aquella que con coraje supiste decir ¡no!, te quedaste dormida, agotada tras un día interminable, y seguramente soñando con tu querido Manuel, pero sintiendo la losa de la culpabilidad por no complacer sus lívidos instintos animales.

Esa noche, tú cambiaste el llanto por el sueño, y el insomnio se apoderó de tu verdugo, rumiando tu negativa. No hubo ronquidos como de costumbre, solo un silencio alarmante. Se movía despierto, inquieto, preparando con crueldad cuál sería su venganza a la ofensa recibida. ¡Ni el tinto pudo con su mente sucia!

Esa madrugada se cansó de tu perfume limpio de mujer, de tus caricias y besos, de tu piel madura, del olor de tu cuerpo en sus sábanas, y buscó tambaleándose y palpando en la oscuridad otra cama. Otro lugar donde satisfacer su repugnante lívido.

Se levantó con dificultad, y noté como se aproximaba. Pensé que venía a comprobar si estaba dormida y cerré los ojos con fuerza, con tanta fuerza que me dolían. Destapó la manta que me cubría, y el calor de tu Manuel se introdujo en mi lecho. Apestaba a sudor, tabaco, y alcohol. Sus manos ensuciaban como manchas de alquitrán cada poro de mi cuerpo. Como los carroñeros, precisaba oler otra presa, probarla, devorarla. El me tapaba la boca con fuerza mientras el vómito me venía, y yo trataba de impedirlo. *Primero fueron caricias, luego estas se convirtieron en bruscos movimientos. Se colocó sobre mí, sentí su peso como una enorme losa que me oprimía, que me impedía respirar. Estuve a punto de gritar, de salir corriendo, pero me dejé hacer como una muñequita de trapo, permitiendo ser su juguete. Pude intentar huir, pero no lo hice, aunque no fuera el miedo lo que me retuvo, sino tú, ¡mamá!*

Sabía que aquello sería el final, que no lo entenderías, que te volverías loca como yo, y callé, apreté los labios y callé mi dolor, para que no fuera el tuyo también. Me dejé mancillar asqueada como aprendí de ti, en muchas noches de vigilia. Yo también lloré mientras tu hombre probó la fruta prohibida, mientras tu Manuel cometía el pecado más inconfesable. Cuando acabó, volvió en silencio junto a ti, y sin remordimiento se echó a dormir. Entonces los ronquidos aparecieron. ¡Ni la conciencia podía con él!

Luego vinieron otras noches, y otras, y aquel fruto que empezaba a florecer, de un día para otro se volvió maduro, ajado, y dejó de ser prohibido, porque tu Rocío pasó en un suspiro, de dormir envuelta en bellos sueños infantiles, a vivir en la más aterradora de las pesadillas.

Mientras tú lo defendías, yo lo sufría en silencio, en el oscuro calvario de la penumbra. Cada día, cada noche, cada hora, cada minuto. Pero ha llegado el día, hoy pondré punto final a este diario. Hoy sucederá lo inevitable. Nadie podrá impedirlo. ¡No puedo más!

Mamá, voy a ir a jugar al campanario de la iglesia. Como cada tarde llevaré pan mojado para depositar en los nidos de los gorriones. Pero no volveré. Dirán que me caí al resbalar, en mi intento por alargar el brazo para alcanzar algún nido. Pero no, yo sabré perfectamente cuando suba las escaleras lo que deseo, lo que me espera allá arriba. No te atormentes. Dicen que el tiempo se detiene en la caída, que todo se ralentiza, y estoy convencida de que por un momento me sentiré suspendida como una pluma plácidamente volando, jugando con el viento que me arropará en su manto, meciéndome hasta mi encuentro con el suelo. No sentiré miedo en el vuelo ni dolor en la caída. Me veré libre. Sí, por primera vez en la vida podré disfrutar durante unos preciosos segundos de libertad. Ni siquiera notaré el impacto. Primero una luz cegadora, una luz mágica, y después la oscuridad, pero una oscuridad dulce, cargada de paz y tranquilidad. Sensaciones muy diferentes a las que he sentido cada noche durante los últimos años, cuando el pecado se introducía en mi lecho. ¡Eso si era miedo, eso sí era dolor!

No te sientas culpable, tú también has sido una víctima más. Te quiero mamá."

NIDO VII: <u>EL TRASTERO</u>

Poder disfrutar de los recuerdos de la vida, es vivir dos veces.
(<u>Marco Valerio Marcial</u>)

Cristóbal, se encontraba cansado y achacoso. Los años no pasaban en balde, se decía con frecuencia buscando una justificación a sus dolencias.

Toda la vida se había dedicado a ferroviario, siempre afirmaba orgulloso que había conducido trenes desde que tenía uso de razón, y ahora gozaba desde hacía tiempo de una merecida y reconfortante jubilación.

Como cada mes de diciembre se dirigía con paso cansino y silueta encorvada hacia el trastero de su vivienda, buscando los adornos de Navidad que servirían para dotar de mayor colorido y alegría a su hogar en estas fiestas.

Con dificultad abrió la puerta del habitáculo donde guardaba aquello que para los demás no servía, o que utilizaban en contadas ocasiones, y notó como un olor extraño pero conocido a la vez, accedía a su interior, inflándolo de añejos recuerdos. Embargado por la tristeza y melancolía respiró con fuerza en un intento por atrapar un tiempo que se fue. Fue cuando se llevó la mano al pecho. Lo que en un principio podría tener todos los síntomas de un ataque al corazón, solo lo achacó a simples palpitaciones producidas por el nerviosismo.

Cada vez que abría aquella puerta, una desconcertante sensación de miedo se apoderaba de su mente, notando sentimientos contradictorios. Porque entre esas cuatro paredes con alguna mancha de humedad dibujada en sus rincones, almacenaba todo y cuanto de valor puede tener una persona, como son los recuerdos de toda una vida, pero por otro lado, también le hacían comprender que aunque mirase mil veces esos objetos, aunque acariciase cien mil veces esos juguetes, aunque leyese un millón de veces esos poemas de amor, aunque pudiera sentir muy de cerca aquellos momentos, incluso llegar a tocarlos con la mano, ¡nunca!, ¡nunca!, ¡nunca!, volvería a vivirlos de nuevo. Le consolaba la certeza de que aquellos bártulos que almacenaba con tanto cariño, jamás podrían huir de esos muros, escapar de esas estanterías, fugarse de esos cajones donde dormían los trescientos sesenta y cinco días del año.

Conforme iba envejeciendo, iba en aumento el pánico que sentía, y se preguntaba muy a menudo ¿cuándo dejaría de temblarle la mano al apoyarla sobre el pomo de aquella decrépita puerta?

Al pisar el lugar se sintió ausente, algo parecido a un túnel del tiempo lo transportaba al pretérito, a un mundo donde la fantasía jugueteaba con la realidad como dos inseparables amigas. Se dejó llevar sin oponer resistencia, olvidando momentáneamente de su visita a aquel espacio. Y es que la memoria a esa edad le jugaba malas pasadas.

Sopló con energía levantando una oleada de polvo que voló a su rostro, dotándolo de una estampa titiritera. Notó un ligero picor en la nariz, lo que le provocó un par de estornudos, mientras buscaba a ciegas un pañuelo en su bolsillo para limpiarse los ojos ¡aquellos cansados ojos!, y cuando lo hizo, el corazón le dio un brinco al observar perfectamente ordenadas varias cartillas de escritura y lectura "Rubio" apoyadas sobre la desojada Enciclopedia "Álvarez", con la que adquirió sus primeros conocimientos. Momento en el que recordó a su primer profesor don Juan, en aquel colegio con olor a chocolate, junto a la fábrica de bombones y caramelos.

Vio su aula, sus compañeros, la majestuosa escaleras inaccesible para los pequeños, y solo permitida a los alumnos de cursos aventajados, y que un día ansiaba poder subir. Y el enorme patio de recreo, que en realidad no sería tan grande, con su alberca al fondo. ¡Y es que cuando uno es niño, todo se ve gigantesco! En aquel enorme caserón convertido en colegio, aprendió las primeras reglas aritméticas, sus primeros dictados, sus primeras redacciones, y conoció a sus primeros amigos de la infancia.

En la estantería de al lado, dormitaba el arrugado capirote morado de nazareno, haciendo juego con un quebrado cirio casi huérfano de cera, de cuando salía siendo un chiquillo, cada Miércoles Santo, en la Hermandad de la Paz de San Basilio, acompañando a Jesús de la Pasión, del barrio amurallado del Alcázar Viejo.

Levantó la mirada y tomó unas gafas de gruesos cristales y aparatosa montura. Bajo esta se hallaba una carpeta de cartón azul, y una lágrima rodó por su mejilla, al encontrar en su interior los recortes de trasnochados periódicos y revistas con noticias antiguas de su Córdoba natal, de gran valor sentimental, que su padre había guardado en vida con cariño, y que el heredó. Se dijo: -¡Gracias papá!

Se escuchó un acentuado suspiro que retumbó en la habitación, cuando encontró apoyado en un rincón, el libro que un día su novia le regaló hacía muchas décadas. "Primer amor, Primer dolor" ¡cuánta razón tenía su autor Martín Vigil, en su título! Al abrirlo, varios pétalos de rosa aparecieron junto a la dedicatoria. Junto al lado del gastado ejemplar, reposaba impecablemente ordenadas, un montículo de cartas que recibió de su amor durante su lejana "Mili" en Cerro Muriano. Tomó una, y acarició la silueta de unos labios rojos y un corazón pintado en su sobre. Al extraer una de ellas, comprobó como aún desprendía ese aroma a perfume casi de niña, después de tantos años.

Muy cerca se hallaban algunos álbumes de cromos borrosos que coleccionó con su hijo, donde aparecían veteranos futbolistas. También encontró aquellos cuentos que solía leerle cada noche su madre junto a la cabecera de su cama mientras conciliaba el sueño "Los últimos días de Pompeya", y "Las Navidades de Candy". ¡Estaban como hacía tres cuartos de siglo! Justo al lado, dos recipientes de cristal daban colorido. Uno de ellos contenía un surtidos de canicas de diferentes tonalidades y tamaños, y en el otro se amontonaban chapas de botellas con la foto de algún ciclista en el reverso, y que servían para organizar imaginarios Giros de Italia, Tours de Francia, y Vueltas a España, con su hijo en el largo pasillo de su antigua vivienda. Entre los tapones metálicos se hallaba la moneda de cobre de dos pesetas y media, que en su tiempo fue casi dorada, pero que en la actualidad se presentaba bañada de herrumbre, y que sirvió sujeta por un pañuelo a la frente de sus hijos, para que los frecuentes chichones no crecieran. Su madre lo hizo con él, y la tradición continuó. Recordó que cuando el golpe desaparecía como por arte de magia, su madre se la regalaba, y se convertía en el niño más feliz del mundo ¡Cuántas chucherías se podía comprar con ella! ¡Benditos remedios! -se decía.

También halló aquel trompo de madera con su punta metálica aún liado en su cuerda, que magistralmente lanzaba de pequeño. Lo tomó, y después de adoptar varias posiciones en su mano intentando encontrar la posición adecuada, lo estrelló con fuerza contra el suelo, sin conseguir que este diese un solo giro. Solo notó un chasquido doloroso en la muñeca, la artrosis no perdonaba.

—Este trasto al igual que yo, se ha hecho viejo, y se ha olvidado de bailar.

Se giró, y abrió la abollada lata metálica de carne de membrillo repleta de fotografías de familiares y amigos con matices sepia, y las fue mirando detenidamente. ¡Cuántos marcharon ya! -pensó con desánimo.

Comprobó como en ocasiones la memoria aparecía lúcida, mientras en otras se mostraba inmensamente torpe.

Más tarde, una mueca en sus labios dejaron paso a una leve sonrisa, cuando tomó una cajita en cuyo interior encontró dos diminutos dientecitos "de leche", y sendos textos con letra casi ilegible dirigidos al "Ratoncito Pérez", que él escribió guiando la manita de sus hijos, cuando estos perdieron el primer diente.

Una muñequita de trapo, que solo Dios sabe el tiempo que llevaba durmiendo allí. ¡Cuántas risas, llantos, ilusiones, y maravillosos recuerdos, albergaban esos escasos seis metros cuadrados!

Pero la agitación se apoderó de todo su ser, cuando posó su mano sobre un destartalado y oxidado tren de vapor que un día le regaló su padre siendo un niño, y el motivo por el que decidió dedicarse a maquinista. Desde chiquitín, había soñado con poder maniobrar uno de esos monstruos pesados y gigantescos. Se acercaba a las vías del tren que pasaban junto a su casa y los veía cruzar a toda velocidad. Conocía cada modelo, las características de cada locomotora o vagón. Era su pasión.

Le fascinaba sentirse importante, dominar aquella inmensa mole de hierro, y saber que de él dependía la seguridad de cientos de personas.

Cuando finalizaba un viaje, descendía los dos escalones que separaban la cabina del andén, y saludaba con una dosis de vanidad escondida, a todos los pasajeros que se apeaban. Estos les devolvían el saludo y le miraban con admiración. Él lo notaba, y su estado de ánimo se sentía fortalecido. La mayoría de las noches las pasaba fuera de casa en trayectos interminables, pero amaba la responsabilidad. Había sido un profesional. Siempre alegaba que lo mejor que tenía su trabajo, era la sensación de soledad, a pesar de saber que en los vagones posteriores viajaban cientos de pasajeros, y lo más importante es que nadie le daba órdenes, exceptuando el teléfono de la cabina, y los semáforos que encontraba en su camino. Y se reía al contarlo.

Y recordaba con nostalgia aquellos angostos túneles bajo enormes montañas, aquellas pendientes casi imposibles de subir, poniendo el motor a toda presión, aquella insuperable preocupación cada vez que sorteaba algún paso a nivel sin barreras, aquellos peligrosos precipicios y despeñaderos junto a las vías, los relojes que le daban la bienvenida en cada estación, sus constantes saludos a los guardagujas antes que la tecnología llegara, y sobre todo, la agradable sensación de velocidad cuando descendía una pronunciada pendiente.

Cuando llevaba varias horas con la mente vagando en la nostalgia del pasado, acudió a su memoria el motivo de su visita a "el trastero". Volvió a quitar el escaso polvo que aún quedaba sobre el tren de latón, lo envolvió con mimo entre plásticos, y lo depositó con cuidado diciéndole adiós, hasta el año próximo. Cada trescientos sesenta y cinco días, el mismo ritual, los mismos sentimientos, la misma extraña y contradictoria sensación al penetrar en ese misterioso cuarto, los mismos miedos. Limpió sus gafas empañadas y miró su reloj de pulsera. Habían transcurrido casi cuatro horas, y ¡setenta y ocho años a la vez!, sin embargo juraría que tan solo se trataba de segundos. Entonces fue cuando tomó su ristra de bombillitas y guirnaldas, su caduco abeto de hojas supuestamente perennes, y sus figuritas del Portal de Belén, y se dijo: ¡Bendita Navidad, por traerme cada año estas placenteras sensaciones!

Antes de marchar se preguntó ¿quién sería el necio que le puso el nombre de "trastero", a un lugar tan sagrado donde guardamos lo más hermoso de nuestra existencia, cuando su denominación real debería ser "almacén de la memoria" o "museo de una vida"?

Una fatiga repentina le sobrevino, soltando todo lo que llevaba en las manos, a la vez que se escuchaba el repiqueteo a modo de campanitas, producido por las bombillitas de colores en su impacto contra el suelo. Con un esfuerzo sobrehumano, volvió a aferrarse al tren del que acababa de despedirse. Lo hizo como el náufrago que se agarra a una tabla de salvación, sintiéndose seguro mientras lo apretaba contra su pecho, en un intento por mitigar aquel insufrible dolor punzante en el corazón. El sudor resbalaba por su frente en forma de minúsculas gotas, y se volvió a sentar rendido, apoyando su espalda sobre la estantería que albergaba muchos de aquellos recuerdos. Sabía que esta vez no era solo un amago producido por la emoción, en esta ocasión comprendió que sería la última, que pasaría a engrosar ese selecto grupo de amigos y familiares que poco antes había visto en la mohosa caja metálica de membrillo, y que ya no se encontraban en este mundo.

No tenía miedo, se hallaba sumergido en una enorme paz interior. Miró a su alrededor, y en un solo giro de cabeza, volvió a visualizar toda su vida. Allí estaba todo, al alcance de sus manos, de sus ojos, y se sintió tranquilo.

—Yo también pasaré dentro de unos minutos como todos estos cacharros, a formar parte del pasado. No podía haber elegido mejor lugar para marcharme -se dijo.

Media hora después su mujer abrió la puerta alertada por su tardanza. Allí estaba abrazado a su máquina de tren, con semblante sereno. La estancia se encontraba iluminada por una cegadora luz cuyo origen desconocía. Se sentó junto a él, le tomó la mano, y solo acertó a decir:

—Sabía que algún año tenía que ocurrir. Tenía el presentimiento de que esta sería tu última morada. Nunca quise interrumpir tus horas de nostalgia y añoranza. Este era tu templo, un terreno que conocías bien, que te aportaba una inmensa calma. Sabías a la perfección donde se encontraba cada objeto, cada carpeta, libro, cada momento de tu existencia. Entre estas paredes revivías tu vida cada invierno, una vida ordenada por estanterías.

Conocía la última voluntad de su marido, y no pensaba renunciar a cumplirla. Se lo había prometido después de muchos intentos por convencerlo de lo contrario.

Cuando se lo comunicó hacía unos años le pareció descabellada la idea, pensó que había perdido la cabeza, que la locura se había cebado con él. Esta maldita demencia senil le está atacando demasiado joven –pensó.

Tras meditarlo concienzudamente, lo fue aceptando, lo fue entendiendo, lo fue asimilando, al comprobar que Cristóbal no estaba loco, no estaba enfermo, por lo menos no padecía ninguna dolencia mental. Todas las noches cuando se acercaba diciembre y como si de una premonición se tratara, el tema volvía a surgir. Ella intentaba cambiar de conversación, pero él era obstinado, e insistía, insistía, insistía, con tanto ahínco que su mujer acabó por prometerle que cumpliría su deseo.

—Pero ahora duérmete, aún queda mucho para eso -le decía Teresa, mientras acariciaba su rostro ya atacado por acentuadas arrugas. Y le aterrorizaba la idea de que no quedaba tanto. El médico le había avisado que su corazón sufría graves problemas, que no debía permitirle impresiones fuertes. Pero ella no podía impedirle que visitara su "trastero", cuando entraba el último mes de cada año. Ese cuarto era su vida, y daba por hecho que algún día sería su muerte.

Cristóbal se echaba a dormir cada noche con la certeza de que su mujer cumpliría su promesa, a ella sin embargo, la sola idea le aterrorizaba, le quitaba el sueño.

Un día se armó de valor, y aprovechando la ausencia de su marido, llamó a los hijos. Cuando llegaron les planteó la idea de su padre. Se miraron con gesto de incomprensión, pensando que los dos habían perdido la razón.

—¡Pero qué dices mamá!, ¡estáis locos! ¡Cómo puedes proponernos eso! -contestaron alarmados.

—Es el deseo de vuestro padre, él lo ha sido todo en mi vida, y no puedo fallarle cuando llegue el momento final. Tenéis que comprenderme, y espero que me apoyéis.

Estos no sabían que contestar. Dudaban de ser capaces. Durante varios años la idea les atormentó, y les horrorizaba que llegara la hora. Pero esta llegó.

Lo besó en la frente, acomodándolo entre varios enseres, y pausadamente tomó el teléfono marcando un número. Era el de su hijo Ignacio. Luego hizo lo propio con la hija Isabel.

—Ha llegado el momento -les dijo a ambos. Había que afrontar el doloroso trance con entereza.

A los pocos minutos, estos tocaban el timbre entre sollozos. Su madre les abrió con una serenidad impropia. Tenía que ser fuerte, no podía derrumbarse en el último segundo. Además ya lo tenía asumido, lo esperaba. El médico nunca le mintió.

Ignacio salió del trastero con su ropa envuelta en polvo, portando mazo, pico, y pala. Con rostro apesadumbrado y lloroso se dirigió a su madre y pronunció una escueta palabra. —¡Ya!

Una vez que el hijo abandonó el lugar, la madre e hija entraron en el. Todo seguía en orden. En las estanterías y armarios se apilaban los cachivaches y recuerdos ordenados casi por orden alfabético. Llamaba la atención la limpieza y pulcritud. Cada cosa en su sitio.

Las cartillas y enciclopedias, el capirote de nazareno, la carpeta con los recortes de periódicos de su Córdoba, su primer libro de amor, las cartas de su novia, los álbumes de fútbol y los recipientes con canicas de colores, la cajita con los primeros dientes de leche de sus hijos, la muñeca de trapo, y la abollada caja de carne de membrillo, donde almacenaba las fotos de los que marcharon, y a la que él ya pertenecía.

Solo echó en falta un detalle, no se veía por lado alguno la vetusta máquina de tren, y curiosamente "el trastero" parecía algo más pequeño. Desde ese día sería un lugar mucho más importante, aunque a simple vista, todo, absolutamente todo, seguía estando igual.

Sacó los adornos de navideños dejando la puerta abierta. Necesitaba que los recuerdos se ventilaran con el aire invernal de aquel atardecer que iba languideciendo para convertirse en noche. Después de un largo rato, cerró con candado y cerrojo la puerta.

Este año no sería Cristóbal quien adornaría como de costumbre la casa. A partir de ahora seria ella la que tomaría el relevo. Una vez finalizada la tarea, comprobó como el árbol se erguía más verde y esplendoroso que de costumbre, con su majestuosa estrella de oriente presidiendo la cima. También las figuritas del Belén relucían con mayor intensidad, así como las bombillitas que se encendían y apagaban con un brillo diferente. Cuando todo estuvo en su sitio, conectó la vieja gramola, nunca quiso desprenderse de ella, buscó entre una montaña de gastadas fundas de cartón, y extrajo el disco de vinilo que durante sus cincuenta y un años de casados había amenizado cada cena de Navidad. Este comenzó a girar bajo la aguja, y la dulce melodía del villancico "Noche de Paz" inundó la estancia: "Noche de paz, noche de amor. Todo duerme en derredor. Entre los astros que *esparcen su luz. Bella anunciando al niño Jesús. Brilla la estrella de paz, brilla la estrella de paz".*

Todo estaba como siempre, aunque podíamos pensar que ¡todo no!, que faltaba Cristóbal, pero ella sabía que no se encontraba muy lejos, notaba su presencia, intuía que continuarían celebrando las fiestas juntos, a fin de cuentas únicamente les separaba un diminuto tabique.

NIDO VIII: <u>LA GITANA Y LA MUERTE</u>

"La mejor forma de predecir el futuro es inventarlo."
<u>*(Alan Kay)*</u>

Era jueves a mediodía, y un calor asfixiante como bocanadas de fuego, caía de lleno sobre el albero de la Feria del Caballo jerezana. Ni un árbol que se apiadara con su sombra de nosotros, ni rastro de alguna nube compasiva que en un gesto de benevolencia se interpusiese entre los rayos solares y nuestros cuerpos. Pocos eran los que se atrevían a salir de las casetas a riesgo de resultar carbonizado. Respirar se antojaba difícil, y el cielo se mostraba de un azul intenso. La ausencia de brisa hacía que no se moviera ni uno solo de los numerosos farolillos de papel que adornaban aquellas calles con nombre de célebres artistas locales.

Miles de voces hablando a la vez y mezcladas con la música de añejas sevillanas, rebasaban con seguridad el nivel de decibelios permitidos por unos oídos normales como los míos. Nadie osaba salir a bailar, ante el peligro de deshidratarse a los pocos minutos. Pero la barra metálica de los eventuales recintos se encontraban repletas de personas ataviadas con su traje de faralaes y sombrero de ala ancha, buscando refugio en una refrescante bebida que aliviara el insufrible bochorno reinante. Ruido estridente y calor sofocante se unían para convertir un lugar de ocio en el mismísimo infierno.

Solo algunos cocheros osaban sacar a sus carruajes, la mayoría prefería esperar a la caída de la tarde para ofrecer sus servicios a los variopintos turistas que paseaban con su abanico en un resoplado continuo. Solo de vez en cuando se escuchaba el tintineo de los cascabeles y los cascos de algún caballo cargando a la grupa al intrépido jinete, empeñado en lucir a toda costa a su bella amazona. Mientras tanto, el adoquinado pavimento despedía una estela humeante.

En un momento determinado miré hacia la noria que giraba majestuosa en la lejanía. Sus vueltas en círculo hicieron que mi sensación de mareo se agudizara. La temperatura rebasaba con creces los 40° grados, por lo que decidimos solicitar asilo en una de las multicolores casetas públicas, de igual modo que lo harían dos sedientos camellos en el desierto, buscando agua en un oasis. Aunque la entrada era libre, un hombre uniformado de un verde descolorido y varias tallas superior se encargaba del mantenimiento del orden dentro de la misma. Cuando vio nuestro angustioso y desencajado rostro, se apartó cediéndonos el paso y compadeciéndose de nosotros.

—Gracias -le dije, intentando mostrar una leve sonrisa de agradecimiento, mientras mi mujer me miraba mal encarada.

—Mira José, a mí no me vuelvas a traer más a esta hora a la feria. Y menos vestida así -me decía, mientras se colocaba la peineta, y suspiraba desesperada en un vano intento por espantar el aire hirviendo de su cuello, moviendo agitadamente el mantón de croché que le cubría los hombros.

—¡Y cómo quieres que yo supiera el calor que haría! -contesté, mientras me despojaba de la chaqueta, dejando a la vista unas enormes manchas de sudor que inundaban mis axilas. Después me aflojé el nudo de la corbata buscando un hueco por donde ventilar mi cogote.

—Puuufff -resoplaba, a punto de caer desvanecido.

Nos abrimos paso con dificultad entre la aglomeración que nos impedía la entrada al recinto. ¡Ni una mesa libre! Con estoica serenidad conseguimos un par de sillas, y entre codazos me hice hueco en la barra pidiendo una jarra de cerveza bien fría, acompañada de una tapita de jamón para abrir boca. Mi esposa algo más calmada, persistía en su queja.

Se ve que el camarero no me hizo mucho caso, pues cuando me sirvieron la cerveza, esta parecía hervir, y el jamón tenía toda la pinta de una mojama de mercadillo. ¡Tieso, tieso!

—Verás como cuando bebamos algo fresco nos recuperamos, y ya habrá amainado el calor -intentaba tranquilizarla.

La caseta la elegí por su nombre, aun lo recuerdo "El Buen Viaje". ¡Doscientas cincuenta casetas y tuve que decidirme por aquella!

Cada cinco minutos, una gitanilla se acercaba con un manojo de romero o algún ramo de flores, a cambio de unas monedas. Yo me negaba, pero al final sucumbí a tanta insistencia.

Se trataba de una gitana más entrada en carnes que en años, aunque superaba con creces el medio siglo, nada agraciada físicamente, y con una verruga junto a la nariz, que le otorgaba un aspecto desagradable. ¡Vamos, una bruja! Sus rasgos eran normales, piel morena donde predominaban los surcos y arrugas profundas, pelo negro recogido en un descuidado moño, pero lo que no pasaba desapercibido, era ese enorme y repelente lunar del que asomaban algunos pelillos que lo hacían más repulsivo aún. Andaba renqueante, arrastrando sus piernas hinchadas por gruesas varices. Sus ojos aparecían cansados, con enormes bolsas bajo sus párpados. Sin embargo su mirada fría te trasladaba un inquietante desasosiego. No te sentías cómodo a su lado. Parecía dispuesta a hipnotizarte al menor descuido.

Se acercó, y tras entregarle un euro por un rojo clavel, coloqué este en el ojal de la solapa de mi chaqueta.

Lola me lo reprochó.

—¡Qué poco romántico eres José! ¿No me merezco yo un detalle?

—Mujer, ¡si ya lucen dos claveles en tu cabeza! ¡Acaso deseas parecer un macetero! -me fulminó con la mirada.

La obesa cíngara se ofreció a leerme la mano. Yo reacio a ello, me negué rotundamente. ¡Eso sí que no! Siempre he sido escéptico, pero supersticioso a la vez, una contradicción que ni yo mismo entendía. No creía en las líneas de la vida, pero la posibilidad de que alguien viera el futuro en las rayas de la palma de mi mano, me aterroriza.

Ella, zalamera, consiguió convencerme. Con toda seguridad que no fue por su atractivo. Mi mujer nos observaba con la mosca tras la oreja.

Me tomó la mano con dulzura, y noté la callosidad de la suya. Después de volver la palma con brusquedad, me la acarició antes de comenzar con una verborrea ininteligible. Le insistí para que hablara en castellano y no en caló, y me hizo una señal llevándose el dedo índice a la boca, indicándome que guardara silencio.

Tras unos minutos que se me hicieron eternos, deslizó uno de sus dedos pausadamente por lo que declaraba era mi línea del dinero. Con su asentimiento, tuve claro que me iba a ir de maravilla.

—¡Los astros te sonríen payo!

—¡Si fuera verdad!, ¡alguna herencia está al caer! –pensé.

Luego indicó la línea del sexo, depositó la vista sobre Lola, y le dirigió una pícara sonrisa.

—¡Uyuyuy! -yo no sabía cómo tomarme su exclamación.

—Habla claro, ¡coño! -le dije enfadado. Me molestaba que alguien supiera mis problemas sexuales. ¿Se estaría mofando de mis múltiples gatillazos? ¡Que sabrá ésta como soy en la cama! -pero la sonrisita irónica y cómplice de mi esposa, se convirtió en prueba evidente de mi pésimo comportamiento como amante.

Después pasó su dedo por la línea de la inteligencia, y movió la cabeza en lo que parecía un gesto de aprobación.

Cuando llegó a la del amor, tampoco se inquietó. Volvió a mirar a mi mujer, y guiñándole un ojo, le dijo que estaba enamorado. Lo que omitió decir, es que era de mi encantadora secretaria, y suspiré confortado.

Luego se enfrascó en las líneas del destino, de los viajes, suerte, salud, y vida.

—Mira payo, vas a hacer un largo viaje muy pronto -yo no le creí.

—La suerte no la veo -prosiguió.

—¡Vaya por Dios, esta semana no me toca la lotería! -dije en tono de chanza, haciéndome el graciosillo.

—La salud está mal, pero que muy mal.

Fue cuando pensé que me estaba mintiendo, o que no sabía nada de leer las líneas de la mano, pues estaba hecho un roble, y hacía años que no visitaba un médico. Pese a todo, callé para no herirla.

Al tocar la línea de la vida, fue cuando se detuvo. Su actitud cambió bruscamente, su sonrisa informal dio lugar a una seriedad impregnada de preocupación. No quiso seguir, le pregunté y sin saber disimular, alegó que no había visto nada, que todo estaba en orden. Yo sabía que mentía. Algún imprevisto interrumpió el sortilegio. Me soltó la mano asustadiza, su tez cañí palideció, y cuando introduje la mano en el bolsillo para sacar alguna moneda, se negó a aceptarla.

Yo, alarmado, sudoroso, inquieto, abrí la cartera, extraje un billete de veinte euros, y le prometí que se lo daría si me seguía leyendo la mano, ante la mirada de Lola, siempre muy meticulosa con los dineros y ahorrativa en exceso. Pero no podía quedarme con la incertidumbre.

—Dime buscona, ¿por qué no sonríen los astros ahora?

La gitana se negó a aceptar dinero alguno, y abandonó la caseta de manera atropellada, llevándose por delante varias mesas junto a sus comensales, como quien corre del demonio, o intenta alejarse de alguien portador de una enfermedad contagiosa y mortal. ¿He dicho mortal? -me pregunté acongojado.

Con el molesto recuerdo del incidente, la garganta la noté seca, y áspera como una lija. Pedí una botella de manzanilla fría, muy fría de Sanlúcar, y me la bebí de un solo trago. El hambre en cambio había desapareció por completo. Ni jamón, ni langostinos, tenían cabida en mi estómago después del contratiempo.

Abandonamos la caseta entre reproches. Lola me increpaba por permitir que esa embaucadora me leyera la mano. Yo callé, me sentía avergonzado, engañado, pero a la vez inquieto por la última reacción de la gitana.

Continuamos caminando, e intentando disfrutar de aquel atardecer de feria, hasta que llegada la noche y ya agotados, nos dispusimos a abandonar el recinto. Debo reconocer que había bebido en exceso, y que la dichosa hechicera había conseguido acojonarme con su ademán huidizo. A última hora me sentía mareado, un sopor se alojó en mi cuerpo. Lo achaqué a los vapores del alcohol ingerido. Efectivamente, había abusado del caldo sanluqueño, del oloroso, y del fino jerezano. ¡Una mezcla exquisita pero explosiva!

Lola se negó a que condujera, me arrebató las llaves, y me aconsejó acertadamente que dejara el coche aparcado y tomáramos un taxi. Tuve que reconocer que no estaba en condiciones de conducir, y acepté de buen grado su propuesta. Mañana viernes volvería a por el coche, aunque dudaba que con la resaca fuera capaz de recordar donde se encontraba.

Al llegar a casa todo me daba vueltas, no era una borrachera alegre, no me dio por cantar o bailar, solo notaba un malestar en el estómago, un insoportable dolor de cabeza, unos nauseabundos deseos de vomitar.

Me acosté y la habitación me daba vueltas. El mundo en forma de lámpara halógena, giraba a mí alrededor. No podría concretar cuando me quedé dormido.

Al despertar ya era bien entrada la mañana. Extendí el brazo y hallé vacío el hueco de mi mujer. Su cuerpo no amaneció junto al mío. Deseaba disculparme, y decirle que me hallaba nuevo, ni una señal de resaca, ni una muestra de malestar indicaba que la noche anterior me sobrepasara con la bebida.

Me sentía ágil y ligero, en plena forma y listo para continuar la fiesta. Me incorporé sin esfuerzo y busqué a Lola. Como era normal, se encontraba con cara agria en la cocina. Su enfado aún persistía. Nunca me perdonaba fácilmente cuando bebía en exceso. No soportaba el olor a vino y le asqueaba los borrachos.

—Buenos días cariño -saludé tímidamente, esperando su reacción.

Me miró y calló, por contestación solo el silencio. El desayuno lo tenía preparado, y el café lo tomé solo, sin leche y frío. Mientras tanto, ella se movía inquieta por la estancia.

—Lo siento cariño, lo de anoche se debió a un malestar pasajero. Seguro que tomé algo en malas condiciones. ¡Habrá que ver lo que se come en la feria! El marisco es muy indigesto —me justifiqué.

Después de desayunar escuché entrar a uno de mis hijos. Lo noté raro, diferente, distanciado, serio, y poco cariñoso. En contra de lo habitual, fui yo el que me acerqué a besarlo. Se encerró en su habitación sin cruzar ni una sola palabra conmigo.

—¡Vaya hombre!, hoy no tendré un buen día. Para una vez que bebo más de la cuenta, y toda la familia se molesta.

Miré el reloj, y comprobé que eran más de las ocho, llegaría tarde al trabajo si no me daba prisa. Recordé que el coche lo dejé en la feria, no había tiempo para esperar el autobús, y decidí tomar otro taxi hasta la oficina.

Cuando llegué todos estaban en sus puestos, todos enfrascados en su labor, ni siquiera se molestaron en levantar la vista. Ni un sobrio saludo, ni buenos días, ni una sola palabra de bienvenida. Incluso mi cariñosa secretaria se mostraba distante y parca en palabras.

¡Vaya mañanita rara! Espero que las agujas del reloj marquen pronto las diez y media para tomar café con mi amigo Juan. Por lo menos él me escuchará, tendré a alguien con quien conversar.

Nos dirigimos hacia el bar de la esquina, saludé a la clientela y pedí un café con churros. El calor en el exterior continuaba siendo fastidioso, impropio de la fecha en que estábamos. Me acordé del día anterior en la feria, y ¡cómo no!, se me vino a la memoria la bruja que me leyó la mano. Volví a preguntarme ¿Qué diablos vería en ella, aquella arpía?

A mi lado, Juan leía el periódico. Le comenté la dichosa historia del día anterior. Se limitó a decir, que no hiciera caso, que eso era un timo. ¿Dónde se ha visto que una gitana entienda de quiromancia?

Juan era una persona instruida, de una cultura apabullante, erudito casi en todo. Con dialéctica pausada me aleccionó con toda clase de detalles sobre la Quiromancia. Me aseguró que era una ciencia, y que se necesitan muchos años de estudios para dominarla. Y que por supuesto la palabra de aquella vieja gitana, tenía menos valor y crédito que una moneda de tres euros. Sus palabras me serenaron, me sentí reconfortado.

—Gracias Juan, me has quitado un peso de encima.

—¡Vamos, no seas tan aprensivo y supersticioso, esos charlatanes solo quieren sacarte el dinero como sea!

Entonces recordé que la supuesta vidente, no había aceptado ni un solo céntimo mío, y el miedo volvió a mi cuerpo. El desasosiego me acechaba de nuevo. Se lo hice ver, pero no le dio importancia. Alegó que tendría prisa, o yo que sé. Y cambió de tema. Fue cuando deje de escucharle.

No sé, pero aquel día el café me resultaba amargo, y el sabor de los churros no era el de costumbre. Tomé el periódico y le eché una rápida ojeada, los titulares, las noticias deportivas, y poco más. Todos los días igual, que si la crisis, que si la prima de riesgo, que si la bolsa. Cuando me disponía a dejarlo sobre el mostrador miré el reloj, aún disponía de diez minutos, y decidí matar el tiempo ojeando las esquelas mortuorias. Era una manía que tenía desde muchos años atrás. Nunca entendí por qué me causaba tanto morbo saber la edad de los difuntos.

—¡Cuánta gente la palma cada día, y no nos enteramos! -pensé. Estamos aquí de paso. La vida son dos días. El muerto al hoyo y el vivo al bollo -todas esas típicas frases se me vinieron de repente a la memoria.

Lo primero que advertía, es que las mujeres eran más longevas que los hombres. Siempre le había dicho a la mía que un día me enterraría. Es que están hechas de hierro, y además se cuidan más, no como nosotros, con tanto tabaco y cubatas.

Miraba distraído la edad de los fallecidos, 68, 75, ¡mira! me dije ¡una mujer!, al comprobar como una tal Agustina moría a los noventa y tres años. ¡Quien llegara a vivir tanto! Continué con el siguiente, 56 años-. ¡Anda coño, como yo! -exclamé. Y sentí un repelús al pensar que la había palmado con mi edad. Cualquier edad es buena, o mejor dicho mala para morirse.

Un impulso hizo que fijara la vista sobre el nombre del fallecido.

Sr. Don José Orozco Santisteban. ¡No puede ser!, y volví a leerlo. No era posible, allí escrito en letras de negrilla aparecía mi nombre, en medio de aquel cuadrado ribeteado también de negro. El vello se me tensó como púas de erizo, y el terror me invadió. Se me debió notar, porque Juan se me acercó preocupado.

—¿Que te ocurre?, ¿conoces a alguien? -preguntó con sorna.

Yo callé, no me atrevía a hablar. Era casi imposible que hubiera otro con idéntico nombre y apellidos. Una cruz presidía la esquela, tragué saliva y seguí leyendo: Ha fallecido en Jerez de la Frontera, el jueves 9 de mayo de 2013, en desgraciado accidente, a los 56 años de edad. D.E.P.

Continuaba: Su apenada esposa Dolores Ruiz Domínguez, su hijo Andrés, su madre Marta, hermanos, Antonio y Sebastián, cuñadas, sobrinos, y demás familia, ruegan una oración por su alma.

Funeral: Viernes día 10 a las 17 horas en la Iglesia Parroquial de San Joaquín, y acto seguido, la conducción del cadáver al cementerio de Ntra. Sra. De la Merced, para su posterior incineración a las 18 horas. Velatorio: Tanatorio Municipal "El Buen Viaje".

¿Quién coño querrá gastarme esta macabra broma? -me pregunté encolerizado. Según la nota, mi funeral sería esa misma tarde. Arranqué la página del periódico, y ante la atónita mirada de los que me rodeaban salí del local a toda prisa. Antes de marchar volví sobre mis pasos:

—Juan, dile al director que me he tenido que ausentar por un motivo grave. ¡Ah! y a mi secretaria que me actualice la agenda, y que no se marche. Tengo un asuntillo pendiente que aclarar a mi vuelta.

Juan sonrió, levantando el índice como muestra de complicidad.

Al salir, crucé sin mirar y con el semáforo en rojo para los peatones, y poco faltó para que un autobús me atropellara.

Realice señales agitando la mano al primer taxi que pasaba:

—Calle Bellavista dieciséis ¡por favor!

El taxista echó una ojeada, y emprendió la marcha. Se detuvo justo en la puerta de mi casa, saqué del bolsillo unos billetes y se los entregué.

—¡Quédese con la vuelta! -sin saber cuánto le había pagado.

El taxista, se encogió de hombros e intentó reiniciar la marcha.

En el último instante le pedí que esperase unos minutos, tuve un mal presentimiento.

El hombre al volante no puso ninguna objeción, la propina merecía el pequeño sacrificio.

Abrí la puerta de casa y entré de modo apresurado. Nada hacía indicar que hubiese ocurrido algo fuera de lo normal. Todo en su lugar, en perfecto orden. Pero no como lo había dejado aquella mañana antes de dirigirme a la oficina, sino como se encontraba el día anterior antes de marchar hacia la feria. Varios detalles, así lo delataba.

Cerré de un fuerte portazo mientras seguía con la hoja del periódico en la mano. Leí otra vez la esquela, antes de montar de nuevo en el taxi, secándome con el pañuelo unas gotitas de sudor frío que comenzaban a resbalar por la frente.

—Al tanatorio Municipal.

El coche arrancó, y se alejó calle abajo buscando la autovía.

Al cruzar la puerta giratoria me dirigí a la recepcionista, quien tras una mesa repleta de documentaciones, me atendió con una sonrisa que contractaba con el silencio y tristeza que reinaba en el edificio. Noté su alarmismo ante mi lamentable estampa. Rezumaba un apestoso olor a sudor.

—Por favor, señor Orozco Santisteban –pronuncié mi nombre con la esperanza de que me contestara que no existía nadie con aquellos apellidos.

—Sala cuatro -me dijo, indicándome con el dedo un largo pasillo con puertas a ambos lados.

Me encontraba aturdido. Una nube me envolvía, y cada vez era mayor la duda de si soñaba, o en realidad estaba despierto. Al entrar en la habitación, el ahogo, la ansiedad, la desesperación, y la incomprensión se adueñaron de mí.

La calma era impresionante, solo interrumpida por los lloros de Lola, enlutada de negro absoluto y abrazada a mi hijo Javier, que la acariciaba en un vano intento por darle consuelo.

Se escuchaba los lamentos de Lola, que repetía amargamente.

—¿Por qué?, ¿Por qué, aquel maldito caballo se debocó? ¿Dio su vida por mí? -no supe entender sus palabras- ¿De qué hablaba?

Varios familiares allegados deambulaban por el lugar con gestos sombríos.

Me quedé impávido, no supe reaccionar. Allí, tras una mampara de cristal, se mostraba mi cuerpo inerte en un ataúd. ¡Sin duda era yo! Me miré observando mi fisonomía con detalle, casi no me reconocí. Me vi mucho más joven, y de forma inconsciente lo primero que pensé, fue ¡qué bien trabajan estos maquilladores! -Absurdo, -¿me estaría volviendo loco?- Solo algunos arañazos disimulados con artesanía, atestiguaban que algo me había golpeado el rostro.

Comencé a gritar histéricamente a mi mujer.

—Lola, mírame, estoy aquí. No me he ido, ese no puedo ser yo – mientras señalaba al muerto, más tieso y seco que el jamón que me comí la tarde anterior en la feria-, pero no hallé respuesta. Ella permanecía con la mirada perdida, sin dejar de sollozar.

Yo me llevé las manos a la cabeza, me tiraba de los pelos, me sentía impotente, no sabiendo como demostrar que estaba vivo, o acaso eso creía. Anduve por la sala durante un par de minutos pensando, aunque mi mente estaba bloqueada.

Tengo que despertar de este maldito sueño. Tiene que haber un modo de solucionar este macabro incidente. Y me pellizcaba con fuerza, en un vano intento por volver a la realidad. Pero por mucho que apretaba, por mucho daño que me infligía, el panorama era idéntico. Allí seguía pálido y rígido en aquella caja de madera, expuesto a la curiosa mirada de familiares y amigos.

Una luz se me encendió. Una idea acudió a mi cerebro.

Salí corriendo y abandoné el tanatorio. Era viernes, y no habían dado aún las dos de la tarde. Buena hora para buscar a la gitana del día anterior. Ella me explicaría lo sucedido. Sin duda la lectura de la mano, tendría que ver con lo que estaba ocurriendo.

Como un loco tomé otro taxi.

—¡A la Feria!

—¿Por dónde?

—¡Joder!, ¿por dónde?, ¡por el camino más corto! No me haga perder más tiempo -el taxista se encogió de hombros.

Cuando llegué, el bullicio era ensordecedor, la gente aglomerada me impedía transitar sin utilizar los codos para abrirme paso. Escuché más de un insulto a mis espaldas, pero me daba igual, mi intención solo era la dar con aquella mujer vendedora de claveles, y aficionada a leer el futuro a ingenuos como yo. Su imagen me perseguía como un fantasma, desde que hizo aquella extraña mueca cuando leyó la línea de la vida. Yo supe que algo pasaba, pero ahora me arrepiento de no haberle insistido lo suficiente.

Me recorrí la calle del Infierno, ¡que calor!, ahora comprendo por qué le pusieron ese nombre. Los chiquillos daban vueltas en el tiovivo, distraídos, y ajenos a la temperatura.

Me observé y casualmente iba vestido del mismo modo que el día anterior, aunque podría asegurar que aquella mañana al levantarme me puse ropa limpia. Me vi duchándome la pasada noche y echando la ropa al cesto de lavar. La que llevaba desprendía un intenso olor a sudoración.

Volví a la caseta "El Buen Viaje". Entonces recordé que el tanatorio tenía el mismo nombre.

—¡En que mal instante elegimos entrar en ella! -me dije arrepentido. ¡Nada!, ni rastro -continué con mi desesperada búsqueda.

Otra vez husmeando en las casetas, las líneas rojas, blancas, y verdes, de sus toldos, me daban vueltas. Seguía haciendo el inaguantable calor de siempre, los niños con los algodones de azúcar se cruzaban riendo, de vez en cuando algún grupo de amigos se animaba en plena calle a cantar y bailar alguna sevillana, y las palmas, castañuelas y cañas, hacían un sonido que retumbaba en mis oídos.

—¿Dónde se habrá metido esta estafadora? -me pregunté.

Deseaba encontrarla urgentemente, pedirle explicaciones. ¿Qué se escondía bajo aquella macabra broma sin sentido?

Por fin la vi sentada en una vieja silla de eneas, junto a un puesto de helados. A su lado, un cubo con varios ramos de flores. Estaba leyéndole la mano a otro incauto. Me acerqué y le advertí.

—No, no permita que se la lea. Es una estafadora, una bruja.

El hombre asustado retiró la mano, pero me miró como si yo estuviese borracho, a la vista de mi lamentable pinta desaliñada. Salió corriendo sin perderme de vista mientras se alejaba.

—¡Mentirosa!, ¡embaucadora!, ¡tramposa!, ¿qué brebaje me has dado? ¡Quítame el maleficio que me está destrozando!

La gitana me protestó.

—Me acabas de robar a un cliente. Acabo de perder por tu culpa una propina.

Me miró y ante mi desconcierto inquirió.

—Sabía que volverías.

—¿Que ha pasado?, ¿qué viste ayer en mi mano?, ¿por qué no me avisaste de que algo sorprendente, y que aún ignoro, me iba a ocurrir?

Ella sonreía, lo que hacía que mis nervios aflorasen. Necesitaba una explicación convincente, y solo ella me la podía dar. Pero se mostraba remisa a ello, y yo ignoraba como convencerla. Me tenía en sus garras. Saqué la cartera, y le di todo lo que me quedaba.

—Toma chantajista -por respuesta una leve sonrisa en sus labios.

Me miré de arriba abajo, y me despojé de la cadena de oro, del anillo de boda, del reloj que Lola me había regalado hacía tan solo unos días por el veinticinco aniversario, por nuestras Bodas de Plata. ¡Todo se lo di!

—Si quieres mañana te traigo más, pero devuélveme la vida. Deseo vivir fuera de esta feria, de sus caballos, de sus vendedoras de flores, de sus abarrotadas casetas, del tumulto ensordecedor. Deseo vivir, volver a la vida en un lugar en paz. Sin accidentes fortuitos.

Ella me contestó, que lo que tenía que contarme no se compraba con dinero, me devolvió los billetes y me pidió que guardase todas las joyas. No podía cobrar nada, pues en caso contrario, la maldición, y el mal de ojos se volvería contra ella.

—Mira payo, ayer adiviné que algo horrible te iba a suceder, pero no pude decirte lo que era, a riesgo de ser yo la que sufriera el accidente.

—¿Qué accidente? Yo no he tenido ningún accidente, embustera.

—Solo puedo hablar cuando el hecho ha ocurrido, como es el caso. Ayer, cuando paseabas de la mano de tu esposa, ¿recuerdas el gran bullicio? La calina caía sin compasión cuando caminabas por el Paseo de Las Palmeras, y al llegar a la confluencia de la calle Lola Flores y Paquera de Jerez, escuchaste unos gritos. La gente se apartaba aceleradamente, algo se aproximaba a gran velocidad, y tú desconocías de qué se trataba, pero al igual que los demás corriste para alejarte. Los caballos de un carruaje se desbocaron, el jinete perdió el control sobre ellos. A tu mujer se le cayó el bolso, se apartó de ti para cogerlo, fue solo un segundo, pero el tiempo suficiente para que el coche de caballos se dirigiera hacia ella, con todo el ímpetu de unos animales de ese tamaño y peso. Aunque habías bebido en demasía, te sobraban reflejos para darte cuenta de que la aplastarían, de que si no actuabas rápido, más de dos mil kilos le pasarían por encima. Te lanzaste y de un fuerte empujón conseguiste salvarle la vida, pero tu caíste a los pies de los caballos, y sus patas golpearon con furia tu cráneo hasta fracturarlo, antes de que las ruedas de la calesa te pasaran por encima aplastándote. No sufriste, tu muerte fue en el acto.

Luego, la confusión. Mientras tu mujer lloraba desconsolada abrazada a ti pidiendo ayuda, tu cerebro borró lo sucedido, no había dolor, para ti nada de lo anterior había ocurrido. Tu mente continuaba caminando justo al lado de tu esposa, seguías paseando, bebiendo, bailando, hasta la hora de regresar a casa. Permanecías viviendo en un mundo paralelo, en otro universo, en otra dimensión, espacio y tiempo. En tu cabeza aún existía una leve energía, suficiente para hacerte creer que nada había ocurrido. Pero la realidad es bien distinta. ¿Lo entiendes payo?

¡Qué coño iba a entender! ¿Cómo se podía entender lo inexplicable, lo inverosímil?

—Pero, no me acuerdo de nada.

—Porque te encuentras en un estado transitorio, aunque muerto. Suele durar unas veinticuatro horas. Estás en una especie de limbo, tu pensamiento sigue con un halo de vida, puedes desplazarte de un lugar a otro, pero no dejas de ser un mero fantasma, un simple espíritu, solo es tu alma la que vaga entre los vivos.

Esta mañana no has visto a tu mujer, no has visto a tu hijo, no has ido a la oficina, no has hablado con tu amigo Juan, no has leído la esquela, no has tomado ningún taxi, incluso no has ido al tanatorio. Todo es producto de tu mente. Hasta pudiera ser, que ni te encuentres en este momento hablando conmigo.

—Pero bueno, ¡esto es de locos! -exclamé.

—Nuestra mente divaga por lugares conocidos, comparte ratos con familiares y amigos, comemos, bebemos, amamos, un día más de vida, solo y exclusivo para la mente. El resto está muerto. El cuerpo inerte. El corazón detenido, sin latido, sin pulso.

Le pregunté.

—Si no eres una farsante, ¿cómo puedes saber tantas cosas sobre el tema?, ¿dónde has aprendido todo aquello que me dices con tanta convicción?

—No es cuestión de ciencia, sino de poderes adquiridos. Nadie sabe lo que hay después de la vida, nadie ha vuelto para prevenirnos de que existe un día, ¡veinticuatro horas!, donde permanecemos vivos, por lo menos cerebralmente. Mis antepasados vendiendo su alma al diablo, consiguieron saber la verdad, dieron con la luz, averiguaron el misterioso trance que existe entre la vida y la muerte. Les costó caro, con seguridad arderían en las llamas del infierno ante las carcajadas de Satanás, pero antes tuvieron tiempo de avisarnos, de alertarnos sobre lo que nos espera, de transmitirnos el enigma.

—No todo el mundo tiene el valor de mis mayores -aseguraba con orgullo-. Con total certeza, en tu recorrido de hoy, te habrás cruzado con otros en tu misma situación. No eres el único que murió ayer. Todos lucháis por volver, sin deteneros a pensar que aunque fuera posible, no tiene porqué ser lo aconsejable.

Ante mi desesperación, le supliqué que me sacara de aquel estado, que me devolviera la vida, que me hiciera regresar al día anterior poco antes del accidente, de esa manera podría esquivar a los equinos, y continuar vivo. Soy relativamente joven, me quedan muchos años junto a mi Lola. Tengo una maravillosa familia. Tenía que suplicarle, darle pena, para que se apiadase de mí.

—¡Que me estas pidiendo payo! Eso no es posible.

—¡Si lo es! Sé que puedes hacerlo, lo veo en tus ojos.

—No puede ser posible. Todo es un procedimiento escrupulosamente marcado. Yo solo hago lo que la providencia me permite. He recibido unos dones y los empleo de manera impuesta, nunca a mi antojo. No debo jugar con el destino, solo dar la vida en la manera en que mis antepasados lo han hecho siempre, y así me han enseñado.

—No me vengas con historias para sacarme más dinero, ¡toma! -y volví a intentar entregar todo cuanto de valor tenía. La gitana suspiró.

—Conforme pasa el tiempo, tu dinero y joyas tienen menos valor. ¡Te propongo una solución! Es imposible volver hacia atrás en el tiempo, lo ocurrido pasado está. Pero si puedo intentar, porque me está permitido como excepción, devolverte al presente, aunque no lo veo aconsejable, seguro que te lamentarás.

—¿Estás loca? ¡Cómo no va a ser aconsejable besar a mi mujer cada amanecer, ir con mi hijo al fútbol a animar a nuestro equipo, dialogar con los amigos, hacer una barbacoa cada domingo, viajar con Lola por diferentes lugares del mundo, disfrutar de la vida!

—¿Y por qué no has hecho todas esas cosas antes?

—No sé, uno piensa que siempre hay tiempo, que la muerte está lejos, y dejamos pasar la vida sin aprovechar todo lo maravillosa que es.

—Tú lo has pedido. Espero que no te arrepientas.

Me tomó de la mano, deslizó un dedo por una de las muchas líneas que la surcaban, hasta llegar a la de la vida. Realizó una especie de conjuro. Apretó con fuerza mi palma, y antes de hallarme envuelto en la oscuridad, le oí decir.

—El hechizo se ha realizado.

El miedo otra vez me envolvió. Mi ansiedad aumentaba al comprobar que la negrura no remitía, pero en un intento por tranquilizarme, pensé:

—Me encuentro tumbado, despertaré plácidamente en el butacón de la salita, viendo el programa de naturaleza que tanto me gusta, y que no me suelo perder. Lola se hallará a mi lado, durmiendo como siempre. Luego me preguntará, si al final el león devoró a la hiena, el guepardo corrió más rápido que el antílope, o el cocodrilo atacó al ñu, y yo sonriendo le diré, que el lirón o la marmota se comió la habitación de tanto roncar, refiriéndome a ella. Se enfadará como de costumbre, pero pronto se le pasará, y me pondrá el café de media tarde.

Pero también me puse en lo peor, ¿y si despierto en el tanatorio? ¿Quién sabe? ¡Vaya susto que les espera! Ya era incapaz de concentrarme. Apareceré no sé dónde, pero apareceré. Estoy convencido de que todo volverá a ser como antes, solo se trata de un mal sueño, de una terrible pesadilla, de la que despertaré en algún momento.

Ya no se escuchaba el ajetreo de la feria, solo un chirriante y molesto ruido de fondo. ¡Calma!, pero ¿por qué este ahogo?, ¿por qué esta negrura? Todo comenzó a moverse, y acerté a oír algunos lloros y lamentaciones.

Noté un brusco cimbreo. Me dio la sensación de hallarme en un coche de choque ferial. Esperaba con ansiedad que la luz volviera a mis ojos para salir de la duda. Mientras tanto todo eran tinieblas.

Intentaba moverme y no podía, el calor cada vez era más sofocante, cuando se supone que por la hora debería de estar refrescando. Maldije a la gorda vidente, pensando ante la sensación de ahogo, que aquello podría ser el mismísimo infierno, y comencé a sudar copiosamente, esperando la llegada del diablo.

—La muy puta, me ha mentido, me ha enviado al averno, a la más oscura de las tinieblas. El calor se hacía insoportable hasta el punto de oler como mi piel se chamuscaba, y recordé las últimas palabras de aquella malvada.

—No está en mis manos regresar en el tiempo, no puedo volver al pasado, pero si devolverte a la vida en el momento real.

Fue cuando el pánico me dejó paralizado. El calor era tan intenso que se convertía por momentos en fuego, me estaba quemando, y recordé la esquela mortuoria. ¡Incineración!

—¡No, Dios mío! -en mi desesperación comencé a gritar, golpeando con todas mis fuerzas aquellas paredes forradas de seda, que impedían mi movimiento. ¡No podía ser, me iban a quemar vivo! Me había devuelto a la vida cuando la incineración estaba comenzando. Lo que notaba era el movimiento de mi ataúd hacia el horno crematorio. ¡Señor, detén este aparato! Me estoy quemando, nadie me oye.

Notaba como por segundos la caja se resquebrajaba ante la alta temperatura, el sofoco y el olor a carne quemada era intenso, debía estar derritiéndome.

Recordé que había elegido ser incinerado cuando me llegara la hora, firmé los documentos preceptivos ante la contrariedad de Lola, partidaria de un entierro tradicional, como Dios manda. Pero no le hice caso, y ahora no se si alegrarme o arrepentirme.

Siempre me había impactado la muerte, el pensar que un día dejara de existir, y todo siguiera funcionando. Me daba terror el hecho de pudrirme lentamente. ¡Y qué decir de la posibilidad de catalepsia!, esa enfermedad que escuché de niño que padeció un bisabuelo o tatarabuelo mío. Se comentaba en la familia, que despertó en el ataúd una vez enterrado. Nada más pensarlo me horrorizaba. Prefería mil veces convertirme en ceniza, a ser devorado por los gusanos.

Mientras tanto en la feria la gitana miraba la hora. Marcaba las dieciocho treinta.

—Ya le dije que no era recomendable, pero no quiso hacerme caso. En fin, buena hora para comenzar de nuevo a vender claveles y leer la mano.

Y prosiguió su camino por el ferial. Era viernes, empezaba el fin de semana, y había que aprovechar la llegada de turistas.

El féretro traspasó la puerta del horno, y me vi ardiendo, las llamas quemaban cada poro de mi cuerpo, pero no sentí dolor alguno. Todo a mí alrededor era humo, una intensa humareda que no me impedía respirar, porque en realidad mis pulmones no lo necesitaban. La oscuridad seguía siendo la protagonista. Aún despúes de ser incinerado, seguía estando en un plano espiritual, continuaba en mi mundo paralelo. Seguía viajando en mi estado transitorio entre la vida la muerte. ¡Pero mi cerebro solo era cenizas! Imposible de asimilar.

—Señora, en esta urna tiene las cenizas de su marido.

—¿Que estoy escuchando? Solo soy polvo, y aun mi mente funciona.

Lola, despapó el cofre de porcelana, y me miró llorosa. Sin querer dejó caer sobre mis cenizas un par de lágrimas que llegaron a refrescar el interior del recipiente. Noté su contacto, y hasta me pereció oler su perfume. Ella ignoraba que la estaba observando.

Lloraba por mí. Sus lágrimas caían por sus mejillas en clara muestra de cariño, de amor, sin tener en cuenta que en los muchos años de casado solo fui un egoísta, un mal marido, un maldito egocéntrico, incapaz de mirar más allá de mis propias narices. Yo sabía que no había sido un marido ejemplar, ni un padre modélico. Tampoco con mis amigos tenía fama de honrado.

A pesar del sufrimiento, a pesar del dolor, pude apreciar su belleza. Nunca se lo había dicho antes. Y ahora cuando solo soy polvo, no puedo hacerlo y me arrepiento.

Tapó el envase y volví a la oscuridad, a la negrura, a las tinieblas. ¿Dónde me llevarán?, ¿qué harán con mis restos?

Escuché a mi hijo que decía.

—Deposítalo aquí mamá, bajo este árbol, le encantaba sentarse a leer en las tardes de verano -se trataba del limonero que un día planté en el jardín de mi casa.

Ignoraba cuánto duraría este estado transitorio, días, semanas, meses, o incluso años. La gitana me aseguró que eran veinticuatro horas, pero éstas pasaron con creces, y aún sigo aquí. No estoy vivo, pero tampoco muerto, porque puedo ver y pensar. ¡Qué sensación tan extraña!

—Por lo menos estaré cerca de los míos -pensé.

Se volvió a abrir la urna con mis restos, y una luz cegadora se introdujo en ella. Luego, noté como con mimo me iban esparciendo a modo de abono, alrededor de aquel árbol que servía para dar sombra a la entrada de mi hogar. Cuanto más me diseminaban, más se debilitaba mi oído y mi vista. Mi fuerza iba disminuyendo.

Pero antes de perder la visión total, tuve tiempo de ver acercarse a Sofi, la gatita de la vecina. Nunca me había caído bien ese animal. Nuestra relación fue pésima, desde aquel día que le di una patada al encontrarla rebuscando en mi basura. Cuando me veía, maullaba enseñando sus incisivos y sacando sus uñas en clara postura de ataque. El maldito felino me la tenía jurada. La vi llegar lentamente, olisqueando mis restos que se encontraban esparcidos junto a las raíces del limonero. ¿Sabría que era yo? ¡Seguro que sí! Solo necesitó un leve olisqueo para saber que su vecino se encontraba allí. ¡Qué inteligentes son los animales!

—Aléjate gata asquerosa. -intenté ahuyentarla, pero nadie me oía.

—No, Sofi, ¿qué vas hacer?

Comenzó a revolcarse sobre mí, y al segundo, se frotaba ronroneando contra mis cenizas con la parte trasera de su lomo y el rabo en alto. Se estaba aliviando sexualmente la cochina. La escena era grotesca.

—¡Qué asco! ¡Socorro! -pero estábamos solos, la dichosa gata y yo.

—Este animal está en celo, que alguien venga rápido y se lo lleve.

Resignado, y ya conforme con mi triste destino de servir de abono al limonero, todo hacía indicar que el suplicio iba a llegar a su fin. La vi levantarse, parecía dispuesta a marcharse y yo suspiré con alivio. ¡Si es que los muertos pueden suspirar! Ignoraba que aún me aguardaba la sorpresa final. La última venganza gatuna. Pausadamente se agachó flexionando las patas traseras y...

—¡No, por favor!

Sí, efectivamente, Sofí no dudó en echar una larga y placentera meada encima de mis cenizas, que al contacto con estas, todavía humeantes, hicieron desprender una especie de vapor, acompañado de un tufo pestilente. ¡Bien a gusto que se quedó la morroña!

La gata había marcado su territorio con su chorrito de pipí. Yo me sentía mojado, empapado, y ultrajado, ante las vejaciones recibidas.

====== OOOOOO ======

Abrí los ojos con un malestar imponente, la lengua pastosa, la cabeza me dolía, y me daba vueltas ¿o acaso era la habitación la que giraba?, la luminosidad cegadora que entraba por la ventana me aturdía, los ojos irritados, unas ganas tremendas de vomitar, y una inmensa sed me invadía en forma de deshidratación.

Allí estaba Lola con un vaso de agua en la mano, intentando despejarme de aquella horrible resaca. No era Sofi orinando encima, se trataba de Lola. Era ella la que me arrojaba el agua a la cara para poner fin a mi profundo sueño.

Todo había sido una pesadilla, una odiosa pesadilla. Estaba vivo, asquerosamente resacoso, pero vivo.

—Venga despierta, no te hagas el remolón y despéjate, que tenemos que volver a la feria. Sus palabras retumbaban como si me gritara en los mismos oídos.

Abrí con dificultad un ojo y allí estaba Lola, borrosa y esperpéntica, ataviada con su traje de faralaes, con el rímel corrido de la noche anterior, y una flor clavada en su cabeza que hacía de improvisado macetón. La peineta torcida le dotaba de un aspecto cómico y estrafalario. Pese a todo, me pareció la mujer más bella del mundo.

De fondo sonaba la radio a todo volumen. La cabeza me iba a estallar, cuando escuché la inconfundible voz de "Los del Guadalquivir" cantando una sevillana: "Vendrá la muerte, el día menos pensado vendrá la muerte, vivimos cada instante de pura suerte. Vamos viviendo, que tiempo habrá de sobra para ir muriendo".

—Ja, ja, ja, -riéndome me incorporé de un salto de la cama, y disimulando la sensación de vértigo que me embargaba, la tomé en brazos y la besé apasionadamente, como hacía mucho tiempo no lo hacía. Ella intentaba alejarse asustada.

—¡Estoy vivo Lola! ¡Estoy vivo!

— Tú lo que estás, es loco. ¡Loco de remate!

—También cariño, también estoy loco por ti. ¡Vamos, prepárate que nos vamos a la feria! A comer jamón de pata negra, y pescaíto frito. ¡Pero con una condición!

—¿Qué condición?

—Nada de gitanas, nada de vendedoras de claveles, y por supuesto, nada de dejarme leer la mano. ¡Ni una vez más en toda mi vida!

Lola no entendía a qué me refería, pero aceptó la propuesta sin rechistar, llevándose el dedo índice a la sien en clara señal de locura. Solo acertó a apuntillar.

—A ver si hoy le das menos al vino y a la cervecita, que luego tienes unas pesadillas que no dejas dormir a nadie. ¡Cualquiera sabe que habrás soñado!

Todavía el sudor envolvía mi cuerpo. ¡Vaya nochecita!

NIDO IX: EL LIMPIABOTAS

En las revoluciones hay dos clases de personas;
las que las hacen, y las que se aprovechan de ellas.
(Napoleón Bonaparte)

El hombre impecablemente trajeado, de cabello engominado, y cutis excesivamente bronceado, se encontraba tomando el aperitivo en la terraza de aquel selecto restaurante de varios tenedores, en la céntrica Plaza de las Tendillas. Como de costumbre, solía acudir a él para almorzar. Le pillaba cerca de su despacho, y la carta de comidas era de una exquisitez y calidad avalada. ¡Claro, que sus buenos euros le costaba llevar ese tren de vida! Pero se lo podía permitir, porque para eso, como acostumbraba a presumir, era un capitalista.

Antes, aprovechaba para degustar una copa en la puerta, aprovechando el agradable sol que esa primavera le brindaba, aunque en ningún modo precisaba del astro rey para mantener su cutis moreno, pues su rostro denotaba a simple vista una cuidada piel, tratada con preciadas cremas y bronceado artificial.

Gustaba de dialogar con compañeros de profesión. Se mostraba con evidente arrogancia ante ellos, en su mayoría principiantes, antiguos discípulos de cuando impartía clases de derecho en la facultad, y que envidiaban su posición social. Le apetecía rodearse de gente joven, con la certeza de que ansiaban poder llegar algún día a vestir sus trajes de marca, y acaparar su fama y el prestigio.

Tanta adulación le proporcionaba seguridad. Pero una vocecita interior le decía constantemente que todo lo conseguido no era fruto del trabajo honesto, no era producto de sus conocimientos, sino de ir acaparando una clientela seleccionada según su poder adquisitivo, dando de lado en ocasiones a quien ofrecía dudas sobre su capacidad para abonar la costosa defensa solicitada.

Se trataba de don Eduardo Domínguez y Centella. La "y" entre los apellidos se la colocó cuando su fama creció como la espuma en los juzgados. Seguramente porque esa simple letra le otorgaba cierto aire de aristócrata y alcurnia, que daba realce a su titulación universitaria.

Hubo un tiempo en que la honradez y dignidad eran su buque insignia. Aquella lejana época de finales de los setenta cuando se hizo popular por su desinteresada lucha sindicalista, y como letrado de oficio en favor de los más desprotegidos. Poco después se especializó como abogado laboralista, logrando cierto prestigio en dicho mundillo, defendiendo a modestos trabajadores por despidos improcedentes, o por accidentes laborales. Pronto comprobó cómo los beneficios eran pingües y su meta podía ser más alta, por lo que optó por un sueldo seguro, una nómina envidiable, y un cómodo sillón en la Universidad de Derecho de Córdoba. Era un catedrático admirado por sus alumnos, pero desigualmente recompensado económicamente, si se comparaba con algunos colegas de promoción que trabajaban por cuenta propia. Y llegó el día que dio el paso.

Pidió la baja como educador, y con la fama que le precedía montó un bufete, un equipo de profesionales, y decidió dedicarse por entero, a coger aquellos pleitos que más dinero le proporcionarían.

De ese modo abrazó una enorme fortuna. Era el especialista más conocido de la ciudad, y aunque no todos los casos los ganaba, si los cobraba por adelantado. Por si acaso el cliente quedaba en el paro, o sin subsidio para hacer frente a la abultada factura del letrado.

Y de ese modo fue adquiriendo propiedades. Primero fue una lujosa mansión, tras ella, una coqueta finca con caballos incluidos, y a raíz de ahí todo fue un caudal de aficiones de costoso mantenimiento. Vacaciones en paraísos caribeños, autos deportivos, fastuosos yates, además de su repentino y caprichoso amor por el arte pictórico, coleccionando pinturas, valiosos grabados, así como singulares porcelanas chinas, y un largo etc. Su afán recaudador no tenía límites.

¡Qué lejos quedó aquel Eduardo luchador implacable por los intereses de la clase obrera!

Se hallaba sentado en una silla alta, con una copa en la mano. Ausente de preocupaciones, se distraía jugando con el palillo de dientes, intentando pinchar la aceituna que flotaba en su vermut, mientras cada pocos segundos le daba una profunda calada a su purito, traído expresamente de La Habana por un viejo camarada.

Yo pasaba casualmente por allí, como todos los días desde hacía años:

—¡Limpia!, ¡limpia! -gritaba buscando a alguien que precisara mis servicios, y escuché unas sonoras palmadas.

—¡Oye, betunero! -inquirió el abogado.

Solícito, atendí a su llamada amablemente:

—Buenos días señor.

Él no contestó a mi saludo, apoyó uno de sus pies en la caja de madera que servía para almacenar los utensilios, sin dejar de charlar con sus tertulianos.

—Por favor señor, ¿me permite que saque mis útiles de limpieza de la caja antes de poner el pie sobre ella? -le indiqué con educación.

—¡Joder!, que formas de decir las cosas -alegó con desdén-. No entiendo que se creen algunos.

No tuve en cuenta sus palabras, mi pensamiento estaba en poder ganar lo suficiente ese día para que mi esposa e hijos pudieran comer. Lo demás me traía sin cuidado. Y si con mi silencio me ganaba alguna propina, me daba por satisfecho. Había aprendido a tragarme el orgullo.

Levantó de mala gana el pie, y aproveché para sacar el betún, la crema, la cera, el tinte, el cepillo y la bayeta. Coloqué mi banquillo, y me dispuse a dejarle los zapatos más limpios que cuando salieron de la tienda de calzados. Se veía que eran de importación, italianos sin duda.

Con el dinamismo habitual comencé mi trabajo, primero secar bien el calzado y quitarle el polvo, para aplicar con esmero y por igual el betún, después cepillar con fuerza sacando lustre, para acabar con la grasa de caballo, evitando la aparición de grietas en el zapato. El punto final lo puso la bayeta. Un buen frotado y listo.

Mientras limpiaba me suelo evadir con mis pensamientos. Intento convencerme de que mi trabajo es tan digno como cualquiera, y a veces hasta lo consigo. Eso sí, le prometí a mi padre cuando me aconsejó que heredara su oficio, que arrodillarme ¡solo ante Dios!, ante los hombres, me siento en mi banquito de madera que me acompaña por las calles cordobesas.

Yo siempre quise ser futbolista, y a fe que a opinión de muchos iba para figura, pero mi padre siempre insistía en que bajara del limbo y asentara los pies en el suelo, que el fútbol daba para comer durante varios años,

¿y luego qué? Entonces, es cuando presumía de haber compartido cartel con "La Miguelona", Ricardo "la Tragona", Pepe "Remiendos", y sobre todo, con Emilio "El Tuerto", de quienes afirmaba que pateándose las calles con su caja a cuesta, y gritando "limpia, limpia", habían conseguido ahorrar unos dineritos nada desdeñables en aquella época.

Comprendo que él lo decía de corazón, y esperaba lo mejor para mí, por lo que me quitó de estudiar, me sacó los pajaritos futboleros de la cabeza, y me inició en este mundillo de limpiabotas. No le tengo rencor, ni me arrepiento, porque siempre me ha permitido llegar a final de mes de manera honrada, pero lógicamente no era mi vocación.

—¡Listo!, señor.

El ilustre abogado sacó una cartera de tersa piel, por donde asomaba un buen fajo de billetes verdes, amarillos, y algún morado, rebuscó y se la volvió a guardar. Seguramente, allí no estaba lo que buscaba. Metió la mano en el bolsillo del pantalón, y extrajo un billete de cinco euros. Esperando la vuelta de dos euros como de costumbre.

Yo saqué de mi riñonera una moneda de euro, y dos más, una de cincuenta y otra de veinticinco céntimos.

—Su cambio. ¡Gracias!

—¡Faltan veinticinco céntimos! -agregó con el tono propio de quien se siente estafado.

—Lo siento señor, pero el servicio ha subido.

Ante mi asombro, solo inquirió a modo de mofa:

—¡Cada día es más caro la limpieza de los zapatos! ¡Como sigamos así, vamos a tener que estudiar para limpiabotas!

Y todos reían a coro sus genialidades, sus ocurrencias, mientras en mis retinas, aún quedaba almacenada la imagen de aquel repleto billetero

Ni un céntimo de propina. No me importó. Yo en silencio seguía recogiendo mis bártulos.

¡Cuántos años llevaba limpiándole el calzado! ¡En cuantas ocasiones había soportado en el más completo mutismo sus bromas y comentarios despectivos! ¡Cuántas veces había tenido que callar, ante sus infundadas quejas por el precio del trabajo realizado!

Yo sabía perfectamente desde el primer día que le limpié los zapatos, de quien se trataba, sin embargo él, no creo que en todo este tiempo hubiese oteado más allá de mi insipiente calvicie. Era todo cuanto divisaba desde su elevado sillón, mientras yo cabizbajo realizaba mi labor.

Posiblemente los veinticinco céntimos de más en la limpieza del calzado, fue lo que hizo que se interesara en ponerle cara a quien durante años le había servido. Casualmente, en el instante en que me disponía a retirarme, nuestras miradas se cruzaron. El abogado depositó sus ojos sobre mí, y yo hice lo propio inconscientemente.

—¡Coño! –exclamó-. ¡Tú eres Antoñito!

—Pues sí, don Eduardo, el mismo -afirmé, demostrando que yo también recordaba su nombre.

—¡Cuantos años! ¿Cómo te ha ido la vida? -se atrevió a preguntar, viéndome con un sucio mandil, y después de dejarle los zapatos relucientes como el sol, y más limpios que un jaspe.

Yo lo miré fijamente, mientras me limpiaba las manos de betún con un trapo, y le contesté.

—Pues más de cuarenta años sin vernos, y según lo visto, la vida me ha tratado peor que a usted. Aunque nunca se sabe, como afirma el dicho, "al final de la partida, tanto el rey como el peón van a parar al mismo cajón" -dejé caer, con un hilo de dignidad y algo de mala leche.

Frunció el entrecejo, e intuí que no le agradó mi puntualización.

—¡Y pensar que jugábamos juntos a la pelota! ¡La de vueltas que da la vida! -ahí, sí me clavó la puya con saña.

—¡A mí, me lo va usted a decir! -apuntillé irónicamente.

—¿Y la familia?, ¿Qué fue de aquella chiquilla morenaza de la que estabas enamorado hasta las trancas? ¡Si hombre!, la de los ojos negros y grandes como almendras ¿Cómo se llamaba?

—Carmen -le dije facilitándole el esfuerzo de pensar.

—¡Eso es! ¡Era guapa la moza!

—Sigue siéndolo don Eduardo, y me casé con ella. Tenemos dos hijos y tres nietos. Ahí andamos, escasos de dinero, justos de comida, pero sobrados de felicidad.

—¡Anda que suerte!, ¡no te quejarás! Aquí me tienes a mí, aún soltero y sin compromiso. El amor no es lo mío.

—Será porque usted quiere.

—¡Ah, eso sí!, a mí no hay mujer que me enganche. ¡Bonitas son todas! Solo van a por el dinero. ¿Sigues viviendo en el Parque Cruz Conde?

—Allí seguimos, y allí moriremos entre pinos, álamos, cedros y acacias. Y también junto a rosas y jazmines donde usted y yo jugamos de niños. Luego lo hicieron mis hijos, y ahora juegan mis nietos. ¡No sabe lo que se perdió cuando se marchó! -le dije en tono hiriente.

—Pues mira, ahora que lo dices, puede que un día de estos me compre algo por la zona. Me gustaría invertir y me has dado una idea.

Yo callé, sabía que no era su lugar, que no se adaptaría a conversar con sus amigos de la pubertad, a tomar el aperitivo con aquellos hombres ya maduros que un lejano día compartieron juventud con él. Y lo que era más duro, tampoco podría justificar tantas cosas. Porque la gente es humilde pero no tonta, y el tiempo no lo borra todo.

En ese instante un servicial camarero le dio aviso de que su mesa estaba lista, y sus comensales esperaban su llegada para iniciar un suculento almuerzo.

—Bueno Antoñito, tengo que dejarte, me alegro de saludarte -dijo con escasa credibilidad. Intentó alargar la mano para estrechármela, pero la retiró al comprobar que la mía aún conservaba manchas de betún-. No te entretengo más, ya sabes que aquí siempre tendrás a un buen cliente. No dijo "amigo", ni siquiera "conocido", dijo ¡cliente!

—Yo también me alegro don Eduardo, ha sido un placer -mentí.

Entonces sacó el euro que le había entregado hacía unos minutos, y me lo ofreció.

—Tómate una cervecita a mi salud.

¡Joder, otro puyazo! –pensé, antes de respirar profundamente.

—Gracias, no bebo ni acepto…. -por un momento estuve a punto de pronunciar la palabra "limosnas", pero haciendo un esfuerzo agregué "propinas" -omití decir que sí las aceptaba, pero nuca lo haría de él.

Se guardó la moneda de mala gana, sintiéndose ofendido con mi negativa, y me dio la espalda con aire altanero, perdiéndose de mi vista en el interior del restaurante.

Recogí mis útiles de limpieza y me fui. Ese día se había terminado el trabajo. No me apetecía sacar brillo a ningún zapato más. El cupo de tolerancia y respeto se había agotado, y la recaudación aunque justita, daba para comer.

Callejeando, fui recorriendo varias plazuelas hasta llegar a la Puerta de Almodóvar, crucé la ancha avenida para acceder a Ciudad Jardín, y una vez allí y acortando trecho entre setos y frondosa vegetación, alcancé mi Parque Cruz Conde.

====== OOOOOO ======

Dejé vagar mi mente recordando conversaciones, y anécdotas, e incluso mítines juveniles y clandestinos, entre aquellos pinares, y sentado en el verde césped que ahora pisaba.

Aquel hombre con tinte adinerado a quien le había limpiado los zapatos, era el mismo amigo de adolescencia a quien confiaba todos mis secretos más íntimos.

Él sin duda era el cabecilla de la pandilla. Y me vi con apenas catorce años saliendo del instituto, mi interés por entonces solo se centraba en estudiar, soñando con un futuro prometedor, y en mis ratos de ocio antes del almuerzo, me conformaba como la mayoría de los chiquillos con darle patadas a una pelota, sin más preocupación que marcar algún gol, hasta que un día fui invitado por Eduardo a asistir a una de sus charlas, y desde entonces estas se hicieron casi obligatorias a riesgo de perder su amistad si no acudía.

Luego por las tardes, otra sesión de política, y como Eduardo era el mayor, allí se hacía lo que el decidía y ordenaba. Ya desde pequeño se le veía madera de líder.

Formábamos un corrillo para hablar de lo prohibido en aquel tiempo, con la inquietud de jugar con la aventura y el riesgo. Yo desconfiado, rehusaba la conversación, buscando algún pretexto para desaparecer, pero casi nunca lo conseguía. Por entonces en mi inocencia casi infantil, ignoraba lo que era ser de izquierdas o de derechas, desconocia quienes eran fachas y quienes rojos, pero con él lo aprendí. A su lado, su inseparable mochila de raída lona verde, con la silueta del Che Guevara dibujada en ella. Ese detalle le había costado la expulsión de clase en varias ocasiones, y al final se vio obligado a borrarlo a regañadientes, ante la amenaza de no volver a pisar el instituto.

—No sé qué se creen estos fascistas encorbatados –murmuraba enfurecido señalando a los profesores.

Un día abrió la mochila, y sacó aquel libro al que todos llamábamos "Política", pero cuyo nombre era "Formación del Espíritu Nacional." Con rabia lo arrojó contra un árbol.

—"Esto es todo mentira" –sentenciaba, seguro de sí mismo-. Esto lo escribe un dictador que se hace llamar Generalísimo, el mismo que tiene a vuestros padres engañados desde hace más de treinta años, y que afirma que fue Dios quien lo puso al mando del timón de España porque ganó una guerra a la que llama Gloriosa Cruzada Nacional. ¡Tendrá la cara dura!

Y cada vez se iba acalorando más, a la vez que su cara iba tomando un color rojizo de indignación.

Entonces realizaba un recorrido visual alrededor, y con cautela y un secretismo hermético, asomaba parte del lomo de un libro que guardaba en la mochila.

—¡Esto es lo que tenéis que aprender! -había que leer entre línea de manera muy rápida, porque en cuestión de segundos lo volvía a esconder. Prometo que tardé varios días en poder descifrar el título y el autor de tan enigmático libro: "La Burguesía y la Contra-revolución" de Karl Marx.

Yo le preguntaba —¿Si tan importante es, por qué no lo muestras y nos permites leerlo?

—¡Estás loco! ¿Qué quieres que me metan en la cárcel?

No tenía yo muy claro el concepto de burguesía, ni mucho menos el de contra-revolución, como tampoco muchos de los asistentes. Tampoco habíamos escuchado hablar en nuestra vida de ese tal Karl Marx, pero todos callábamos para evitar dejar al descubierto nuestra ignorancia en el tema.

—¡Ya está bien de tanto señorito! ¡Ya está bien de tanto facha!, ¡Ya está bien de tanto abuso capitalista, mientras hay gente pasando hambre! Hay que luchar por la anarquía. Y yo en mi torpeza, me

preguntaba ¿quién era esa anarquía por la que tenía que pelearme y defender?, pero callaba y seguía escuchando.

—*Tenéis que leer a Marx, Lenin, Stalin, Mao, escuchar a Fidel Castro, imitar al Ché, que entregó su vida para evitar el abuso de los poderosos -nos aconsejaba, mientras levantaba el brazo con el puño cerrado, y una mueca de indignación y rabia en su rostro.*

Un día a mi amigo Alfredito se le ocurrió imprudentemente insinuar, que esos que había nombrado eran dictadores de izquierda. Lo había escuchado en la taberna, cuando los mayores hablaban en voz baja creyendo que nadie les oye.

Su reacción fue inmediata. Eduardo se puso como una fiera, llegué a sentir miedo por su mirada envenenada. Se levantó encolerizado, se dirigió hacia él, y le propinó un par de guantazos.

—*¡Imbécil! ¡Miserable!, ¿vas a confundir a un camarada revolucionario con un sanguinario dictador golpista? -matizó.*

Desde aquel día, nadie osó preguntar o insinuar nada que molestara a Eduardo, bajo peligro de llevarte dos sopapos y acabar con un ojo amoratado. ¡Cómo se las gastaba el demócrata cuando se enfadaba!

Sacaba unos cuadernos arrugados de la mochila, y nos recitaba poemas de Rafael Alberti, Miguel Hernández, García Lorca -para incendiarse enseguida y continuar.

—*La única solución es la insurrección, la rebelión, el levantamiento, la sublevación, convocar huelgas, manifestaciones en masa ¡todo!, menos quedarse con los brazos cruzados sin luchar por el progreso, por la libertad, por la igualdad de salarios, por la eliminación de las clases sociales. La única guerra legítima se llama revolución. ¡Combatir hasta la muerte a la desigualdad! -y se metía la mano en el bolsillo, sacaba una moneda de veinticinco pesetas, y nos insistía.*

—*A ver, leer -mientras nos la pasaba, para que la fuésemos viendo uno por uno.*

—*¡Tendrá poca vergüenza!, "Francisco Franco, Caudillo de España por la Gracia de Dios" -entonces comprendí por qué los domingos mientras me colocaba mi hábito de monaguillo, él ni siquiera aparecía por la iglesia. Debería estar enfadado con Dios por hacerlo Caudillo - pensaba yo en mi ingenuidad.*

Eduardo afirmaba que si Franco era amigo del Santísimo, él prefería arder en el fuego del infierno. Por eso no iba a misa, porque se negaba a rezarle a alguien que iba bajo palio, como su enemigo más odiado. Por eso detestaba a Dios, viéndolo como un cómplice más del dictador.

—Esto es una cruenta dictadura -manifestaba enfatizando sus palabras-, en los estudiantes como nosotros, y en los obreros como nuestros padres, está la solución, podemos derribarla con nuestra lucha diaria. No hay que bajar la guardia, hay que combatir contra la opresión del patrón. Como afirmaba el Che: "La revolución no se lleva en los labios para vivir de ella, se lleva en el corazón para morir por ella" -argumentaba exaltado, imitando con sus gestos y acento al conocido revolucionario argentino.

Yo callaba, desde muy niño me habían enseñado que la derecha era igual a orden y justicia –posiblemente estaba engañado-, porque para Eduardo se trataba de algo dañino, de algo nocivo que había que eliminar. La verdad es que estaba hecho un lio, porque en el colegio me enseñaron una cosa, y mi buen amigo me lo explicaba de una forma bien distinta.

Por supuesto acabé por ignorar las lecciones de los libros, para seguir los sabios consejos de Eduardo. Con él aprendí el agradable sabor de la libertad ganada a pulso, luchando por la eliminación de clases sociales, por la supresión de privilegios para la burguesía. ¡La tierra de quien la trabaja!, ¡nadie es más, ni menos que tú!, ¡ni tiranos, ni sumisos!, ¡ni poderosos, ni pobres! ¡Muerte al fascismo! ¡Viva el proletariado! Y todos al unísono y envalentonados, gritábamos con entusiasmo desbordado ¡¡¡VIVA!!!

Esas eran sus consignas mientras vociferaba con el puño cerrado para concluir.

—"Más vale morir de pie, que vivir arrodillado".

Yo miraba de reojo a ambos lados, para ver si éramos observados por alguien. Solo el hecho de imaginar que me pudieran descubrir mis padres asistiendo a esas reuniones "clandestinas", me hacía temblar. Pero el continuaba firme en su arenga, mientras nadie era capaz de callarlo.

Lo más interesante, es cuando llegaba el momento de contarnos su asistencia a la última manifestación. Nos relataba con toda clase de detalles como corría delante de los caballos de los grises, mientras estos le pisaban los talones con sus porras, para recibir más de un garrotazo. Todos envidiábamos su osadía que rayaba en la heroicidad. Algún día seremos como él -pensábamos.

Sí, Eduardo, contigo aprendí lo que era enfrentarme al capitalismo. Lo que era que unos pocos vivieran de lujo, a costa de otros que no tenían para comer. Tú te encargaste de enseñarme lo que era ser un revolucionario, aunque por diferentes motivos ni tu ni yo lo hemos sido, por mucho que insistieras, en que con la fuerza de los ideales se ganaba más batallas que con cien mil fusiles juntos.

Cuando llegaba a captarme, era cuando sacaba a relucir a los padres.

—Mirar mi padre, hecho un cabrón durante catorce horas en la fábrica. Mirar mi madre, limpiando en casa de un abogado que la trata como a una rata, aprovechándose de su falta de recursos. Pues hacer lo mismo con vuestros padres. Mirarlos cuando llegan reventados de trabajar por cuatro míseros duros. ¿No os duele el corazón? ¿No os incita a revelaros? -seguridad y credibilidad no le faltaba.

Luego, cuando llegó la hora del Servicio Militar, todos esperábamos que se declarase insumiso, o por lo menos objetor de conciencia. Eduardo odiaba con todo su corazón esa lacra que para él eran las Fuerzas de Orden Público y los militares, alegando que eran sinónimo de opresión y el brazo armado de la dictadura. Sin embargo cuando llegó el momento, no dudó en acudir a su cita con la Patria.

Nos extrañó verlo siempre vestido de paisano, mientras el resto estábamos obligados a vestir el uniforme. Él marchaba a media tarde a casa para dormir y volver al día siguiente, y nosotros sin embargo pernoctábamos obligatoriamente en el cuartel. Él estaba rebajado de todo servicio, nosotros en cambio, "chupábamos" guardia, un día sí y al otro también.

Supimos que el abogado capitalista, señorito y facha que trataba a su madre como a un animal, y que tanto odiaba, le había "enchufado", destinándolo como asistente de un comandante, conocido por su adhesión al Régimen. ¡Y él había aceptado!

Ahí fue cuando sus mítines revolucionarios comenzaron a causar serias dudas en la pandilla. Cuando sus arengas juveniles comenzaron a ser solo humo en el aire de un frondoso parque.

Pensé que solo se trataba de un iluminado que requería con sus palabras, la atención y admiración de los que le rodeaban, mientras pensaba lo contario de lo que decía.

Y en mi mente lo volví a ver, como aquella misma mañana en la puerta del restaurante, continuando siendo el centro de la reunión, rodeado por sus antiguos alumnos de derecho, que lo escuchaban con el mismo interés y pasión con el que sus amigos de instituto lo hacíamos cuarenta años antes. ¿Era acaso el tiempo el único culpable de su transformación? ¿Se debía su cambio, a la muerte del dictador años después? -pensé.

Miré el reloj, era tarde y estaba oscureciendo. Carmen estaría preocupada por mi retraso. Me levanté, tomé mis trastos aún aturdido, y recordé que los amigos estarían en la taberna de Alfonso, jugándose su copa de vino amontillado a una partida de dominó, después de un día de duro trabajo. Todos menos uno, don Eduardo Domínguez de la Lastra "el revolucionario", que estaría saboreando un güisqui escocés, y disfrutando de su privilegiada clase social, en algún selecto bingo de la ciudad.

Definitivamente no era conveniente su vuelta al barrio, no era aquel su hábitat natural. Tendría que dar muchas explicaciones a aquel grupo de niños hoy hombres, que no dudaron en seguir sus consejos. Aquellos que después de más de cuatro décadas luchando contra las injusticias de patrones sin escrúpulos, siguen sudando para llegar a final de mes, a veces sin conseguirlo, y sin encontrar sentido a las arengas de quien tiempo después, se convertiría en un prestigioso abogado especialista en defender a capitalistas. ¿Qué explicación daría sobre sus charlas-mítines y sobre sus héroes bolcheviques? No, no le convenía volver a un pasado en el que nunca encajaría. Un pasado traicionado y olvidado. Cada hombre tiene su lugar, su nido, y el de don Eduardo, con toda seguridad, estaba muy lejos de mi querido Parque Cruz Conde. Aquellos ideales de los que presumía, y que supuestamente plantó ante sus amigos entre setos y rosales, se hallaban ahora pisoteados y enterrados entre hojarasca. Y es que solo se limitó a plantarlos, olvidándose de regarlos.

Y fue cuando recordé aquellos versos de Antonio Machado que tanto le gustaba y repetía:

"Al andar se hace camino, y al volver la vista atrás, se ve la senda que nunca se ha de volver a pisar".

—*Sí, Eduardo, tu discurso se marchitó hace muchos años.*

NIDO X: <u>LA MUJER INFIEL</u>

No te golpea por ser alta o baja, gorda o flaca, inteligente o necia,
licenciada o analfabeta…te golpea por ser mujer.
(<u>Guía para Mujeres Maltratadas</u>)

Siempre coincidíamos a la misma hora en el rellano de la escalera.

—Buenos días vecino. ¿Qué tal? -saludaba yo con una cordial sonrisa. No nos conocíamos demasiado, solo de contados encuentros casuales a pie de escalones, o frente al ascensor, pero ese hombre tenía algo que hacía que me cayese bien.

Siempre aparecía con impecable porte vistiendo su uniforme azul marino de vigilante de seguridad, su gorra de plato bajo el brazo, su arma reglamentaria junto a su porra y sus grilletes al cinto. En el pecho destacaba una enorme placa dorada con el distintivo de la empresa. ¡Todo un servidor de la ley! –pensaba yo.

Sin embargo Damián –ese era su nombre-, me miraba de malhumorado, sin contestar a mi saludo. Yo no se lo tenía en cuenta, bastantes problemas tenía dentro de su casa, para encima mostrase simpático. En siete años viviendo puerta con puerta, nunca me había devuelto el saludo matinal, pero eso no era óbice para que a la mañana siguiente se volviera repetir la escena, con idéntico resultado.

El callaba su justificada agresividad, mientras yo no disimulaba mi complacencia hacia aquella persona a la que muchos acusaban de violento y machista. ¡Era normal, tenía que desahogarse!

Yo esperaba ansioso cada noche para con el oído pegado a la pared, dejarme seducir por la morbosidad que otorga escuchar sus amenazas con voz pastosa impregnada de whisky. Las mismas patadas en el vientre, los mismos puñetazos en los pechos, los mismos gritos de socorro, los mismos lamentos de dolor, pero lo que más impresionaba era el conmovedor llanto del chiquillo. Me lo imaginaba agazapado en un rincón, tapándose con fuerza los oídos para no escuchar las angustiosas súplicas de ayuda de su madre, y cerrando con mayor fuerza los ojos, para no ver los golpes de su padre.

Seguramente el deseo del niño sería desaparecer de aquel lugar, durante los eternos minutos que duraba cada paliza. No podía reprimir su llanto, incluso en ocasiones, este se alzaba sobre el griterío. Me seducía la imaginaria visión de ensañamiento sin piedad, y eso me producía un inmenso placer, un extraño éxtasis. Sabía que sería un indeseable para los demás, que me tacharían de enfermo si llegaran a conocer mis sentimientos, creerían que soy un canalla, un bellaco, ¡quizás lo fuera! Pero yo no me veía así, porque para mí esa persona era sinónimo de orden, una especie de adalid justiciero.

Me gustaría algún día ser como él –me decía a mí mismo. Desearía tener el valor de actuar así para parecer más macho, para rodearme de gente que me tema y me respete a la vez. Ya lo intenté una vez, pero no lo conseguí, porque hasta para ser diablo hay que servir.

Por la mañana me convertía en sordo, ciego y mudo, y hasta le dedicaba una cómplice sonrisa, que él seguramente engullido por su tensión matrimonial no recogía.

Para muchos solo se trataría de un mísero cobarde, pero a mí me fascinaba su comportamiento. No solamente aprobaba lo que hacía, sino que llegué a verlo justo. Si me lo permitiera hasta le ayudaría, le animaría a seguir en su actitud, le apremiaría a que no bajase la guardia.

Intuía que algún motivo tendría para actuar de aquella manera. Si soltaba esa incontrolada furia cada anochecer, era porque ella se lo merecía. ¡Algo haría sin duda, algo horroroso que un hombre de bien no debería permitir! –barruntaba.

Comprendí que en esta vida era más fácil posicionarse del lado del fuerte, del agresor, del criminal. Te evitaría problemas y hallarías ventajas. Pero en realidad ¿quién era el malo de la historia?, ¿él, que tan solo defendía su hombría gratuitamente mancillada, o ella, infame pecadora y perfecta adúltera?

Dejé transcurrir el tiempo, y en ocasiones hasta faltaba al trabajo, esperando que pasaran las horas con inusitado nerviosismo, para escuchar la cerradura de la puerta de la mujer del vecino. Esta se dejaba ver con aparente normalidad, dirigiendo sus pasos hacia el mercado, se suponía que a realizar la compra diaria.

—Ese truco está muy visto ¡zorra! –pensaba yo.

Me hacía el encontradizo, y la saludaba amablemente.

—Buenos días, Irene.

La imaginaba traicionando a un buen hombre, en brazos de otro macho, retozando en cualquier camastro a escondidas de su marido. Por eso no me importaba su aspecto demacrado, aquellos labios rotos, sus ojos hinchados por las lágrimas derramadas, amoratados por los golpes que inútilmente pretendía ocultar tras unas ridículas gafas de cristales ahumados.

Ella me respondía con ensayada hipocresía y esquivando la mirada, pues ni siquiera se molestaba en levantar la cabeza. Avergonzada, evitaba mostrar las marcas que deja el engaño y la traición.

Me propuse seguirla, disponía de tiempo, y me apetecía ayudar a un vecino a controlar a su infiel mujer, mientras él se encontraba trabajando, ganando un decente sueldo para su familia, dejándose el lomo para que a ella no le faltase de nada, y pudiese disfrutar de una vida fácil.

Cuando caminaba tras su sombra, observé que tenía un buen tipo, era de esas mujeres que a pesar de la edad, hacen girar la cabeza de los viandantes, de vez en cuando hasta se escuchaba algún soez piropo. Alta, guapa, esbelta, pero sus andares eran asimétricos, los pasos desiguales, seguramente por la indisposición que debía producir, aquellas palizas que apenas dejaban huella.

Andaba pausadamente, demasiado lento, pudiera parecer que recreándose, cuando posiblemente solo se tratase de desorientación, aunque yo intuía que el camino lo tenía bien aprendido. Llegó al mercado y pasó de largo, dejó de lado varias tiendas de comestibles, cruzó la calle mirando atrás en un instinto de protección, quería cerciorarse de que no era seguida, momento en el que me oculté tras un grupo de personas que charlaban amigablemente. Luego entró en un elegante edificio, la suntuosa fachada denotaba que sus moradores eran gente adinerada. ¡Ya la tengo! ¡Te pillé furcia!, ¿pensabas que te ibas a librar de mí?, ¿que no te tenía calada?, ¡eh! Casualmente la pesada puerta de hierro que franqueaba la entrada no se había cerrado aún, lo que aproveché para introducir el pie. Me asomé al portal y vi como pulsaba temerosa el botón de llamada del ascensor. Vino este, se introdujo en él, y la perdí de vista.

Me acerqué y comprobé los números iluminados del ascensor mientras subía, uno, dos, tres, cuatro, cinco, y anoté en mi mente el número donde se detuvo "seis". Miré en los buzones, y pude leer que Fernando Villasantos Cabrera y Andrés Montiel Saavedra, eran los vecinos que ocupaban los dos pisos de aquella sexta planta. Sin duda, uno de ellos era el recibidor de las continuas visitas de la vecina amancebada.

Me llené de paciencia, y esperé con calma sentado en un velador de un bar situado enfrente. Transcurrida una hora la vi aparecer. A la vez que salía, se acomodaba el moño en un intento por disimular su descuidado cabello, o posiblemente revuelto, por la acción de su pasional encuentro amoroso. Solo me infundía desprecio. Me asqueaba su obscenidad, su desfachatez. Quise insultarla, pero me contuve, aunque los deseos por recriminarla eran difícilmente controlables. Ella ignoraba que su mentira ya no era tal, que alguien muy cercano conocía su secreto, me sentía poderoso, pues tenía en mi mano decidir cuándo hacerlo público, y elegir el momento oportuno para contárselo a su desdeñado marido. La precipitación no es buena. Me repetía una y otra vez.

—Meditaré mi próximo paso a seguir -dije en voz alta, y como aficionado a la cacería, la miré con la satisfacción de quien acaba de atrapa una preciosa presa de montería, y puede decidir lo que hacer con ella, si terminar de matarla, o soltarla malherida observando sus siguientes pasos. Nunca escaparía, el disparo había sido certero, y la tenía herida de muerte. Solo era cuestión de esperar, se desangraría sola, y en caso contrario, la remataría con el disparo de gracia. Pero solo yo decidiría cuando, como, y dónde. Y eso me otorgaba un poder que gozaba administrándolo.

Luego, sus pasos no le llevaron a ningún lugar fuera de lo común, realizó sus compras en un centro comercial y marchó hacia su casa, se supone que para hacer la comida, más tarde recogería a su hijo del colegio, para posteriormente recibir a Damián, que llegará exhausto para almorzar, sin sospechar la infidelidad de su pareja.

Entonces fue cuando miré el reloj, hacía dos horas que tendría que haber llegado a la fábrica. ¡Ya estaban acostumbrados a mis asiduas ausencias! ¡Total, quien se atrevería a reprochar su demora al subdirector!

A la noche, los mismos golpes, gritos y lamentos. Me fui a la cama, ya estaba acostumbrado, y llegado a un punto acababan por aburrirme. ¡Pura monotonía!

—Te lo mereces. Y eso no es nada, ¡si yo hablara! ¡Si yo contara tus encubiertas salidas! Pero por ahora esperaré.

A la mañana siguiente el mismo saludo matinal, y como respuesta el mismo silencio, pero no me importaba.

Durante varios días la mujer no salió, seguramente decidió dejar pasar un tiempo, para evitar ser delatada en su próximo encuentro.

Transcurrida una semana, la observé salir. Como siempre llorosa, y dolorida. La seguí como aquel último día, y no me equivoqué. Esta vez, caminaba con mayor seguridad, con paso mucho más firme. Llegó al edificio, llamó al portero automático, y la puerta se abrió inmediatamente. La escena se repitió. Primera, segunda, tercera, cuarta, quinta y sexta planta, no existía duda.

Esperé, y al salir ella, como de costumbre a la hora, u hora y cuarto, me armé de valor y subí. Lo hice despacio, meditando lo que iba a decir al desconocido que me abriese la puerta. Primero llamé al timbre del 6-A, un apuesto cuarentón, alto, pelo engominado, rostro bronceado, ¡vamos, el prototipo de ejecutivo!, abrió la puerta.

—Que desea –preguntó.

—Buenos días, vengo ofreciendo una gama de productos de belleza femeninos que podrían interesar a su esposa.

—Los siento, estoy soltero –contestó cerrando de malos modos e incomodado.

Luego llamé al 6-B, en esta ocasión me abrió un señor sesentón, pulcramente vestido, de ademanes educados, aspecto saludable, pero su incipiente calvicie y aire cansino, le restaban atractivo.

—Si, ¿Qué desea?

—No, perdone, he debido equivocarme.

El hombre con parsimonia y educadamente cerró.

Descartado este último, no había duda, su amante era el guaperas del 6-A, Fernando Villasantos Cabrera. Su físico y modales le delataban.

Y por un instante me imaginé a la puta de mi vecina con aquel chulo engañando a un hombre honesto y trabajador.

Como de costumbre marché para el trabajo con una idea concebida. Tenía que decírselo a su esposo. El debería conocer que era traicionado por su mujer.

Aquella noche, mientras volvía a escuchar los gritos habituales, aquellas voces que me indicaban que era la hora de dormir, tomé un papel y un bolígrafo. Falseando la caligrafía y con mano firme, escribí: "Tu mujer es una fulana, te engaña con un tal Fernando que vive en la calle Agustina de Aragón nº 87- 6ª planta. Firmado: "un amigo". Por la mañana introduje la nota en su buzón, con la certeza de que sería encontrada por el vecino. Y así fue, este la leyó sin duda, pues los hechos ocurridos, así lo confirmaron.

No dejó pasar un solo día, y a la mañana siguiente llamó a la empresa comunicando una inventada enfermedad, para excusar su ausencia. Ahora fue él quien la siguió, comprobando la veracidad de la acusación. Aquella noche su agresividad superó a todas las anteriores. Se empleó con una violencia inusitada. Ella, ni afirmaba ni desmentía las acusaciones de infidelidad, solo se protegía de la avalancha de golpes que con más furia que nunca impactaban en su rostro. Los gritos eran patéticos, los llantos horrorosos, los ruidos de muebles rotos y platos estrellados contra la pared, se escuchaban en todo el edificio, sin embargo nadie al igual que yo, salió para comprobar lo que sucedía, nadie protestó por las voces a horas tan avanzadas, nadie quiso involucrarse en la contienda conyugal.

Cuando parecía que la calma se adueñaba del hogar, cuando los instintos animales de Damián ya habían menguado, un golpe seco proveniente de la calle, rompió el silencio nocturno.

Algunos vecinos se asomaron a los balcones fisgoneando, quedando impactados por lo que veían. Abajo, en el frío acerado y totalmente inmóvil, se encontraba el cuerpo de una mujer casi desnuda sobre un charco de sangre.

Solo yo sabía la verdad, y no sentía ningún tipo de inquietud, pesadumbre o arrepentimiento. Se ha hecho justicia –pensé.

Nadie salió a socorrerla. Hubiera sido inútil. La mujer yacía muerta.

A los pocos minutos, se personaron una ambulancia y varias dotaciones de policía. Los sanitarios poco pudieron hacer, solo cubrirla con un plástico, a la espera de que el juez ordenara el levantamiento del cadáver.

La policía accedió a la vivienda, impidiendo que el chiquillo saliera de su habitación, mientras el marido era interrogado.

Este admitió haber discutido aquella noche, pero como lo hacían habitualmente. ¿Qué pareja no lo hace? Entre sollozos, aseguró que después de insultarse mutuamente, se marchó a dormir sin imaginar la tragedia que se avecinaba.

—Puede que haya caído al vacío en su afán por regar las macetas de madrugada. Solía hacerlo cuando le costaba conciliar el sueño. No quiero ni pensar que hubiese sido un acto voluntario. Tendría que haberla vigilado más de cerca, en los últimos meses la encontraba emocionalmente inestable, y se portaba de manera extraña, distraída. Sufría continuas depresiones -alegó suspirando.

—¿Tenía por costumbre regar las macetas en ropa interior? -inquirió uno de los policías.

—No sé, ya le he dicho que últimamente su conducta era muy rara.

¡Qué bien mentía! Es que era un verdadero actor. La policía en un principio le creyó, pero yo sabía la verdad de lo ocurrido.

También interrogaron a la totalidad de los vecinos, todos coincidimos en que eran una pareja modélica, bien avenida, y que nada hacía presagiar ese trágico desenlace. En el fondo todos éramos cómplices.

Al día siguiente, después de volver a declarar lo dejaron en libertad sin cargos. Existían indicios sospechosos, pero no había pruebas para involucrarlo. No existía denuncia previa por maltrato. Aunque llegaron a saber, que muy lejos de lo que afirmaba la vecindad, los continuos enfrentamientos y discusiones entre la parcja, eran el pan de cada día, pero nada demostraba que estos fueran el motivo del fatal "accidente" o "suicidio".

Esperó una semana, no quería precipitarse. Con premeditación, cuando se creyó libre del seguimiento policial, y disimulando el físico con peluca y bigote postizo, se personó en el domicilio del supuesto amante. El mismo que aparecía en la anónima nota recibida. Aprovechó la salida de una persona para introducirse en el portal sin utilizar el interfono. Subió las escaleras con sigilo, y golpeó con los nudillos la puerta. Nada más abrirse esta, el inquilino se vio encañonado por un revolver. No entendía la situación, no acertaba a comprender que hacía ese desconocido en su casa apuntándole con un arma. No le dio tiempo a preguntar, ni siquiera a defenderse. Su cara era el reflejo de la sorpresa y el pánico. Damián, cegado por los celos que le atormentaban, no se arrepentía de haber dado muerte a la buscona de su mujer, como tampoco se arrepentiría de matar a este hijo de puta. Sin mediar una sola palabra le apuntó al corazón, y no dudó en apretar el gatillo. La sangre salpicó a paredes y mobiliario. Aunque el disparo retumbó en todo el vecindario, contaba con un plan de huida por la parte superior de la vivienda. Había estudiado la azotea y su comunicación con las colindantes. Disponía de tiempo suficiente para escapar de la escena del crimen, evitando ser descubierto por algún vecino inoportuno. Dio media vuelta y se dispuso a huir amparado en la confusión y en su ridículo disfraz, pero antes de salir de la casa quiso asegurarse de que nadie había en el descansillo que pudiera delatarlo. Echó un rápido vistazo por la mirilla, y comprobó con una mezcla de estupor y terror como dos agentes uniformados se encontraban al otro lado de la puerta. Se vio acorralado, ¿cómo han podido llegar tan rápido? –se preguntó.

Sabía que no tenía escapatoria, era imposible huir, y su destino estaba escrito. No estaba dispuesto a entregarse y pasar el resto de su vida entre rejas. Con seguridad la zona estaría rodeada por decenas de agentes, y vehículos policiales, esperando su salida para acribillarlo a balazos. Sin dudarlo, introdujo el cañón del arma en la boca y se descerrajó los sexos, cayendo inerte junto al supuesto amante de su infiel esposa.

====== OOOOOO ======

La pareja de policías subía en el ascensor cuando escucharon el primer disparo, inmediatamente pulsaron el botón de parada y bajaron en la tercera planta. Los vecinos alarmados habían salido de sus hogares para ver lo que ocurría, y con gestos asustadizos indicaron a los agentes que el estruendo provenía de arriba. Subieron las escaleras de tres en tres hasta llegar al sexto. Curiosamente allí no les aguardaba nadie en el rellano, y sospecharon que habían llegado al origen de la detonación. En ese instante y con las pistolas desenfundadas, escucharon el nuevo disparo, esta vez mucho más cercano. Localizado el origen de la detonación echaron abajo la puerta de una certera patada, encontrándose con un macabro espectáculo.

Y es que la realidad era bien distinta. En el momento en que Damián daba muerte al supuesto amante de su mujer, los agentes se dirigían al 6º- B. siendo su única intención la de llamar al timbre de D. Andrés Montiel Saavedra, psicólogo de Irene, para que este con sus datos profesionales, aportase algo de luz al nada claro accidente o suicidio de la mujer. Su tarjeta de visita fue encontrada entre las pertenecías de la fallecida. Ese era el motivo de su presencia en el inmueble. Se trataba de una entrevista rutinaria. Ni el edificio estaba rodeado, ni existía motivos para estarlo. Luego, el sonido de los disparos cambió la prioridad de los acontecimientos. El marido despechado se precipitó y no tuvo en cuenta el factor "casualidad".

Al día siguiente, los periódicos lo anunciaban: "Muere un joven de un disparo en el pecho, y minutos después su asesino se suicida volándose la cabeza con el mismo revolver. Casualmente en la puerta contigua, vive el psicoterapéutica que atendía a Irene Sánchez, fallecida en un supuesto accidente doméstico días antes, y esposa de uno de los fallecidos. La investigación se centra en la relación que pudiese haber entre ambos sucesos".

Los datos del psicólogo poco pudieron ayudar al esclarecimiento del suceso. Se limitó a corroborar las visitas de Irene a su consulta como mera paciente. Llevaba dos años tratándola semanalmente. Diagnóstico: ¡Depresión!

El pulso se me aceleró, un sudor frío me invadió el cuerpo. Sin planearlo, había asesinado a tres personas con una simple nota acusatoria.

El dolor por el abandono de mi mujer, aceleró la toma de conclusiones, cometiendo un gravísimo e irremediable error. Comprendí que nunca existió amante. Jamás se me pasó por la cabeza que el de mayor edad fuera su terapeuta, y el más joven y apuesto, un vecino más. Todo se debía a una cadena de errores, a un mal entendido, pero la realidad es que era producto de una mente enfermiza. Descolgué el teléfono y marqué el número de la policía.

—Policía ¡dígame!

—Quisiera confesar un tripe asesinato, y entregarme.

—¿Cómo dice? ¡Identifíquese!

El remordimiento me atormentaba pero el miedo era superior, lo pensé mejor, y colgué. Me acusarían de cómplice, y por un momento me vi cumpliendo condena en una cárcel de mala muerte. Hasta llegué a notar la desagradable sensación del roce de los grilletes en mis muñecas. Prefería cargar con esas muertes en libertad, que redimir mi pecado entre rejas.

Busqué en la guía y volví a tomar el teléfono.

—¿Doctor Montiel?

—Sí, dígame.

—Le llamo para concertar una cita. Últimamente tengo problemas de insomnio y quisiera su asesoramiento.

—¿Le viene bien mañana a las once horas?

—Perfecto, allí estaré.

—¿Nombre?

—Lucifer, llámeme simplemente ¡Lucifer! -ignoraba porqué había ocultado mi identidad en aquel ridículo seudónimo. ¿Realmente era tan malvado? ¿Me puede confirmar la dirección?

El psicólogo quedó algo inquieto, pero pensó que cosas más raras había escuchado en el diván de su despacho.

—Calle Agustina de Aragón 87- 6ª Planta. ¡No tiene pérdida!

Cuando colgué, no pude impedir una mueca de amargura. ¡Bien sabía yo que no tenía pérdida!

—Él se encargará de sanarme, de borrar de mi mente todo el daño realizado. Evitará que me acompañe cualquier complejo de culpabilidad, cualquier pensamiento negativo. Mi conciencia no tiene porqué enterarse de lo ocurrido. Le contaré con toda clase de detalles lo acontecido, le obligaré a guardar el secreto profesional. Tengo la certeza de que no me delatará. Lo convertiré en mi colaborador involuntario.

Eran las once y cinco de la mañana. Me encontraba intentando controlar inútilmente mis nervios, sentado frente al reconocido psicólogo Andrés Montiel Saavedra. Solo nos separaba un elegante escritorio repleto de informes. *Los miré y pensé, ¡cuánto loco anda suelto por el mundo! La estancia era acogedora y decorada con estilo. Cuando le iba a preguntar por el importe de las consultas, me detuve, pensé que el tema económico era una trivialidad para alguien con recursos como yo. Pero me vino a la cabeza la pregunta clave: ¿Cómo la vecina se había permitido el lujo de visitar a uno de los más caros profesionales de la mente? Se supone que su marido le controlaría el dinero. Y me asaltó la duda.*

—Dígame, ¿Qué le trae por mi consulta?

—No sé cómo empezar doctor, desde que mi esposa me abandonó, nunca pude superarlo. ¡Yo que todo se lo daba!, ¡yo que me desvivía por ella!, ¡yo que me preocupaba porque no le faltara ningún capricho!, llegó un mal día y me dejó por otro. Reconozco que no fui el perfecto amante, ni mucho menos el marido ideal, pero no merecía que se marchara sin una explicación, sin un simple adiós. Desde aquel momento comencé a odiar a todas las mujeres. Y mi despecho lo pagué con la más cercana, con mi vecina. Usted la debe conocer, tengo entendido que fue paciente suya. Una tal Irene, que falleció la semana pasada.

El psicólogo frunció el entrecejo sorprendido.

—Pues bien, mi mujer e Irene eran confidentes, mantenían una estrecha amistad, y culpé erróneamente a la vecina de mis desdichas, pensando que la había animado a que se alejara de mí, a que buscase a otro más joven, más divertido, más adinerado y cariñoso. Ahora reconozco que fui malvado pensando que se merecía las palizas.

Cada vez que me cruzaba con Irene, la fulminaba con la mirada mientras la interrogaba en silencio, ¿quién te pidió consejo?, ¿por qué metiste las narices donde no debías?, ¿qué clase de consejos podía dar quien no es capaz de evitar que la maltraten en su hogar? Es fácil hacerse la heroína en casa ajena, cuando en la tuya eres una cobarde. ¿Dónde tienes ahora a tu amiga para que te ayude? Lejos, muy lejos, y tu sola, inmensamente sola. ¿Tienes miedo? Me alegro. Todo esto pensaba al verla, porque llegué a odiarla sin saber que era una mujer sufrida, una buena madre y maravillosa esposa. Y en el colmo de mi sinrazón, le hice creer a su marido que tenía un amante. Lógicamente el desenlace fue el esperado. La mató arrojándola desde el balcón. El resto de la historia ya la conoce, hubo un malentendido y el hombre creyéndose ultrajado mató a su vecino de enfrente, para suicidarse a continuación.

El psicólogo asentía con la cabeza, parecía estar ausente. Y efectivamente así era, porque mientras escuchaba la aburrida verborrea de aquel chalado, estaba recordando el día en que la conoció.

La tarde invitaba a pasear por el parque, el silencio era total, solo roto por el chapoteo del agua de alguna fuente o el trinar de los pájaros. Era un remanso de paz, ideal para la relajación. Solía refugiarse entre aquellos árboles cuando el estrés le desbordaba. Mientras le daba de comer pan a las palomas y a los patos del estanque, la vio caminando errante. Parecía desorientada, y le alarmó la profunda melancolía de su rostro. Se quedó absorto en su contemplación, prendado de aquellos ojos que desprendían una frustración infinita. Reconoció en ella a una posible paciente. Pensó que necesitaba su asesoramiento, que precisaba asistencia psicológica, pero tras unos minutos observándola, comprendió que lo que realmente necesitaba eran atenciones, cariño, amor, y pudiera ser que hasta sexo. Se sonrojó al pensarlo, y se vio como un viejo vicioso, ella no tendría cuarenta años, mientras él hacía tiempo que había soplado las sesenta velas. Se acercó con la excusa de ayudarla, sabía que la facilidad de palabra jugaba a su favor, y se lanzó.

Se identificó como psicoterapeuta y charlaron largo rato. Necesitaba un hombro donde llorar y un hombre dónde desahogarse. Le contó su historia, y él le prometió ayuda profesional. Fue cuando ella se desnudó sentimentalmente, dejando al descubierto sus cicatrices más profundas y dolorosas, las de la mente.

En la primera visita fue su psicólogo, en la segunda una especie de padre, y en las restantes su amante. Tres personalidades en un solo ser. ¡Sí!, -pensaba el doctor Montiel- aquel mamarracho que tenía enfrente suplicándole ayuda, no estaba equivocado, ella tenía un amante, y este era quien menos se imaginaba. Nadie sabría el secreto.

Tú solo te has metido en la ratonera, me has servido el trabajo en bandeja, y hasta me lo has traído a mi propia casa —sonrió rascándose la barbilla-. Ahora te tengo en mis manos -se dijo- obnubilado y babeante de satisfacción. Soy dueño de tu destino, y pagarás con creces tu delito. Con tu complicidad, distes muerte a la mujer a la que amaba, con tu nota ayudaste al machista de su marido a empujarla, a arrojarla al vacío. No tienes ni idea del sufrimiento al que te enfrentas, del tormento que te acecha. Haré de tu vida un infierno. Vienes a curarte, y te prometo que saldrás de aquí acompañado de la más cruel de las locuras. Me pedirás clemencia para que te extraiga del cerebro toda la mierda que meteré en el. ¡Si supieras que no estabas errado, que estabas en lo cierto, que aquí en esta sexta planta habitaba el amante de Irene! No te detuviste a pensar que con sesenta años, aún se puede ser atractivo e interesante. ¡Y más, si dominas la técnica de sabes escuchar!

Se miró al espejo que presidía la estancia y no se reconoció. Era la misma imagen del sadismo y de la venganza.

Luego en un leve susurro, agregó.

—¡Y tú te haces llamar Lucifer! ¡Imbécil!, se ve que no conoces al verdadero Satanás.

No pudo evitar reírse diabólicamente, ante la terrorífica mirada de su nuevo paciente, ajeno al oscuro futuro que le aguardaba.

NIDO XI: <u>LA ESTATUA HUMANA</u>

Los ojos de las estatuas lloran su inmortalidad.
<u>*(Ramón Gómez de la Serna)*</u>

Cada mañana, me arreglo con mis mejores vestidos, me pinto y acicalo con la única intención de estar atractiva y primorosa para él. Comprendo que por su trabajo no puede atenderme, pero albergo la esperanza de sentarme algún día a su lado en cualquiera de las numerosas y elegantes terrazas que existen frente a su lugar de función.

Fue un domingo paseando distraídamente cuando lo conocí. Me quedé prendada de su porte, mezcla indefinida de simpatía y tristeza imposible de describir. Su semblante era capaz en tan solo unos segundos, de pasar de ser el más risueño del mundo al más melancólico. Destacaba sus exquisitos modales y maneras refinadas. De inmediato comprendí que se trataba de todo un caballero. Con algunas rarezas, pero encantador.

Me enamoré a primera vista, y sus constantes y cómplices guiños insinuadores, llegaron a hacerme albergar la ilusión de que su corazón sentía algo hacia mí.

Desde el comienzo de nuestro extraño romance quedé prendada de su originalidad. Rebosaba sentimentalismo. Mi vida se volvió simple, pero feliz. Llegaba, tomaba asiento frente a él, y dejaba volar las horas hasta que la noche envolvía las calles adyacentes, solo alumbradas por coquetas farolas. Me despedía con un beso al aire, sin haber cruzado una sola palabra. Era mi manera de amar, discreta, en silencio, en soledad.

Comprendo que nuestra relación es complicada, sus largas jornadas le impide dedicarme un solo segundo de su tiempo. Yo lo asumo con entereza, porque sé que ese maldito trabajo mal remunerado, no será eterno. No me importa esperar días, semanas, meses, o incluso años, al final obtendré mi recompensa. ¡Su amor!

Aquel amanecer me dispuse a pasear por los alrededores. Muy cerca, un bohemio del pincel con enérgicos trazos, intentaba transformar un diminuto lienzo blanco, en algo parecido a la Plaza de San Francisco. Justo al lado, una familia con atuendo y fisonomía sudamericanos, ofrecía collares y pulseras artesanales a euro. Más adelante, un malabarista ataviado de payaso y sin aparente esfuerzo, volteaba varias pelotas a la vez, sin que ninguna cayera al suelo. El airé olía a Sierpes vacacional, solo algunos turistas intrépidos se atrevían a desafiar al sofocante calor, a pesar de la temprana hora.

Justo en frente se encontraba mi amigo el argentino del acordeón, ¡por cierto!, ¿cómo se llamará? -me pregunté. Me acerqué cuando amenizaba la luminosa mañana con un bello tango, mientras cuatro curiosos escuchaban los acordes del viejo cacharro de teclas y fuelle. Solo bastaron un par de monedas, para que supiera lo que deseaba, pues al instante comenzó a tocar mi canción favorita "Candilejas". La misma que le solicitaba en cada visita.

Bastaron los primeros compases de la melodía que interpretaba el gaucho, para que apenas a cinco metros, mi admirada figura humana con traje raído, bombín y bastón, comenzara a mover graciosamente su bigotillo, logrando sacarme una mueca de sonrisa.

Era la misma melodía que rociada con aroma a azahar sevillano, sonaba aquella primera vez que le vi.

Miró a uno y otro lado, la calle se mostraba casi desierta, y al comprobar que el público era escaso, ante mi sorpresa, descendió de la tarima donde se hallaba encaramado, comenzando a bailar al compás de "Candilejas". Se balanceaba de acera a acera con sus enormes zapatones que le impedían acompasar el ritmo. Pese a todo, los viandantes que presenciaban fascinados la escena, comenzaron a aplaudir.

Después de unos segundos de baile en solitario, me tomó con dulzura por la cintura, e hizo que le acompañara en su romántica danza. Acercó su rostro al mío, y susurró dulcemente *Entre candilejas te adoré, entre candilejas yo te amé...",* noté un escalofrío al compartir la lágrima que caía por su mejilla. Sentía su cuerpo, su agitada respiración, y hasta los latidos de su corazón palpitando contra mi pecho. Por un momento pensé que estaba soñando, que no podía ser realidad. Me hallaba bailando con mi amor, se estaba cumpliendo el sueño de mi vida, aquello que había imaginado durante infinitas madrugadas en mis desvelos.

Me besó suavemente, con ternura. Un beso cariñoso, limpio, pero falto de esa pasión con la que yo soñaba. No quería ser su amiga, deseaba ser su amante. Intenté disimular el desencanto.

Azorada y con el cabello revuelto, le propuse sentamos a la sombra de la terraza de una cafetería. No sabía por dónde comenzar la conversación, mis nervios me impedían articular palabra. Lo tenía a mi lado, podía olerlo, tocarlo, sentirlo.

—Cuéntame algo sobre tu vida, ¿Cómo te llamas?, ¿a qué te dedicas?, ¿qué edad tienes? -me preguntó, en un intento por romper el hielo.

—Mi nombre es Alicia, estudio Historia del Arte, y voy a cumplir veintitrés años -contesté casi sin respirar.

—Ahora háblame de ti, apuesto a que tu vida es mucho más apasionante. Deseo saber tu pasado, ¿Cómo has llegado a este lugar? ¿Cuál es el motivo de tu sonrisa agridulce? ¿Por qué tus ojos albergan tanta amargura y quebranto?

Movió el bigotillo simpáticamente.

—Me llamo Carlos, en un tiempo la fama me acompañó, pero ahora tan solo soy un artista callejero. Vivo el día a día sin saber cada mañana si cenaré por la noche.

Yo sabía que me ocultaba algo, un tic en su ojo derecho lo delataba. ¡Lo conocía tan bien, después de tanto tiempo observándolo!

—¿De dónde vienes? -pregunté.

—Nací en un humilde barrio de Londres hace muchos años, pero viví en Estados Unidos, Francia, Italia, y muchos países más, aunque me gustaría morir rodeado de paz junto a cualquier lago suizo. Mi tierra es el lugar donde me hallo, y mi edad indeterminada. Ahora por ejemplo soy de Sevilla y tengo cincuenta y un años. Ignoro donde estaré mañana ni la edad que tendré. Soy ciudadano del mundo. Me gusta ser libre y errante.

La inquietud y el desasosiego me atraparon. ¡Qué ingenua he sido! Creí que se quedaría para siempre en la calle Sierpes, que nunca se alejaría de mí.

—¿Por qué estás triste? -le pregunté.

—Solo se trata del recuerdo de una infancia desgraciada. Los fantasmas de mi niñez me persiguen allá por donde voy.

—Háblame de tu vida, quiero saberlo todo sobre ti -le insistí con descaro.

—¿De mi vida?, ¡es complicada!, ha estado salpicada de momentos inolvidablemente bellos, y otros, de un dolor insoportable. Sería como narrar un drama con aires de comedia. Nunca sabría separar mi vida real de la artística, en el fondo ignoro quién soy.

—Mis padres eran dos seres maravillosos, dos geniales artistas. Se sintieron frustrados por no poder alcanzar la fama que merecían. Siempre opinaban que el público no entendía que un cómico puede ser a la vez un virtuoso actor. A mi padre apenas soy capaz de ponerle imagen. Se refugió en el alcohol, y murió joven, no supo ni quiso aceptar el fracaso. Un par de años después, mi madre, una guapa bailarina a la que llamaban Lily, perdió la razón, y acabó ingresada en un hospital para esquizofrénicos. No la volví a ver, nunca me lo permitieron. Estuve en un colegio para niños abandonados, pero pronto comprendí que no estaba hecho para vivir enjaulado, que mi lugar estaba en la calle, aunque fuera mendigando como un vagabundo con tan solo ocho años. Para bien o para mal, todo lo que soy se lo debo a mis padres, de ellos he heredado mi pasión por el oficio. He actuado en míseros locales y teatros, y más tarde fui conocido a través de mi mímica en algunas películas. Fui feliz mientras duró el silencio.

—¿El silencio? -repetí intrigada.

—Sí, la belleza que el silencio del celuloide esconde. La llegada del sonido al cine casi supuso mi muerte como artista. La palabra me dejó malherido cuando se le dio a ésta más importancia que al movimiento, a la creatividad, a la pantomima, imitación o parodia, pero no consiguió matarme. Mi vida ha sido toda una película, mitad muda y mitad sonora -hizo una pausa y prosiguió.- Eso que ves, es mi único equipaje -señalando a una bolsa de tela rota en sus costuras-. Ahí llevo todo cuanto de valor material aún me queda. Pero mi vida, mis sueños, mis anhelos, mi pasado y presente, todo eso viaja en mi interior.

Y aquí me ves, subido a esa destartalada peana, intentando guardar lo único que poseo: El equilibrio.

Yo lo miraba extasiada, al borde del desmayo. Lo admiraba, sus palabras eran pronunciadas con un tono amargo y dulce a la vez. En breves minutos y con escuetas frases, me había descrito toda una conmovedora vida.

—¿Has estado enamorado alguna vez? -interrogué con el corazón en un puño, esperando su respuesta negativa. Pero me equivoqué. Miró hacia abajo, y agregó-. Las mujeres solo me han causado problemas e infelicidad. He estado casado tres veces, y en idénticas ocasiones me he separado. Tengo dos hijos a los que apenas puedo ver por mis continuos desplazamientos. Mi fama como mujeriego y mi reputación de amante, ha marcado negativamente mis relaciones de pareja -y volvió a mover pícaramente el bigotillo.

Me sonrojé al escucharlo. No podía creerle, desde un principio su imagen fue la de hombre fiel. No habría encontrado a la mujer que le hiciera feliz, aquella que dotara de pasión a su existencia.

Tras unos segundos de silencio me miró fijamente y continuó.

—Tengo un presentimiento. Estoy a punto de encontrar el verdadero amor. Lo he visto en sueños, y estos nunca me mienten. Se trata de una mujer joven, puede que demasiado joven para mí. Ella lo dejará todo cuanto tiene para acompañarme. Me hará olvidar el pasado, y viviremos un futuro prometedor.

Lo vi claro, se estaba refiriendo a mí, sabía que lo dejaría todo por estar a su lado. Me sentí radiante.

Sacó un reloj de cadena del bolsillo superior de su frac, y miró la hora. ¡Vaya se ha hecho tarde! Hizo una señal al camarero.

—¡Por favor señor! ¿Cuánto le debo? -quise invitarle, pero se negó rotundamente. Alegó que era un caballero, y sacando un puñado de monedas de escaso valor, abonó la cuenta con calderilla. Me acarició el cabello, se inclinó para besarme, y mientras se colocaba su sombrero, se despidió con una frase desconcertante.

—Hasta pronto Oona.

¿Por qué aquel enigmático nombre, cuando le dije minutos antes que me llamaba Alicia? Cuando giré la cabeza, ya se encontraba subido a su pedestal, donde se recompuso el vestuario antes de volver a quedarse inmóvil, estático, casi petrificado durante horas.

Aquella charla sirvió para conocerle mejor, para saber detalles de una vida novelesca, una vida repleta de risas y lágrimas, propia de una obra teatral, merecedora de llevar su argumento al cine, con unos personajes conmovedores, donde el drama y la felicidad iban unidos desde su nacimiento. Conocí a un hombre inteligente, de convicciones profundas, y comprometido contra las injusticas.

En aquel instante pasó un chiquillo, y depositó unas monedas en el suelo, fue cuando osciló su cuerpo, y con su mano izquierda se despojó del gastado bombín a modo de saludo, mientras con la derecha hizo bailar el bastón en el que segundos antes se apoyaba. Todo ello unido a una amplia pero forzada sonrisa. Quiso alargarle la mano al pequeño en muestra de agradecimiento, pero el niño asustado ante el inesperado movimiento, corrió buscando refugio y protección entre los brazos de su madre, que sonreí al observar la escena.

Me miró con un signo de resignación. Lo conocía tan bien, que hasta llegué a leer en sus ojos.

—Para esto he quedado, simplemente para asustar a los niños mientras sus madres se divierten -parecía querer decir.

Desde la distancia negué con la cabeza. Yo sabía apreciar el inmenso arte que poseía. Era un verdadero maestro del humor callejero.

La diferencia de años y la experiencia era grande entre ambos. Mientras él era un trotamundos, yo era una cándida jovenzuela que comenzaba a florecer. Pero el corazón no entiende de edad me dije, en un estéril intento por convencerme. Solo al final, aquellas palabras en las que afirmaba que un amor joven estaba a punto de entrar en su vida, me transmitieron cierto sosiego, y me otorgaron un ápice de esperanza.

Entonces me vino a la memoria las películas que de pequeña veía junto a mi abuelo. Recuerdo que era un cine de verano, donde el olor a dama de noche inundaba el ambiente. Nos sentábamos en la primera fila de sillas, y disfrutábamos viendo las diabluras de aquel inolvidable cómico llamado Charlot. Yo reía y reía, mientras comía deliciosas palomitas de maíz. Era mi ídolo, mi actor favorito. Nunca comprendí como una persona con aquellos andares patosos, un ridículo bigotillo, un bombín y un bastón, podía hacerme tanta gracia. Mi abuelo reía conmigo las "charlotadas" como él denominaba, a las cómicas hazañas del humorista.

Por eso, aquella mañana dominical, cuando vi a Carlos subido en el entarimado imitando a Charlot, me invadió la nostalgia de las calurosas noches estivales, del olor a dama de noche y jazmín, y hasta el sabor de aquellas blancas palomitas. Todo ese coctel de sentimientos bien agitado, ayudaron a que mi pasión hacia él se acrecentara.

Cuando llegué a casa, la curiosidad me indujo a tomar una enciclopedia ilustrada. Deseaba saber algo sobre la verdadera vida del desaparecido actor con el que un lejano día me divertía, mientras veía sus excentricidades, su originalidad, su humor diferente, junto a un hombre genial como era mi abuelo. Curiosamente en algunas palabras aisladas de Carlos, encontré cierto paralelismo con las vicisitudes del famoso comediante. Yo nunca había leído la biografía de Charlot, solo recordaba que su verdadero nombre era Charlet Chaplin.

Nada más comenzar a leer, mi cuerpo recibió la sacudida de un escalofrío que consiguió mover hasta el sillón donde me hallaba sentada. ¡Cómo no me había dado cuenta! Su nombre Charles era Carlos en inglés. Nacido en Londres, divorciado tres veces, dos hijos…seguía leyendo, y un desconcierto mezcla de pánico y asombro me sobrepasaba. Creo que fue miedo lo que sentí, estaba aterrada. Por un momento, desee cerrar el libro, arrojarlo lejos, muy lejos, allá donde no pudiera encontrarlo. Todo coincidía. ¿Se trataría de una de mis pesadillas? Padres artistas, el uno alcohólico, y la otra demente. Colegio para niños abandonados, y aquella frase que se me quedó grabada a fuego: "En el fondo, no sé quién soy."

Me había enamorado de un ladrón. Sí, de un ladrón de vida ajena, un ladrón de sueños vividos, pero lo horrible es que pretendía adueñarse también de mi futuro. Me ha elegido a mí para ser su cuarta y definitiva esposa, por eso me llamó Oona.

No estaba en sus cabales, seguramente padecía la misma enfermedad que su imaginaria madre: ¡¡¡Esquizofrenia!!!

¡Cómo permanecí ciega ante su encanto, cuando me habló del cine mudo, cuando aseguró que el silencio casi pone fin a su fulgurante carrera artística, cuando las palabras en las pantallas le dejaron malherido! ¡Qué ilusa fui, para no entender su mensaje!

Y volvió a releer la parte de su amor Oona. Ella fue la mujer que le devolvió la confianza y la fe perdida, la que obró el milagro de sacarlo de las cenizas en las que se encontraba totalmente calcinado artísticamente. La que le infundió seguridad, y le demostró que dentro de su cuerpo existía un genio repleto de ternura, que su talento no tenía límites, y que era un mago en el arte de la galantería.

Solo un elevado muro impedía que anunciaran libremente su amor, y ese muro era la diferencia de edad. Lo superaron, lo franquearon, renunciando ella a una vida cómoda y a una familia adinerada. Era culta, amaba el arte, la música, el baile, la aventura.

Lo abandonó todo por permanecer a su lado, sus estudios, su trabajo, pero sobre todo había una parte que me llamó la atención, también Oona aprendió a amar a Charlot, mientras veía sus películas en la penumbra de un cine comiendo cacahuetes. Y por un momento me sentí identificada.

La única mujer a quien Charles Chaplin fue fiel, solo por ella sintió la pasión del amor.

Era sosegada en su actitud, de risa abierta y sincera, y unos ojillos diminutos pero vivarachos, que reían y lloraban al unísono de su amado. Una mujer perfecta -me dije, mientras continuaba leyendo algo más relajada.

Esa noche no dormí, la pasé en vela. Precisaba devolverlo a la realidad por duro que fuera. En el fondo le amaba, pero no quería ser aquella Oona que marcó la historia de Charles Chaplin, sino la Alicia estudiante de Arte, que un día se enamoró locamente de un hombre llamado Carlos, algo paranoico y trastornado, pero que sabía hacer aflorar la sonrisa del más triste de los humanos, imitando excelentemente a Charlot.

Estaba dispuesta a acompañarle, aunque cada día la enfermedad mental hiciera estragos en su mente con mayor virulencia. Lo haría seducida por su nobleza, por su profesionalidad como mimo, como imitador, como comediante, pero nunca aceptaría ser la cuarta esposa del mítico artista. Prefería ser la primera de aquel hombre que confundía realidad con ficción, y ayudarlo a bajar de la nube en la que se encontraba flotando, antes de que se diera un mortal batacazo.

Necesitaba hacerle saber, que posiblemente su frustración como artista, le transformó en un loco inocente, en un cómico vagabundo, en una mera estatua humana. Pero su talento era inmenso, y su arte no tenía límites.

Ya estaba decidida, mañana le daría una respuesta afirmativa a su proposición de matrimonio. Sería la compañera inseparable del bohemio andarín, le seguiría hasta el fin del mundo. Estaba dispuesta a ser la amiga, amante, esposa fiel y leal del hombre maduro y atractivo del que estaba locamente enamorada. Le haría olvidar al verdadero Charles Chaplin "Charlot". Le pondría en manos de especialistas, de psicólogos, asistiría a terapias si fuera preciso, pero era necesario, que su mente abandonara esa vida fantasma que arrastraba desde su juventud. Había nacido para estatua humana, y servía para ello, la solución sería fácil, cambiar de protagonista, y buscar un personaje distinto que le hiciera olvidar al cómico inglés.

Muy temprano acudí a su encuentro. En su lugar casualmente se hallaba la figura de la diosa griega del amor Afrodita. Se mostraba semidesnuda, y espantosamente maquillada de dorado con purpurina barata. Pasé de largo y comencé a buscarle por los alrededores, pregunté por su paradero al argentino del viejo acordeón de teclas, al bohemio pintor, a la familia sudamericana, incluso al malabarista, pero ninguno supo darme noticias. Se había esfumado sin decir adiós.

Ese día perdí las ganas de vivir, no entendí el motivo de su huida, de su abandono. Siempre pensé que era feliz en aquella calle sevillana, haciendo sonreír a niños y mayores. Regresé a casa abatida, no comprendía lo sucedido. ¿Se habrá asustado ante mi pertinaz interrogatorio del día anterior?, ¿o simplemente estaba equivocada, y era otra la elegida para continuar su ficticia historia? Con el tiempo su ausencia se fue haciendo más llevadera, el dolor más liviano, aunque jamás logré olvidarlo.

Paseando varios años después por la calle Sierpes, se me acercó una gitana con una ramita de romero. Acercó sus labios a mi oído y susurró ante mi extrañeza.

—Por unas cuantas monedas, doy solución a lo que buscas.

Mi primera reacción fue de enfado, pero me inquietaba el reto.

—¿Cómo sabes tú lo que busco?

—Toma chiquilla, es gratis -y me entregó el oloroso romero-. Por cinco euros te digo el paradero de Charlot, y si me das diez, te aseguro que se encuentra en Barcelona. Aunque por quince, puedo decirte que trabaja en Las Ramblas, y si eres espléndida y me das veinte, te aviso que se halla en compañía de Oona. Ja Ja Ja Ja -reía la gitana vacilándome. Me quedé atónita. Había dos posibilidades, se trataba de una verdadera bruja, o simplemente de una estafadora. Me decanté por lo primero y sacando un billete de veinte euros del bolso, se lo entregué agradecida.

Podía ser un timo, pero merecía la pena arriesgarse. Algo me decía que esa mujer era honrada, de otra manera no me hubiese ofrecido la información antes de pagarle.

Cuando me alejaba, mi pensamiento fue para él, me preguntaba si estaría casado y con hijos, y si sería feliz.

Me imaginé a su joven compañera arreglándole aquel raído traje negro, y lavando el sucio bombín, pero seguía convencida de que nunca podría darle el amor que dejó marchar aquí en Sevilla.

Me armé de valor y tomé un tren con rumbo a Cataluña. La curiosidad por conocer a aquella mujer, por saber cómo le había ido en ese tiempo sin vernos, podía más que la sensatez de mantenerme al margen y olvidarlo.

Llegué a la estación de Sants, junto al populoso barrio de Montjuic, con un billete de ida y vuelta para el mismo día. Me había propuesto no alargar la estancia, no prolongar el posible sufrimiento. Tuve la precaución de maquillarme de manera muy diferente, con gafas oscuras, peluca morena, y un sombrero de grandes alas que caían por su parte anterior, cubriéndome buena parte de la cara. Como no disponía de dinero, preferí tomar mi maleta y pasear hasta Las Ramblas. No tenía prisa, por un lado ansiaba volver a verlo, pero también me aterraba la idea del reencuentro.

Mis pasos se acercaban al bullicio, y sin saber cómo aparecí en la Plaza de Cataluña, aquello me parecía precioso. Los kioscos de prensa se mezclaban con los de flores, se escuchaba el trinar de los pájaros, el ambiente era agradable. Comercios de todo tipo inundaban la zona, y en el paseo central los pintores, dibujantes, caricaturistas, y estatuas humanas, comenzaron a mostrarse en sus más variadas formas y modalidades.

Yo miraba de soslayo, intentando ocultar mi rostro. Ni rastro de Charlot por ninguna parte. Llegué hasta la zona portuaria, Me deleité con la visión del teatro El Liceo, imaginándome que algún día pudiera asistir a alguna de las actuaciones de óperas o ballet. Ya empezaba a darme por vencida, cuando me llamó la atención un buen hombre que se mostraba inmóvil, a la grupa de un escuálido caballo de cartón piedra. La figura con toda seguridad, pretendía imitar a don Quijote de la Mancha junto a su jamelgo Rocinante. Mantenía fuertemente asida una lanza en su costado derecho, mientras con la mano izquierda empuñaba un escudo protector. Si no fuera por lo magistralmente caracterizado que estaba, afirmaría sin género de duda que se trataba de Carlos, de aquel impresionante imitador de Charlet Chaplín que conocí hace años en Sevilla. Estaba claro que se trataba de él, aunque el aspecto raquítico y en apariencia enfermizo que el personaje exigía, me hizo vacilar durante unos eternos segundos.

Me acerqué con sigilo, y se mostró ante mis ojos como una fuente de originalidad. Nadie lo hubiese reconocido, a no ser que estuviese como en mi caso, locamente enamorada de él. Hay amores que ni el tiempo, ni los disfraces son capaces de camuflar.

Corría una ligera brisa marina, y su ropaje brillaba ante tanta luminosidad. Un remedado sayo, unas calzas a medio muslo, y unos pantuflos recubiertos por terciopelo y con suelas de corcho, era su austero vestuario. La tonalidad del conjunto artístico era de un color gris acerado. Me acerqué para depositar unas monedas en su sombrero de latón en forma de antigua bacía de azófar barberil, y dirigió su vista hacia mí sin reconocerme. Se encontraba macilento y demacrado. Sus piernas aparecían con el mismo grosor desde la muslera a la tobillera, sus manos huesudas y descarnadas, y su perfil alargado y consumido, por mucho que lo disimulara con una bien cuidada barba natural.

Enfrente se hallaba una mujer, resguardada del sol por una especie de sombrilla con tonos crema y marrón, y ataviada elegantemente. No cesaba de mirar fijamente al actor que hacía de caballero andante. En un instante determinado nos cruzamos la mirada, y reconocí en ella a una extraña mujer que también en Sevilla era asidua visitadora de Charlot. La recuerdo porque mientras Carlos me contaba su excitante vida, ella no dejaba de observarnos recelosa. En aquel momento no le di importancia, pero ahora me asusté porque no supe como relacionar a dicha dama en tan lejano lugar, y junto al hombre que le daba vida al cómico en la calle Sierpes. ¿Estaría yo también perdiendo la razón? ¿Me hallaría tan obsesionada que comenzaba a vislumbrar fantasmas allá donde no los había?

Cuando iba a entablar conversación con tan misteriosa mujer, noté un golpe en mi hombro. Era el mismísimo Don Quijote quien se había bajado de su palestra y solicitaba mi atención.

Creí morir, y pensé que de nada había servido tanta prevención para no ser reconocida. Me sentí desbordada por el miedo.

—¡Hola doña Aldonza Lorenzo, señora de mis pensamientos, mi Dulcinea del Toboso, Emperatriz de la Mancha. ¡Cuánto tiempo sin verle, bella y virtuosa dama! ¿Qué hace vuestra merced por estas tierras tan apartadas? -yo tragué saliva, y le seguí el juego.

—Hola mi amado y noble caballero Don Quijote, vengo viajando decenas de leguas castellanas, para hallaros y encontrar vuestro abrazo. Fue lo único que se me ocurrió, y después de decirlo me pareció ridículo. Lo importante me dije, era no permanecer callada.

—¿Y vos? ¿Qué hacéis tan lejos de casa?

—Pues aquí me veis señora, huyendo de la vida fácil, y de la hipocresía, luchando por ganar la gloria, cabalgando por angostos caminos repletos de enemigos. Soñando con vos cada anochecer, y buscando aventuras y peligros, como grandes gigantes a los que dar muerte, para merecer vuestro amor y reconocimiento -me dijo, mientras realizaba un brusco movimiento con la lanza, con el claro propósito de clavarla en el aire, que si no logro apartarme a tiempo, seguro estoy, me hubiera engarzado como a un pincho moruno.

Se ve que no le hizo gracia que me ausentara de La Mancha husmeando sobre su paradero. No era costumbre que una dama de mi linaje correteara tras su caballero suplicando amor.

Atusándose el bigote y con facciones rígidas cambió de tema. Por el brillo de sus ojos comprendí que se alegró al verme, pero un hombre de su rango social, no podía demostrar debilidad alguna en público.

—Ando en busca de mi escudero Sancho, este holgazán se ha vuelto a ausentar con su asno, y le necesito para que me coloque esta dichosa y pesada armadura, me ensille a Rocinante, y me ayude a montarlo. Los gigantes avanzan –argumentó, mientras señalaba dos enormes edificaciones que sobresalían sobre el resto en el horizonte.

—Déjeme mi señor, yo lo hago.

—¡Mándeme Dios! ¿Una doncella? Ande, ande Dulcinea, antes de que pueda verla algún alcahuete de los muchos que merodean por el lugar. Compórtese, ¿dónde ha olvidado la dulzura y feminidad de aquella dama del Toboso que dejé esperando mi vuelta, mientras su caballero andante eliminaba a los enemigos de este mundo? ¡Dígame!, ¿dónde está?, ¿acaso pretende mancillar mi honor? -preguntó encolerizado. Yo asustada, agaché la cabeza y pedí perdón.

Mientras tenía lugar esta absurda e incongruente conversación con Carlos, y en un momento de descuido del imaginario "Caballero de la larga figura", aproveché para dirigirme disimuladamente a la mujer protegida del sol por la elegante sombrilla de tonos apagados que había visto antes, con la intención de aclarar de una vez mis dudas, e imponer paz en mi desbordada mente.

A mis espaldas continuaba escuchando la voz del artista callejero, bramando adjetivos muy propios del personaje enajenado que se supone representaba.

—Te cogeré bribón, y no te quedarán ganas de seguir inventado historias falsas, ya estoy cansado de tus bravuconerías y mentiras. Nadie me respeta, y aunque te empeñes en afirmar que tan solo soy un hidalgo sin don ni rango, y que tan solo tengo de caballero el enjuto caballo que me acompaña, tu y yo sabemos que la envidia es la peor de los pecados, signo inequívoco de inferioridad, por eso te comprendo barrigón, porque tan solo eres un simple escudero muerto de hambre que no sabes admitir mi valor, y te niegas a aceptar que son gigantes y no molinos de viento, cuyas aspas giran en forma de fornidos brazos.

Hizo una pausa para respirar mirando al horizonte.

—¿Acaso esos que se aproximan -señalando la mole de edificios aledaños a Las Ramblas- tienen brazos? Son gigantescos demonios, bla, bla, bla…

Acercándome a la misteriosa mujer, pregunté.

—¿Nos conocemos?

—¡Sí! –contestó con rotundidad la mujer, para proseguir.

—Nos cruzábamos en Sevilla en ocasiones. Me llamo Marcela, y dicen los que me conocen, que soy una eminente psiquiatra. Llevo años realizando una tesis sobre el comportamiento humano, sobre cómo influye el personaje en el actor, y hasta qué punto puede llegar a volverle loco, después de mucho tiempo metido en una vida que no es la suya. Un presentimiento me decía que no tardarías mucho en venir en busca de tu amado -pronunció esta última palabra con cierto aire de retintín.

—No es mi amado -le mentí, pues vi en sus ojos un brillo que conocía, ese que difícilmente saben disimular las personas enamoradas-. He venido por simple fisgoneo –insistí.

Ella sonrió incrédula, volviendo a tomar la palabra.

—Lo conozco desde hace muchos años, pero en realidad aún ignoro de quien se trata. Lo he contemplado en múltiples papeles, unas veces haciendo de Barbanegra el pirata surcando mares, otras de emperador romano Julio Cesar, o parodiando al mismísimo jefe indio apache Jerónimo. En todos sus personajes imaginarios he tenido que suplantar a sus esposas y amantes, aquellas damas que pasaron por su historia. Sin ir más lejos, antes de su llegada a Sevilla, estuvo varios meses disfrazado de Cristóbal Colón en Málaga. Ya albergaba la sospecha de que algo fallaba en su mente, en su cerebro. Por una casual conversación, me llegó a confundir con la Reina Isabel "La Católica" sintiendo unos celos irrefrenables hacia mi marido, creyéndole Fernando de Aragón. Me propuse estudiar su perfil psicológico, la influencia de sus personajes en su ego, lo que me costó la ruptura matrimonial. Luego, libre de ataduras sentimentales, me decidí a acompañarlo por esos mundos de Dios, reflejando todo en mi libreta, con la intención de algún día publicar mi artículo cumbre en alguna reconocida revista de psiquiatría, aunque tampoco descarto escribir un libro sobre el tema. Para mí supone un reto importante –continuó.

—La conversación que tuvo contigo en Sevilla, la repitió con muchas jóvenes, siempre las mismas palabras, los mismos adjetivos, versos, gestos y hasta entonación en cada una de sus frases. Para él todas las mujeres éramos Oona, lo mismo que ahora todas somos Dulcinea. Además de estar loco, es un mujeriego empedernido, o pudiera ser que en su trastorno imaginase el rostro de su amada en cada fémina. Más bien me inclino por lo segundo.

Aquí guardo -mostrándome una libreta, en cuya portada se podía leer claramente "Doctora Marcela Figueroa"-, la suficiente información para realizar un trabajo sobre su doble, tripe, cuádruple, quíntuple, o séxtuple personalidad. No sé cuántas vidas más habrá sustraído, de cuántas se habrá apoderado. Lo curioso, es que este tipo de robo no es delito, pero en un momento determinado puede llegar a ser tan peligroso como cualquier asesino que anda encarcelado.

Yo caí impresionada por la fuerza de voluntad de esa mujer que a pesar de costarle el matrimonio, antepuso la medicina, su profesión, y lo dejó todo para estudiar un caso como el de Carlos, pero también por el peligro y riesgo que según ella la conducta de él conllevaba.

Así se lo dije, y cuando pronuncié el nombre de Carlos, me aseguró que su verdadero nombre es una incógnita, nadie lo sabe, en Málaga era Cristóforo, y ahora en Barcelona se hacía llamar Alonso Quijano.

Según la doctora Marcela, creyendo ser Colón, se presentaba como navegante, cartógrafo, almirante y gobernador de las Indias Orientales. Luego cuando dialogaba con ella a solas, le relataba historias tan alucinantes como sus cuatro viajes al Nuevo Mundo, y no dejaba de darle las gracias a la Corona de Castilla y a su reina Isabel, por haber confiado en él, y subvencionado su ambicioso proyecto. Pero no cejaba en hacer hincapié, en la generosidad con que le devolvió el favor a Sus Majestades con grandes tesoros que engrandecieron la Corte. Con frecuencia mencionaba sus heroicas aventuras, junto a su amigo Martín Alonso Pinzón al que consideraba un hermano.

En la ciudad malagueña todas las chiquillas que conocía se llamaban Beatriz, era el nombre de una antigua amante, y de la que aseguraba estar prendado desde que coincidió con ella, en uno de sus peregrinajes por tierras cordobesas. Aunque no negaba en ningún momento, que se encontraba legalmente casado con una tal Felipa de la que tuvo a su único hijo Diego, mujer a la que nunca amó, y nunca ocultaba que tan solo el dinero le movió a dicho matrimonio. Las jóvenes le seguían la corriente, porque al igual que yo, se sentían atraídas por su verborrea y locuacidad. Sintiéndome la reina Isabel, llegué a sentí celos de sus ficticias relaciones con esa tal Beatriz, y hasta con Felipa. Yo también he estado a punto de perder la cabeza en varias ocasiones.

Se vanagloriaba de haber llevado el cristianismo a unos indios zarrapastrosos, además de llevarles animales que nunca habían visto como caballos, cerdos y asnos, o de enseñarles el uso de la rueda, o que probaran el café y la caña de azúcar. También les adiestró en el manejo de las armas de fuego, cuya existencia desconocían. Pero más presumía de lo que se trajo de sus viajes como especias, sedas y enormes cofres de oro.

Era digno de estudio, con que pasión se introducía en cada personaje, con qué facilidad utilizaba la quimera. Tuve un presentimiento, e intuí que el tema me sobrepasaba a mí también, desde mi campo del Arte. ¿Por qué aquella mujer se sacrificaba siguiéndolo con el propósito de aprender y ampliar sus conocimientos, mientras a mí solo me movía el amor?, ¿o pudiera ser también la curiosidad? Tomé el billete de vuelta y lo rompí con un gesto de rabia. Decidí que me quedaría unos días en Barcelona junto al supuesto Quijote y mi amiga la psiquiatra. Tenía la intuición de que mi estancia en la Ciudad Condal sería provechosa, y no me arrepentiría de mi determinación.

Nos hicimos intimas amigas, aunque cada día notaba en sus palabras algo de incoherencia, pero lo achaqué a deformación profesional. Yo le hice ver que era una aventajada estudiante de arte, y ella me respondió:

—Las dos tenemos algo en común, estamos aquí por diferentes motivos, pero sobre todo por nuestra profesión. Yo persigo el arte de un loco, y tú corres detrás de un loco con arte -me hizo gracia la reflexión y sonreí.

—¡Arte!, ¡loco! -pero omitió pronunciar la palabra amor!

Me pidió que me alojase en su pisito de alquiler, no muy lejos del puerto, y acepté con la condición de que algún día le pagaría. Ella me abrazó cariñosamente:

—No te preocupes, el dinero nunca será mi problema.

Cada mañana Marcela y yo nos dirigíamos como sonámbulas a Las Ramblas, decididas a sacar la máxima información a aquel esquelético lunático. También yo me compré una libreta con el ánimo de tomar nota de cada detalle artístico que viera, aunque desconocía por dónde empezar.

En todo ese tiempo, ni sombra del tal Sancho, pero su inicial enojo fue desapareciendo, y me prodigaba de bellos versos y frases ardientes, creyéndome su amada Dulcinea. Sin embargo para Marcela no existían halagos, solo indiferencia.

Pasaron un par de semanas, y el amor fue dejando espacio a la monotonía, y esta me abrumaba. Mientras ella parecía estar cada vez más entregada a su trabajo.

Le dije que no podía dedicarle más tiempo, que necesitaba continuar con mis estudios y regresar a Sevilla. Ella no lo comprendió, me había tomado cariño, y le servía de compañía en aquella soledad y rutina diaria.

No quise despedirme de Carlos, o Alonso, o como se llamara, porque temía su furia y cólera ante mi abandono, y mucho más, me amedrantaba su lanza.

Portaba conmigo una carpeta llena de apuntes sobre el tema que pretendía presentar como trabajo de fin de curso. Seguramente a nadie se le ocurriría nada parecido. ¡Cómo hablar de arte, desde la perspectiva de un enfermo mental!

Hice mi maleta y tomé el primer tren con destino a Sevilla, no sin antes darle mi dirección a Marcela, por si podía serle de utilidad para su estudio, o para un futuro encuentro en la ciudad hispalense. Tenía la necesidad de seguir sabiendo de ellos. Deseaba que algún día la doctora Figueroa lograra su objetivo de llegar a las profundidades de la mente, para encontrar el motivo del desajuste psíquico de aquella singular estatua humana.

Al cabo de unos meses, recibí una carta. El remite indicaba que se trataba de la doctora en Psiquiatría Marcela Figueroa, y la abrí emocionada.

Querida amiga Alicia, adjunto tengo el placer de enviarte la invitación para asistir a la obra teatral que en la actualidad estamos realizando en un asilo madrileño llamado Villa Salud y que se encuentra muy cerca del parque del Retiro. El próximo sábado a las doce horas tendrá lugar la última actuación, siendo un honor contar con tu presencia. Te informo que el éxito obtenido es apabullante, el público nos aplaude enardecido, y me haría ilusión que pudieras presenciar la última función, antes de nuestra partida hacia ¡quién sabe dónde!

Me complace comunicarte, que en la actualidad tanto Carlos como yo, nos encontramos en un momento radiante y exitoso. El continúa con sus personajes cada vez más variados y perfeccionados, y yo con suficiente material recopilado, como para dar una conferencia de varias horas e incluso realizar una tesis doctoral sobre el interesante tema que tanto nos atrae a las dos.

Te echamos de menos, pues visto la popularidad de nuestra estatua callejera, son muchos los que desean hacerse con sus servicios, para actuaciones en grandes fiestas y celebraciones.

Últimamente le estoy ayudando. Su facilidad para interpretar papeles distintos en breve espacio de tiempo es prodigiosa pero agotadora. No quisiera que empeorara en su trastorno, y me he comprometido a compartir algunos conocidos personajes.

Hice una pausa y suspiré. No me gustaba lo que estaba leyendo. Había algo que no cuadraba en el texto, y podía asegurar que no se trataba de celos, pero continué leyendo.

Esperando tu anhelada visita, se despide tu siempre amiga, Marcela.

Era jueves, aún quedaban dos días, tenía tiempo para preparar el viaje. Volví a leer la carta varias veces y seguía observando algo raro en su redacción. Algo no encajaba en el puzle, no me la imaginaba haciendo pareja con Carlos en sus interpretaciones. Para ello, o había dejado el estudio sobre su personalidad, o se había introducido tan ciegamente en el papel, que comenzaba a no distinguir realidad con ficción, profesionalidad psiquiátrica con amor pasional.

Llegué a Atocha, esta vez solo acudí con billete de ida, no sabía lo que podía suceder, ni el tiempo que permanecería en la capital.

Tomé un taxi en la estación, eran las once treinta y aún disponía de media hora para llegar, tiempo suficiente para deleitarme con el paisaje madrileño. La mañana era clara, invitaba al paseo, pero la maleta pesaba lo suyo, y preferí la comodidad, en esta ocasión sí acudí con dinero.

—Residencia Villa Salud, cerca de la Plaza de Castilla, por favor -le indiqué al taxista, mientras me tapaba la parte superior de las piernas que habían quedado al desnudo al subirme apresuradamente al auto, y por lo visto, el conductor andaba más pendiente del espejo retrovisor que del intenso tráfico. El chofer suspiró con resignación.

—¿Me había dicho usted? -preguntó nuevamente, dando muestra de su distracción.

—Residencia "Villa Salud". Se trata de un centro de mayores -repetí recomponiéndome la falda.

—¡Ah, ya caigo! Sí, está al final de la Castellana. ¿Es usted doctora, enfermera, o familiar de algún paciente allí encerrado? -interrogó con descaro y claro acento chulapo.

¿Encerrado?, la palabra me sonó como un disparo. Daba la sensación de que los ancianos estaban allí en contra de su voluntad. Me molestó la inoportuna curiosidad del taxista, así como su desfachatez ¡quien se pensaba que era, para indagar en mi vida, sin conocerme! -no contesté.

Él, al no recibir respuesta, no volvió a abrir la boca en todo el trayecto.

Todo el recorrido lo realicé en silencio, admirando los gigantescos edificios que serpenteaban una de las Avenidas más concurridas de la ciudad. Y me acordé de Carlos al mirar al cielo para poder ver aquellas moles de cemento y cristal. Seguro que pensaría que se trataba de enormes gigantes a los que combatir. Estaba deseando de llegar y saludarlos. Conforme nos íbamos acercando, el nerviosismo fue creciendo. El vehículo paró en seco, haciendo chirriar los gastados frenos, junto a un antiguo edificio encalado que destacaba entre las modernas edificaciones. Me bajé, y antes de que el coche emprendiera la marcha me dio tiempo a escuchar -¡Suerte señorita!-, después de todo, no era tan maleducado el taxista -me dije.

Una grandiosa cancela oxidada de hierro forjado me daba la bienvenida, mientras una monja con cara de malas pulgas al otro lado de la verja preguntaba por el motivo de mi visita. A base de insistencia y tras mostrarle la invitación, logré convencerla y me abrió con gesto contrariado. Me extrañó el excesivo número de cerrojos y candados. Aquello tenía más pinta de prisión, que de residencia de descanso para personas mayores.

Llegué tarde, cuando entré en el recinto, la obra ya se encontraba avanzada. Seguramente el taxista se habría despistado en su desmesurado interés, por vislumbrar mis rollizos muslos, y me había llevado por un trayecto más largo.

Tomé asiento en un jardín rodeado de palmeras que lo dotaban de una sombra acogedora. Me llamó la atención que los asistentes no eran en su mayoría ancianos, las edades eran muy variadas, pero una cosa era común en ellos, ¡su mirada abstracta! Parecían ausentes, y a pesar de la ternura y romanticismo que desprendía la obra, sus rostros carecían de expresión.

Estaban interpretando nada menos que Romeo y Julieta. Ya había tenido lugar la escena del baile de máscara de los Capuleto, donde Romeo queda prendado de Julieta y le declara su amor. Unos minutos antes, Fray Lorenzo les había unido en matrimonio en secreto, pese a la oposición de la familia. Cuando miré al improvisado escenario, Romeo se hallaba batiéndose en duelo con Teobaldo el primo de Julieta, y dándole muerte. Luego el Príncipe de Verona le condenó al saber la noticia, pero el galán huye a Mantua para salvar su vida, ocasión que aprovecha el Conde Paris, para pedir la mano de Julieta, que le es concedida por su padre, pese al rechazo de la dama.

Había presenciado la obra en teatros, y en el cine en diferentes versiones, y en infinidad de ocasiones, pero podría jurar que ninguna igualaba a esta en realismo. Miré a Marcela y comprobó que no parecía ella, sus facciones contraídas le daban mayor énfasis al diálogo. Nunca había visto interpretar a una actriz aficionada con tanta pasión, con tanta entrega.

Por la naturalidad de sus movimientos, por lo acompasado de cada gesto, en cada frase, podría asegurar que mi amiga estaba poseída por Julieta. La protagonista miró sesgadamente hacia el público y cruzamos las miradas, fue tan solo una décima de segundo, pero ni una mueca de saludo, ni una señal de complicidad, ni una diminuta sonrisa de alegría. Estaba totalmente inmersa en su papel.

La encontré cuando pide ayuda a Fray Lorenzo para evitar su casamiento con el Conde Paris. El religioso le aconseja con serenidad:

—Querida Julieta, solo hay una solución a tu problema evitando que corra la sangre, yo te pido que aceptes la boda, pero guarda este elixir - mostrándole un frasco- que has de tomar la noche anterior a la ceremonia. Te sumirá en un profundo sueño, tan profundo que parecerás muerta. Te prometo que cuando deje de hacer efecto y despiertes, tu amado Romero estará a tu lado en la cripta de tu familia, y podréis escapar juntos.

—Gracias señor, me haréis la mujer más feliz del mundo.

Cuando el fraile manda aviso a Romeo de lo pactado, el mensajero no le encuentra, ya que ha llegado a oídos de éste el fallecimiento de su amada, y ha corrido a Verona. Romeo tras otro duelo esta vez con el Conde Paris al que da muerte, entra en la cripta de los Capuleto, se aproxima desesperado a Julieta, la besa por última vez, y toma veneno, falleciendo a los pies de su amor. Julieta despierta, y al ver a Romeo muerto, lo besa presa de dolor mientras desenfunda el puñal de su esposo y se lo clava mortalmente en el corazón. Ambos cuerpos se entrelazan inertes en un apasionado abrazo, poniendo punto final a la obra.

Todo era tan real, tan auténtico, que se diría que los intérpretes eran profesionales, y con muchos años de experiencia.

Se oye una voz en off: "Los Montesco y los Capuleto, sellan la paz con la muerte de Romeo y Julieta". Y unas finas cortinillas grisáceas y arrugadas, imitando a un solemne telón teatral, hacen desaparecer el escenario ante el desacompasado aplauso de los asistentes puestos en pie, muchos de los cuales no pueden evitar alguna lágrima. Otros animan, vociferando frases incoherentes, y ejecutando grotescos aspavientos.

Cuando la cortina vuelve a descorrerse, ambos cuerpos permanecen en la misma posición sobre el entarimado, y un reguero de sangre recorre el escenario. Se acerca a ellos el actor que ha interpretado a Fray Lorenzo y les toma el pulso. Un gesto negativo con la cabeza augura malos presagios, y se escucha el grito despavorido de algunos espectadores, que a modo de histeria colectiva, contagia al resto del grupo, convirtiendo el lugar en un auténtico manicomio.

====== OOOOOO ======

Miré a mi alrededor, y comprendí que aquello no era un asilo, no era una residencia de ancianos, era una clínica de salud mental, efectivamente un antiguo manicomio, y la única cuerda era yo.

Todos, en un ataque de pánico obstaron por correr. Yo permanecí inmóvil en medio de aquel patio ajardinado, donde hacia tan solo unos minutos se respiraba una inmensa paz.

Todo transcurrió a una velocidad que no sabría medir en el tiempo. Aun no daba crédito a lo que acababa de presenciar. Incluso llegué a pensar que se trataba de una broma, que todo estaba previsto, que el público también eran actores tan cuerdos como yo, o posiblemente yo fuera la única tarada en aquel paradisiaco oasis con falsa apariencia de manicomio. Sin duda el espectáculo era surrealista, batas blancas de monjas, enfermeras y celadores corrían tras los internos, cuyo único afán era huir, y muchos de los cuales ya se encontraban sorteando entre gritos la parte superior de la verja. El caos era total y el vocerío insoportable. Volví a la realidad cuando con dificultad se abrieron las cancelas, y retumbaron en mis oídos el estridente sonido de las sirenas de las ambulancias y coches de policías. Sí, regresé a una realidad, cruda, enajenada y demencial.

Aprovechando el revuelo me acerqué disimuladamente al escenario, antes de que la policía acordonara el lugar. Sus cuerpos permanecían asidos por las manos, y sus rostros blanquecinos, aparentaban una dulzura difícil de describir. De uno de los bolsillos de Marcela, asomaba una pequeña libreta en cuya portada se podía leer: "Doctora Figueroa". La tomé, y al abrirla comprobé como sus páginas aparecían completamente vacías, intactas, a excepción de una escueta nota en su interior.

En todo el tiempo que había estado siguiendo a Carlos, no había escrito ni una sola frase referente a su problema mental. Extrañada, la guardé en mi bolso, y aprovechando la confusión, tomé la calle con premura. Una vez en el tren de vuelta, me dispuse a leer la nota.

"Querida Alicia, solo decirte que gracias por tu amistad. Imposible continuar encerrados entre estas paredes, no hemos nacido para estar enjaulados como animales, somos artistas, y aunque la ciudadanía lo ponga en duda por nuestras excentricidades, necesitamos la libertad para realizar nuestro arte. El amor nos ha llevado a esto, solo mi nombre es cierto, pero yo no he sido nunca psiquiatra, ni doctora en nada, simplemente he sido la esposa inseparable durante veintiséis años, de ese gran mago estatua callejera, a quien tú llamabas Carlos, y otras Barbanegra, Julio Cesar, Jerónimo, Cristóforo, Alonso Quijano o Romeo, ¡qué más da!, pero cuyo nombre real era Gabriel.

Un día perdió la razón, y no pude abandonarle cuando más me necesitaba. He sufrido al verlo entregar su amor a muchas mujeres, en su fantasía por creerse el papel que representaba. Sé que lo hacía sin malicia, nunca se le podría acusar de infiel. Era esclavo de su mente, y solo en escasos minutos de lucidez, me reconocía. Entonces lloraba, me daba las gracias, y volvía a perderlo inmerso en un nuevo personaje. Pero me conformaba con estar a su lado. Hasta que llegó el día en que las autoridades ignorantes e incultas, decidieron que nuestro lugar estaba entre estos muros impregnados de locura. La sociedad decidió que éramos un peligro.

Ruego me perdones, y deseo que nuestra representación haya sido de tu agrado, que por ser la definitiva, iba dotada de algo más de realismo que las demás. Te puedo asegurar que cuando tomamos esta decisión, lo hicimos totalmente lúcidos, ¡que nunca se culpe a la demencia de este último acto de nuestras vidas! Posiblemente sea lo único cuerdo que hayamos hecho en muchos años. Espero que tu viaje haya merecido la pena. Ahora te sobrará material para escribir la historia de dos locos y no solo uno. Un beso."

Firmado: Gabriel y Marcela.

PD: Nuestra última actuación ¡A ti va dedicada!

NIDO XII: <u>VIAJE SIN RETORNO</u>

El hecho de ser habitados por una nostalgia incomprensible,
sería el indicio de que hay un más allá.
<u>(Eugene Ionesco)</u>

Salí de la Compañía de Seguros donde trabajo, cuando el reloj marcaba las dos y veinte de la tarde, de un viernes agotador. Me dirigí a mi coche protegiéndome del implacable sol, caminando bajo la sombra de los árboles que paralelamente acompañaban a la gran avenida. Fue cuando se me ocurrió la idea.

El fin de semana se presentaba ideal para descansar a la orilla de la playa. El calor era sofocante, el termómetro marcaba 41 grados e invitaba a tomar el auto, y desplazarse a la costa en busca de un respiro, de un soplo de brisa, junto a las frescas aguas del Atlántico gaditano.

Tomé el móvil, y llamé a Charo mi esposa.

—Cariño, ¿te apetece que marchemos un par de días a la playa de Rota?

—¡Encantada! -fue su contestación.

—Pues no perdamos tiempo, prepara a los niños, y mete lo imprescindible en una maleta. En media hora estoy en casa. ¡Ah!, no te molestes en hacer comida, ya tomaremos algo durante el viaje.

Me introduje en el coche, cerré las ventanillas, y conecté el aire, mientras escuchaba las noticias de las dos treinta. El tráfico era intenso a esa hora, con seguridad me iba a retrasar, pero no importaba, la sola idea de descansar los próximos días junto a la familia, merecía la pena.

Cuando llegué a casa, los chiquillos ya me esperaban nerviosos. Les di un beso, acaricié a la perrita, y solo tuve que subir a mi habitación para cambiar mi traje, camisa y corbata, por unos pantalones cortos, una camiseta de tirantes, y unas cómodas zapatillas de deportes. Bajé al porche, y los trastos playeros junto al equipaje, ya se encontraban perfectamente ordenados en el maletero. Fabián y Lourdes correteaban alegremente por los alrededores jugando tras nuestra perrita Luna, un cachorro de Samoyedo blanco con un precioso pelaje nacarado.

Besé a Charo que ya me esperaba con la puerta abierta del automóvil lista para partir, mientras reñía a los niños para que no corrieran. Siempre había sido una madre extremadamente protectora.

Antes de arrancar, le entregué el mapa a mi mujer, no se adaptaba a las nuevas tecnologías y odiaba la voz monótona y sin personalidad del GPS. Le gustaba indicarme el recorrido, aunque yo lo conociera de memoria. De esta forma se sentía valorada, pensando que su misión de ayudante de conductor era fundamental para la llegada a nuestro destino.

Cuando llevábamos una hora circulando por la autopista, inesperadamente, me indicó que prefería continuar por la carretera comarcal, le apetecía pasar por pueblos, disfrutar del paisaje, y aunque la velocidad fuera menor y tardáramos más, iría más entretenida. Yo resignado y sin poder evitar un gesto de contrariedad, le hice caso. -Se merece ese capricho ¡total, media hora más o menos! –pensé.

En los asientos traseros, Luna saltaba juguetona haciendo las delicias de los niños que no paraban de alborotar, en su afán por acariciarla. Era puro placer, pasar la mano por el lomo del animal y notar al tacto la suavidad de su pelaje. Sin duda desde que la adoptamos, comenzó a formar parte importante en la familia. Mientras mi Seat León blanco, de 140 caballos y 2000 c.c. de cilindrada que había comprado hacía escaso dos meses, se deslizaba silencioso por la calzada. Se encontraba en pleno rodaje y me fastidiaba la idea de circular por carreteras secundarias.

Nos detuvimos en el peaje de Las Cabezas de San Juan y después de abonar el ticket, abandonamos la AP-4 para incorporarnos a la A-471 con dirección a Lebrija. Daríamos algo más de rodeo, pero se nos haría menos monótono el trayecto.

Circunvalamos la localidad lebrijana y continuamos hacia Trebujena. Haríamos el trayecto hacia Rota por Sanlúcar, y Chipiona, en lugar de continuar hacia Jerez de la Frontera. Charo, miraba insistentemente el mapa de carreteras.

—Mira, Julián, a escasos diez kilómetros hay una gasolinera con cafetería donde podríamos comer un sándwich, tomar algo fresco, y descansar -me indicó colocando su dedo índice sobre un punto del plano-. Así los pequeños podrían jugar un rato fuera con Luna, me tienen *atacaita* de los nervios con tantos gritos.

Yo miré el reloj, y aunque estaba deseoso de llegar a la playa cuanto antes, de colocarme el bañador y darme un chapuzón en agua salada, no me pude negar, asintiendo con un gesto de aprobación.

En un cruce se equivocó, indicándome un desvío que no entraba en mis planes. Sin saber cómo, la carretera se estrechó considerablemente, se volvió sinuosa y casi desierta. En la lejanía pude apreciar cómo se aproximaba un camión semienvuelto en una nube de vapor caliente que ascendía del asfalto. La elevada temperatura del alquitrán, dotaba al pavimento de un aspecto mojado a modo de espejismo. Vehículo pesado y articulado circulaba dando algunos bandazos e invadiendo levemente su carril izquierdo, a pesar de que la línea era continua. Le hice señales con las luces y pareció entenderlo.

—Julián, ten cuidado que no me gusta como conduce ese camionero. Parece que va distraído o con sueño.

—Tranquila cariño, ya le he avisado. No hay problema.

El alquitranado de la calzada era pésimo, con continuos baches y curvas, pero afortunadamente el camión se acercaba por una recta prolongada y la visión era perfecta. Me arrimé a la derecha cediéndole el mayor espacio posible, y sentí el resoplido del aire golpear mi rostro, al cruzarse a escasos centímetros de distancia.

—Ufff, suspiré aliviado cuando lo vi alejarse por el espejo retrovisor. ¡Ha faltado poco! —exclamé, arrepintiéndome de haber abandonado la autopista.

De pronto, una espesa niebla nos cubrió y opté por encender las luces. No lo entendía, el día estaba claro y soleado, y en cuestión de segundos y antes de poder subir las ventanillas, una densa bruma ya había penetrado en el coche.

—¡Vaya por Dios!, primero los dichosos socavones que se van a cargar los amortiguadores, después el susto del camión, y ahora la jodida niebla, ya te dije Charo que no era buena idea tomar esta ruta. Esto nos retrasará un buen rato. No pienso pasar de sesenta por hora. En cuanto pueda nos incorporamos de nuevo a la autopista.

Ella no contestó. -Seguro que se ha molestado -pensé.

Los niños dejaron de juguetear, y parecían haber decidido darse una tregua con la perrita, o agotados se habrían quedado dormidos.

—¡Mejor!, me dije-. Así no se marearán con tantas curvas.

La radio comenzó a perder la frecuencia, y aquella melodía que tanto nos gustaba a Charo y a mí, dejó de escucharse para dar paso a una serie de pitidos desagradables que casi me perforan el oído. Al final opté por desconectarla. Ya debía faltar poco para llegar a la gasolinera.

Envuelto en la niebla y sin saber cómo, me introduje en aquel túnel. ¿Quiénes y cuándo lo habían puesto allí? No figuraba en ningún mapa de carreteras, y era oscuro como la noche.

La calma me invadió cuando vislumbré al fondo la luminosidad que indicaba el final del pasadizo. La niebla iba menguando, comenzaron a verse las primeras señales de tráfico, y parecía que el sol volvía a brillar. ¡Menos mal!, pensaba que pasaríamos un par de día de playa a la sombra.

—¿Por dónde vamos Charo?, -pregunté. Aunque conocía el trayecto, con la niebla y el túnel me había desorientado, y por un instante dudé de mi situación -no escuché respuesta.

Miré a mi derecha, y comprobé con horror que no había nadie en el asiento contiguo. Miré por el espejo y los niños habían desaparecido. Volví la cabeza para comprobarlo. Efectivamente viajaba solo, nadie me acompañaba. Bueno, la verdad es que Luna era la única pasajera que seguía en el vehículo, comenzando a emitir unos ladridos lastimeros ante la ausencia de sus amiguitos. A punto estuve de pisar el frenó bruscamente, si no fuera porque una furgoneta de grandes dimensiones circulaba a poca distancia detrás, y no existía arcén para salirme de la carretera. ¿Qué había sucedido? No lo entiendo.

A lo lejos se mostraba la gasolinera, con un edificio contiguo que por sus dimensiones debería ser el Hostal-Restaurante. Aceleré para llegar cuanto antes.

Estaba confuso, pensé que estaría siendo víctima de una pesada broma, pero era imposible, el vehículo no se había detenido en ningún momento, no había posibilidad de que Charo y los pequeños Fabián y Lourdes hubiesen bajado sin que yo lo supiera.

—¡Esto es de locos! -me repetía.

Abandoné la carretera a toda velocidad por un sendero de tierra y polvoriento. A una centena de metros se hallaba el aparcamiento exterior. Llegué a él frenando bruscamente, y lo primero que hice aunque parezca demencial, fue volver a mirar palmo a palmo el interior del auto, incluso debajo de los asientos. La incomprensión me hacía realizar actos tan absurdos como dar un par de vueltas al coche pensando cuándo, cómo y dónde se habían apeado. Incluso en mi delirio, llegué a mirar el interior del maletero ¡totalmente vacío! El mapa de carretera se encontraba desplegado sobre el asiento de Charo. No pensaba dejar a Luna sola en el coche, y cuando fui a tomar su correa observé algo insólito, un detalle que me dejó perplejo, que me aterró aún más. Podría jurar que no era ella, ya no era aquel cachorro que montó junto a mis hijos en Sevilla, ya no tenía la apariencia de un simpático peluche. Había crecido, ya era adulta y su lindo pelaje había perdido esa brillantez y suavidad que poseía. Sus ojos inmensamente tristes y asustados. No entendía lo que sucedía, pero nada me iba a retrasar averiguar toda aquella locura. Leí el letrero que dominaba la parte alta del Hotel "El Reposo", y que a pesar de la luz solar, se mostraba iluminado. Tomé el mapa y entré en el local con Luna. Esta ya no correteaba ni brincaba, había perdido la alegría y caminaba cansina junto a mí, en su intento por buscar protección. Atravesé el vestíbulo y me dirigí directamente a recepción. Me llamó la atención que ningún empleado pusiera objeción alguna a que mi perrita entrara conmigo. Aquello se encontraba abarrotado, era un ir y venir de personas con semblantes descompuestos, solicitando información. También pude ver junto a sus dueños, varios perros y gatos de diferentes razas, así como algún canario, loro o cacatúa que saltaban en sus jaulas.

—¡Buenos días señor!, me podría decir donde nos encontramos - pregunté al recepcionista.

—Ha abandonado la Carretera A-471 en el Km 33,900 para tomar el desvío equivocado. ¡Suele pasar! Ni es el primero, ni será el último -y me dedicó una sonrisa que pudiera parecer de amabilidad, pero que también podría confundirse con ironía y sarcasmo.

Eché mano del móvil, pero recordé que se lo había dado a Charo para que lo guardara junto al suyo en su bolso de viaje.

Se acercó un hombre trajeado y me ofreció la mano. Yo se la estreché educadamente.

—Hola, bienvenido, soy el director del hotel -mientras acariciaba cariñosamente a Luna agregó: -Espero que tanto su estancia como la de su perrita sea agradable. Si necesita cualquier cosa, no olvide que estamos enteramente a su servicio.

—Gracias, por favor, ¿el teléfono? -interrogué.

—Ahí fuera. Pero dudo mucho que pueda utilizarlo.

Salí apresuradamente seguido de Luna que se negaba a separarse de mí y asustada caminaba a mi lado. Enfilé mis pasos hacia una cabina algo antigua y acristalada que se encontraba en mitad de la nada. El sol incidía sobre ella de manera inquisidor. No podía soportar tanta angustia, tanta desazón. Necesitaba saber que estaba ocurriendo o me volvería loco. Cuando me iba acercando al locutorio, escuché una voz amenazante.

—¡Póngase a la cola *espabilao*, y espere su turno! ¡No ve que algunos llevamos aquí esperando varios días!

—¿Varios días? -pregunté.

—¡Sí!, ¡y algunos hasta meses!

—Esta gente está fatal. Vaya lugar extraño.

Volví al interior, aunque no cabía un alma, el silencio era sepulcral. Me dirigí de nuevo al recepcionista encargado del control de entrada.

—Necesito hablar por teléfono, es urgente.

—¡Claro!, todos dicen lo mismo, es urgente, es de vital importancia, pero lo cierto es que aquí solo tenemos un aparato, y son muchos los que precisan comunicarse con sus seres queridos. Si me da su nombre, lo incluyo en la lista, y le avisamos cuando le corresponda.

—Muy amable, tome nota. Julián Rosales.

—De acuerdo, permanezca atento a la megafonía. Le nombraremos antes de una semana.

—¿Una semana?, ¡pero eso es imposible! Mi familia no pude estar tanto tiempo sin saber de mí. Estarán preocupados.

—Lo siento, ha de esperar su turno como todos.

Y fue cuando saqué de la billetera cincuenta euros, acercándoselos a su mano con disimulo.

—Estoy seguro que habrá alguna forma de acortar la espera.

—Ese papel no tiene ningún valor aquí. Puede guardárselo de recuerdo.

Cada vez estaba más confundido, y pregunté.

—Y si avisan por megafonía ¿por qué hay tanta gente esperando junto a la cabina?

—¡Impacientes!, no saben aguardar, ¡todo llega!, precisamente lo que les sobra es tiempo -contestó el hombre con un gesto de resignación.

—Por favor, mientras tanto, puede indicarme algún puesto de Policía cercano, necesito denunciar un hecho.

—¿Policía?, hace años que no vienen por aquí –aclaró el hombre.

Pero ¿en qué clase de lugar me encontraba? ¡Ya está!, seguro que en la gasolinera me ayudarán.

Salí con premura del local, y cuando me disponía a montar en el coche, eché un vistazo a mí alrededor, llamándome la atención algo insólito. Los vehículos aparcados eran de muy diversa época. Existía una amplia y variada colección que iba desde los antiguos Ford Mustang, pasando por Volkswagen Golf, Citroën 2CV, Renaul 4L, hasta la gama más moderna y costosa de Porsche, o Mercedes.

Subí al vehículo, y recorrí los escasos metros que me separaban del surtidor de gasolina. Paré junto al empleado que parecía esperarme con un aceitoso y mugriento mono azul marino.

—Buenos días. ¡Lleno por favor! -le indiqué.

—No creo que necesite tanto carburante, pero usted manda –contestó, mientras mascaba algo parecido a lo que debería ser un chicle. También sonrió con idéntica mueca que el encargado del hostal.

—¿Con qué piensa pagar? -preguntó.

Volví a sacar mi cartera del bolsillo posterior del pantalón corto, y me mostré un puñado de tarjetas de crédito.

—¡Tome!, cargue el importe a la que desee.

El empleado tomó un par de ellas, y después de echarles una ojeada me las devolvió.

—No se moleste, están caducadas.

—¡Cómo! ¡Imposible!

—Compruebe la fecha. Llevan más de quince años fuera de servicio, caducadas. No tienen valor alguno -una sensación de terror me invadió el cuerpo.

—¿Qué día es hoy? -pregunté temiéndome lo peor.

—A todos les pasa igual. ¿Cuándo se darán cuenta de donde están? Hoy es veintitrés de agosto del dos mil veintiocho.

Abrí los ojos incrédulo. Sin duda me encontraba delirando, este bochorno agobiante me estaría jugando una mala pasada. Saqué del coche el mapa de carreteras, y lo extendí sobre el capó aún caliente.

—Dígame si nos encontramos en este lugar. Si no estoy equivocado, es esta la estación de servicio y el hostal -dije, apuntando con el dedo índice a una diminuta mancha en el papel.

—Está usted anticuado amigo, este mapa está obsoleto. Échele un vistazo al que cuelga de la pared, y verá que tanto la gasolinera como el restaurante ya no aparecen. Hace muchos años que cerraron. Poco antes de que decidieran cambiar la vieja carretera por la nueva autopista.

—Entonces, ¿qué hace usted aquí? No tiene sentido, si no hay gasolina ¿cuál es su trabajo?, y el encargado de la cafetería, si no hay comida ni bebidas, ¿cuál es su misión? Esto es una paranoia.

—Míreme. Justo donde se encuentra usted ahora, me hallaba yo repostando mi vehículo. Sin darme tiempo a reaccionar, me embistió otro que no pudo frenar a tiempo porque su conductor iba borracho. El golpe fue mortal. Se empotro contra uno de los depósitos, y todo absolutamente todo saltó por los aires. Como verá, ya solo queda escombros de lo que un día fue un próspero negocio. La explosión afectó al edificio contiguo, y el hotel también ardió con decenas de clientes en su interior. Fue aterrador, no hubo ni un solo superviviente. Aseguran quienes lo vieron desde la carretera, que las escenas fueron dantescas, aunque yo por fortuna no llegué a verlas, ya no estaba en este mundo.

—Está usted loco, y quiere volverme loco a mí también -al guardar las tarjetas de nuevo en la cartera, no pude evitar echar un vistazo a las fotografías de Charo y los niños, ¿dónde estarían? -me pregunté.

—¡Vamos Luna, regresemos! -dejé el coche allí, y recorrimos a pie los escasos treinta menos que nos separaban del pequeño hotel.

Entré y todos me fusilaron con la mirada. Pienso que era el único entretenimiento que tenían, ver quien entraba y salía del establecimiento.

Nadie comía, nadie bebía, no lo entiendo, se supone que estamos en un bar-restaurante, pero la verdad es que ni yo mismo tengo sed ni apetito. ¡Extraño!

Me encaminé al aseo a través de un corredor largo y lúgubre. Empujé la puerta y accedí. Todo estaba revuelto, sucio, roto, y un olor fétido inundaba el lugar. Un minúsculo ventanuco a dos metros de altura era el único respiradero, el único hueco por donde a duras penas se ventilaba aquel apestoso wáter. Me acerqué al lavabo y me refresqué la cara con abundante agua, en un vano intento por despertar de aquel sueño. ¡No lo conseguí! Me sequé con un trozo de papel a modo de toalla de usar y tirar, y me miré detenidamente en el espejo.

¡No!, ¡ese no era yo! En el cristal encontré a un hombre mucho mayor, con una palidez extrema, barba de varios días, arrugas marcadas, pelo cano e insipiente calvicie. Y recordé las palabras del empleado de la gasolinera: "Sus tarjetas hacen más de quince años que están caducadas". Ni yo mismo me reconocía. Me observé y ¡sí!, ¡era yo!, pero mucho más envejecido. Miré mi dentadura, mucho más amarillenta y deteriorada, y en el contorno de mis ojos aparecían abultadas bolsas que denotaban el paso del tiempo. Pero ¿de qué tiempo?

Rendido, cuando la noche llegó me di por vencido. En algún momento se aclararía aquello que estuviera pasando. Solo era cuestión de respirar hondo, de tranquilizarme, de pensar. Solicité una habitación, pero el amable encargado, me indicó el letrero que presidía la recepción: "COMPLETO".

Miré por la ventana y comprobé que a pesar de la negrura de la noche, la espera para utilizar el teléfono público era inmensa. El personal no se daba por vencido en su afán por realizar una llamada. Absolutamente nadie portaba móvil. Durante un buen rato pegué mi nariz al cristal roto por donde entraba una ligera brisa, y me entretenía en adivinar a quien llamaba cada uno. Por sus gestos, por su estado de ánimo al salir de la cabina, llegué a saber si la conversación había sido exitosa o por el contrario había supuesto un fracaso.

Todos salían tristes, inmensamente tristes, la cabeza fija en el suelo terrizo y la mente... ¿dónde diablos tendrían la mente? Algunos parecían aliviados, tranquilos, serenos, y otros impotentes y afligidos, con claras muestras de incomprensión.

No paraban de llegar nuevos inquilinos, hombres, mujeres, niños, jóvenes, adultos y ancianos. Unos lo hacían en moto, otros en auto, y muchos caminando. También alcancé a vislumbrar varios camiones y algún autocar en el aparcamiento. Una cosa me llamó la atención, todos los que utilizaban el teléfono, después de un breve espacio de tiempo, desaparecían sin dejar rastro.

—¿Adónde irían? -me pregunté. Bueno, ya lo averiguaré cuando me toque a mí llamar. Por la mañana y cuando me encuentre más lúcido y descansado, seguro que hallo una explicación a toda esta locura. Espero que no se olvide el recepcionista de avisarme por orden de llegada –pensé al ver como no dejaba de llegar gente al lugar, tan desconcertadas como yo.

Busqué una silla donde sentarme, tendría que armarme de paciencia y pasar la noche rodeado de aquella gente a la que no conocía. Nadie dormía, solo se escuchaba penosos lamentos en busca de respuestas. Ni un grito, ni un leve ruido, solo caras de aflicción y quebranto. Cada cierto tiempo, alguien perdía los nervios y se golpeaba fuertemente su cabeza con las manos, en un intento por despertar de lo que creían un condenado sueño.

Apoyado en la mesa del rincón más alejado pasé la noche, y luego otra, así hasta seis. La luz azulada de cada amanecer entraba por las ventanas desprovistas de cristales y cortinajes. No probé bocado en todo ese tiempo, tampoco bebí, ni tuve necesidad de usar el lavabo y retrete. A mis pies siempre, mi inseparable Luna me hacía compañía, echada cansinamente sobre su vientre, y atenta a cuanto sucedía a su alrededor. La puerta se abría de vez en cuando rompiendo el silencio, y permitiendo la entrada a más visitantes.

Un hombre de mediana edad acompañado de su esposa se acercó al recepcionista confuso preguntando por un niño de ocho años. El portero negó con la cabeza.

—Es nuestro hijo, no lo encontramos.

Según pude ver, se apearon de un Jaguar descapotable de un modelo que desconocía, y usaban un vestuario mucho más moderno que el del resto de hospedados. Parecía que el tiempo se ralentizaba en aquel tétrico edificio durante las noches.

Entonces escuché por los altavoces.

—Don Julián Rosales, puede hacer uso del teléfono.

Me incorporé y avancé raudo hacia la salida. Anduve hasta la cabina, y entre empujones llegué al teléfono. En un principio se negaban a dejarme pasar, pero se aproximó el director y puso orden.

—Tranquilidad señores, esperen su turno. Todos tendrán la ocasión de contactar con sus familias.

====== OOOOOO ======

Nervioso saqué las escasas monedas sueltas que tenía, pero advertí que el aparato no disponía de orificio de entrada. La llamada era gratuita, "gentileza de la casa".

Marqué el número de casa y después de varios tonos, escuché descolgar el auricular. Al otro lado, me atendió una voz de hombre joven.

—Sí, dígame.

—Hola buenos días, es el domicilio de Charo.

—Si, que desea.

—Solo hablar con ella. Me gustaría aclarar un mal entendido.

Transcurrieron unos segundos que se me hicieron eternos. El tiempo que tardó el joven en pasarle el teléfono a su madre, quien lo tomó con recelo.

—Si, ¿con quién hablo?

—Hola mire, solo deseaba saber si es usted Charo Martínez, si tiene cuarenta y tres años, y vive en la calle Los Teatinos de Sevilla.

La mujer turbada, no entendía lo que deseaba aquel señor, ni con qué propósito le interrogaba sobre su nombre, edad y domicilio.

—¿Qué es lo que desea?

—¿Es usted?, dígamelo por favor.

—Pero ¿para qué desea saberlo?, ¿es usted de la compañía de la luz, el agua, el teléfono?, porque si es así, le diré que estoy al corriente de todos los recibos.

—¡No!, no es eso. Es de vital importancia que me conteste, ¡se lo suplico!

—Espero que no se esté burlando de mí. Sí, soy Charo y vivo donde usted bien ha dicho, pero debe de haber un error con mi edad, yo tengo 59 años. ¿Qué desea?

Una pausa desconcertante.

—¿Tiene usted dos hijos? Fabián y Lourdes.

—Oiga, mi vida personal y la de mi familia pertenece a mi intimidad. Como comprenderá no voy a contársela a un desconocido.

—No, no me malinterprete. Puede que yo no sea un desconocido.

—¡Ah no! ¿Y quién se supone que es, si puede saberse?

—¿Conoce usted a un tal Julián Rosales?

En aquel momento el silencio se adueñó de la estancia. La mujer quedó muda por unos segundos.

—¿Qué es lo que quiere de mí? Sí, fue mi marido.

—Charo, soy yo, Julián. Sé que no me vas a creer, pero soy yo, tu Julián.

—Es usted un indeseable, un canalla, no tiene sentimientos ¿Cómo se le ocurre gastarle a una viuda esa broma tan macabra y de mal gusto? No vuelva a molestarme, ¿me ha oído?, no quiero saber nada más de usted ¡sinvergüenza!, o llamaré a la policía -y colgó enfadada.

Seguidamente, se echó a llorar sin consuelo.

—¿Quién era mamá? -le preguntó su hijo que se había ausentado durante la conversación y llegaba en ese momento.

—Nadie hijo -contestó entre sollozos-. Uno de los muchos granujas que hay en este mundo.

Entonces acudieron a la memoria de la mujer unas imágenes que nunca había olvidado. Unas imágenes que le habían acompañado día a día durante estos últimos dieciséis años, pero que hasta hoy no había visto tan nítidas. ¡Maldito el día que decidimos ir a la playa!, ¡maldita la hora que se me ocurrió salir de la autopista para viajar por una *carretera comarcal!, ¡maldita equivocación en aquel cruce para tomar una ruta infernal!, y ¡maldito camión que se cruzó en nuestro camino! Todos esos recuerdos se agolparon en su mente, al escuchar el nombre de Julián. ¿Qué es la vida? -se preguntó. Un instante. Ahora eres feliz, y dentro de unos segundos sobreviene la tragedia, y todo se acaba.*

—¡Joder!, ¡joder!, ¡joder!, no me ha creído. Tengo que intentarlo de nuevo -mientras golpeaba desesperadamente el auricular contra la carcasa del teléfono-. Merezco una nueva oportunidad. Se dispuso a marcar el mismo número, ante la queja e insultos de aquellos que aguardaban su turno.

—¡Dígame! -esta vez fue la propia Charo la que tomó al teléfono.

—¡Por favor Charo, no me cuelgues! Dame solo un minuto, y si no te convenzo, te prometo que no te volveré a molestar más.

La primera intención fue la de colgar de nuevo, pero notó algo en la voz de aquel hombre que le impidió hacerlo.

—Charo, tú y yo sabemos que la fecha grabada en nuestros anillos de boda, no coincide con el día del feliz enlace. Se equivocó el joyero, pero no quisimos devolverlos. ¡Era tanta nuestra impaciencia, nuestra ilusión!

Ella inconscientemente giraba el anillo en su dedo anular, pensando en aquel maravilloso día.

—¡Y ese diminuto lunar con forma de estrella que te adorna la parte posterior del cuello, y que solo yo conozco su existencia! Siempre preocupada por ocultarlo tras el cabello, a pesar de que te insistía en que me encantaba.

—Amor, ¡dime que me crees! -ante el silencio, siguió insistiendo.

—¿Te acuerdas de aquel vestido rojo que llevabas en el baile de graduación del instituto? Eras la envidia de todas. ¡Qué guapa! Luego comenzó a escucharse la melodía de nuestra canción preferida y aproveché para besarte. Me atreví a tararearla junto a tu oído. Yo bailaba embriagado por tu respiración, mientras tú azorada, sonreías porque mi pronunciación de inglés era endiabladamente mala, y no se me entendía ni una palabra. Al final, acabaste cantándola conmigo. ¡Sí! ¡Yesterday de los Beatles! Y al otro extremo de la línea, Charo comenzó a escuchar la inconfundible voz de Julián, imitando

pésimamente a Paul McCartney: "Yesterday, all my troubles seemed so far away" -hizo una leve pausa y continuó.

—¿Sabes quién está conmigo? Luna, nuestra perrita.

La mujer seguía escuchando, un nudo en la garganta le imposibilitaba articular palabra, mientras reía y lloraba a la vez.

—Cuéntame, ¿cómo estás mi vida?, ¿cómo están los pequeños?, ¿se acuerdan de su padre?

Después de un enorme esfuerzo, ella tragó saliva, respiró profundamente, y empezó a hablar.

—No sé qué está pasando, nunca he creído en lo sobrenatural, en lo paranormal, en esas cosas que hasta hoy veía por la televisión y sonreía desconfiada, pero ahora prefiero aceptar que estamos rodeados de misterios sin explicación humana, pero sí divina. Quiero pensar que eres mi Julián. Desconozco de donde me llamas y como te has puesto en contacto conmigo, aunque tengo la certeza de que estás muerto. Yo misma reconocí tu cadáver y asistí a tu funeral. Sé perfectamente donde se encuentra tu cuerpo, pero ignoro donde se halla tu alma.

—Ya me lo imaginaba Charo. ¿Cómo fue?

—Fue mi culpa, me equivoqué en aquel cruce y tomamos el desvío incorrecto. Lo siento amor, desde entonces no dejo de atormentarme.

—No te martirices cariño, tenía que pasar. Todos llevamos el destino marcado —no sabía que decir para consolarla.

—Aquel camionero que circulaba distraído y que avisaste con las luces para que no se nos echara encima, te obligó a apartarte para evitar el violento impacto. Caímos por un profundo barranco y dimos muchas vueltas, hasta que el vehículo convertido en un amasijo de chatarra retorcida se detuvo boca arriba. Yo sufrí heridas físicas de gravedad de las que me repuse con el tiempo, no así las psíquicas. Los pequeños milagrosamente no sufrieron ni un rasguño, los médicos afirmaron que el cuerpo de Luna les sirvió de colchón, de suave almohadón amortiguando los mortales golpes. El animal dio su vida para salvar la de nuestros hijos, al igual que tú. Ambos falleciste en el acto. Fue un duro mazazo del que aun ni Fabián, ni Lourdes, ni yo, nos hemos repuesto. No hay día que no te añoremos, que no echemos en

falta tu alegría, tus abrazos y besos. Los niños se casaron, y son inmensamente felices, vienen a visitarme a menudo y traen a tus tres nietos. Porque debes saber que eres abuelo. Los pequeños preguntan por ti, y les mostramos fotografías. El mayor de ellos lleva tu nombre, y ya sabe decir "abuelo Julián".

Al otro lado de la línea un espíritu lloraba. Sí, sé perfectamente que los espíritus no lloran, pero el de Julián lloraba escuchando la voz de su Charo.

—¿Estás ahí Julián?

Con un nudo en la garganta contesté:

—Si, continúa. -pero la voz de Charo se iba perdiendo, como la frecuencia de radio de hace más de tres lustros, cuando se cruzaron con el camión y entraron en la densa niebla. La señal se iba haciendo más débil.

—Casi no te oigo Charo, habla más fuerte.

—Yo también te escucho lejos Julián. Antes de que se corte, deseo decirte que te sigo amando. Les contaré a nuestros hijos la llamada, aunque me tomen por loca. Sé que al final me creerán. Cuídate allá donde te encuentres y descansa en paz. Aquí te seguiremos recordando amor mío.

No sé si Julián llegó a escuchar las últimas palabras de Charo, la voz se fue apagando hasta que el silencio más cruel se adueñó de la línea. Pese a todo tras colgar, quedó reconfortado.

Un instinto incontrolado le hizo marcar de nuevo, deseaba seguir escuchando aquella dulce voz de su amada. Pero al otro lado, solo se escuchó una voz que repetía machaconamente: "Lo sentimos, el teléfono marcado no existe".

Entonces quedó pensativo. Notó como una mano le golpeaba levemente el hombro.

—¿Has acabado?

—No, espera. No me da línea.

—Lo siento, pero has consumido las dos llamadas. Espero que hayas aprovechado la oportunidad. ¿Te ha creído?

—¿Quién?

—No sé, tu mujer, tu hijo, tu madre, la persona a las que has llamado.

—Ha sido a mi esposa, pero no logro entenderte.

—Sí, ¡que si te ha creído cuando le has dicho tu identidad!

—¡Y tú qué sabes de lo que he hablado!

—Todos hemos pasado por tu trance, todos hemos utilizado este maldito teléfono con la esperanza de contactar con nuestros seres queridos, aquellos que están al otro lado del hilo. Todos nos hemos expresado con la confianza de que alguien nos aclare que sucede. Que nos despeje el desasosiego, que nos ofrezcan una explicación convincente de por qué hemos aparecido en este siniestro lugar, con esta gente a la que desconocemos, y que se niega a marcharse. Al otro lado del teléfono nos toman por locos, por chalados bromistas y cuelgan. Pero hay ocasiones en que das con alguien que te ama de verdad, que te escucha, y que llega a creer en la veracidad de tu historia. Rara vez sucede sin riesgo a que la otra persona acabe trastornada. Si tú lo has conseguido, puedes sentirte afortunado. Si has logrado que su corazón albergue la duda sobre tu existencia, puedes descansar feliz porque eres un privilegiado. Cuando llamé la primera vez, tomó el teléfono mi mujer, ¡que genio! Ni los años habían conseguido cambiar su agrio carácter. No me dejó expresarme. Cuando le dije quién era, me mandó al carajo y colgó de inmediato después de soltarme una retahíla de insultos. La segunda vez tuve menos suerte aún, tomó el aparato el marido, sí, su nuevo marido, se ve que me olvidó pronto, y no me guardó luto durante mucho tiempo para volver a casarse. Este se puso hecho un mameluco, me dijo que si me cogía me mataría. —ja, ja,ja, ¡me mataría! -repitió riendo-. Y ¿sabes lo que me dijo también?, ¡que me fuera al infierno!, ja ja.ja -volvió a reír- ¡Si supiera lo cerca que estoy del averno!

Y siguió hablando a carcajada limpia, como si no le importara nada de lo que sucedía.

—Ha llegado mi hora, tengo que irme -y lentamente su silueta se fue difuminando, hasta desaparecer.

Encaré el camino hacia el hostal con una sensación agridulce. Entré, me giré, y supe que todos estaban muertos. Personas y animales. Eran *simples espectros, almas en pena en busca de una despedida. Todos habían fallecido sin poder decirle adiós a sus seres queridos, y el destino les ofrecía una oportunidad para hacerlo antes de partir para siempre hacia el universo de las ánimas.*

En aquel ruinoso hostal se hallaban los fijos, los residentes habituales que disponían de habitación, aquellos que ardieron cuando el hotel se incendió. También estaban los errantes, los transitorios, los que íbamos de paso, los que habíamos perecidos en accidente de tráfico en un radio cercano a la antigua gasolinera. Aquel era nuestro punto de reunión, nuestro lugar de encuentro antes de emprender el definitivo viaje sin retorno.

Me abracé a Luna resignado, ya solo nos faltaba esperar, nuestro tránsito por el limbo había terminado. Habíamos conseguido encontrar la paz para nuestras almas, y pronto desapareceríamos para dejar hueco a otros que como nosotros seguirían llegando a este hotel en busca de una explicación, que al final lograrán encontrar con mayor o menor suerte.

NIDO XIII: <u>MISION EN SARAJEVO</u>

El mayor crimen es preferir la vida al honor,
y por vivir la vida, perder la razón de vivir.
(Juvenal)

Lo conocí en la Academia Militar allá por mil novecientos ochenta y dos, yo era un novato cadete aspirante a oficial, y él mi comandante-profesor.

Coincidimos los dos primeros años y fue mi jefe amigo, el espejo en el que me miraba cada mañana antes de empezar la jornada, antes de la instrucción, las clases, o la educación física.

Lo admiraba, porque para mí era el militar perfecto. Amable en el trato, educado en sus palabras, recto en sus decisiones, duro e inflexible cuando las circunstancias lo requería, y siempre aseado, impoluto y elegante en su vestir. ¡Nunca vi persona, que supiera llevar con mejor talle el uniforme!

Rondaría la cuarentena, envidiaba su carácter activo y su fortaleza mental y corporal, lo que le aportaba un aire más jovial.

Fueron años intensos, agotadores, en los que tuve la suerte de contar con sus conocimientos. Allí estaba él cuando me sentía abatido, cuando necesitaba de su apoyo moral para cualquier duda, sin distinción de que el problema fuese profesional o personal. Siempre contaba con el sabio consejo de mi comandante, ante cada zancadilla de la vida.

Un día, en los corrillos entre cadetes se comentó que había solicitado cambio de destino. Era tan estrecho el vínculo que nos unía, que me sentí engañado, molesto, enfadado. Me abandonaba, y no sabía cómo afrontar mis estudios en soledad. Aún me quedaba un curso para terminar mi carrera, para conseguir el objetivo final, aquellas doradas estrellas de teniente con las que soñaba cada noche.

Yo por aquella época apenas contaba con veintidós años, iba ser un oficial joven, y pensaba alcanzar las metas más altas dentro de mi profesión. No me conformaría con puestos burocráticos, sin riego y fatiga, necesitaba conseguir los máximos laureles, y en mis sueños me veía repleto de condecoraciones, a la cabeza de mis hombres, inculcándoles los mismos valores que aquel superior y amigo, me había transmitido durante muchas jornadas de estudio y trabajo. ¡Anhelaba algún día llegar a ser como él!

Se marchó sin un escueto adiós, seguramente no quiso hacer más dolorosa la despedida.

El nuevo profesor que lo sustituyó era muy diferente. Se limitaba a tratar a los alumnos como lo que éramos, meros discípulos que aspiraban a oficial, pero incapaz de dedicar ni un solo segundo de su ajustado horario para temas personales.

"Aquello era una Academia Militar, y su misión era enseñar, mientras la nuestra era aprender". Era su frase preferida. Ahí terminaba para él, el vínculo profesor-alumno.

A los pocos días me mandó llamar a su despacho. Después de preguntarse sobre mi relación con el anterior docente, y yo contestarle que nos unía una estrecha amistad, se acarició pensativo la barbilla con aires de incomprensión.

—Señor Castro, no entiendo a que llama usted amistad, pero dudo mucho que pueda existir entre un cadete y su profesor. No soy partidario de lazos afectivos con mis alumnos, he comprobado con el tiempo, como la confianza deteriora la enseñanza y es enemiga de la disciplina, aparte de crear erróneas interpretaciones por parte de los demás compañeros. Por lo tanto, si piensa usted intentarlo conmigo, ya le aviso de antemano que no soy su antiguo comandante. Cuando tenga un problema académico grave, aquí me tendrá, mientras tanto, los asuntos personales y familiares, son cosa suya. Para mí es uno más, sin distinción con el resto. ¿Queda claro?

—¡Sí, mi comandante!, no era mi intención buscar una amistad artificial, ni mucho menos de conveniencia con usted, si es a lo que se refiere. Mi empatía con el comandante Laredo de Montilla surgió de manera fortuita. Según me dijo, le llamó la atención mi dificultad para el aprendizaje muy por debajo de la media, que contractaba con mi ilusión y entrega por encima del resto. Aunque en las prácticas sobresalía, no deseaba verme relegado en la teoría, y se ofreció a ayudarme en aquellas materias más duras.

—Pues por mi parte, ya puede ir hincando los codos y metiéndose en la cabeza todo el temario, o de otra forma tendré que suspenderle el curso. No soy muy dado a dar clases particulares. -miró su reloj y agregó.

—Puede marcharse. ¡Ah!, una última cosa -y abriendo el cajón de su escritorio rebuscó hasta dar con un sobre que me tendió sin levantar la mirada. Yo lo tomé, di un enérgico golpe de tacón a modo de saludo, y dando media vuelta salí del despacho con paso firme.

Se trataba de una carta de mi marcial comandante D. Joaquín Laredo de Montilla. En ella me comunicaba la imposibilidad por razones de tiempo de despedirse de nosotros, y que si algo necesitábamos, se encontraba a nuestra disposición en el Estado Mayor del Cuartel General de la Región Militar Sur, con sede en Sevilla.

Me pareció un destino impropio de su carácter, pues aunque cualquier lugar es digno para servir a la Patria, no me lo imaginaba entre papeles, conociendo su activa y envidiable Hoja de Servicio. Sabía de su paso por la Legión como "novio de la muerte" en su etapa de teniente, su huella dejada como capitán en la Brigada Paracaidista llevando el lema de "triunfar o morir" hasta sus últimas consecuencias, o más tarde, cuando pasó algunos años como "Boina Verde" en el Grupo de Operaciones Especiales, especializándose en guerrillas urbanas, además de otros cursos de relevancia. Pero también pensé que se trataba de un lugar idóneo para contactar con altos mandos, buscando una excelente proyección profesional, además de un puesto de responsabilidad. Después de una vida de total acción, de riesgos, fatigas y peligros, decidió primero ocupar una plaza de profesor en la Academia, para años después buscar refugio en el planeamiento y la burocracia. ¡Normal, la edad no perdona!

Transcurrió el año que me faltaba sin novedad, sin contratiempos, y llegó el tan ansiado momento de la entrega de despachos y destinos. Sí, allí se encontraba en primer tiempo de saludo, el nuevo teniente del Ejército Español frente a Su Majestad El Rey, recibiendo su título.

Tenía a mi disposición para elegir casi la totalidad de las Unidades de España, y yo que siempre renegué de destinos oficinescos y administrativos, que mi pretensión era el monte, los cañones, morteros, fusiles, las maniobras, y el contacto con la tropa, no dudé en solicitar un puesto en el mismo acuartelamiento que mi añorado comandante. Deseaba estar junto a mi antiguo profesor, demostrarle mi lealtad, decirle que me tenía a sus órdenes, que aquel niño imberbe al que un día le daba clases de táctica, armamento, o combate, se había hecho hombre, y ya era oficial de Artillería.

Me presenté con mis relucientes estrellas, y antes de encontrar su despacho, atravesé largos pasillos con paredes cubiertas de coloridos tapices, suelos de mármol con gigantescas alfombras, y misteriosas armaduras que parecían tener vida propia y observaban mi recorrido.

Al entrar en su dependencia, destacaba una enorme bandera roja y gualda junto a nuestro Monarca. Apercibí que su elegante decoración se basaba en grandiosos cuadros de conocidas batallas ganadas por nuestros ejércitos, y óleos de ilustres generales ya fallecidos, con llamativos uniformes y rostros serios -¡mucho lujo para un guerrillero! - pensé. Me cuadré ante él, que no disimuló su alegría por el inusitado encuentro.

Me alargó la mano, cuando mi deseo era fundirme en un agradecido abrazo, pero comprendía que había que guardar las formas, y no era el saludo más apropiado ante sus subordinados que observaban la escena con curiosidad.

Después de unas palabras de bienvenida, y una cordial charla, supe que a partir de ahora volvería a contar con su ayuda cuando necesitara un consejo. Sin darme cuenta continuaba con el síndrome del nido académico, cuando mis aspiraciones deberían ser las de volar y tomar decisiones por mí mismo.

Pasaron los años, y en el mismo destino ascendí a capitán. Él, ya lucía desde hacía tiempo las dos estrellas de ocho puntas de teniente coronel.

El día a día se me hacía anodino, no era eso lo que yo me imaginaba en mis años mozos cuando ingresé en la Academia Militar. Necesitaba llevar mis conocimientos a la práctica, y no conformarme con simple teoría. Pero si un día me abandonó él, yo me dije, que nunca haría lo mismo. Seguiría a su lado. Era mucho lo que me había enseñado, mucho tiempo dedicado, mucho lo que le debía, y me sentía obligado a pagárselo de alguna manera. Aunque fuese con una vida profesional infeliz. Él lo merecía, su trato, más que el de un superior se asemejó al de un padre o tutor.

Me había acostumbrado a trabajar con mapas en oficinas, planeando maniobras que otros realizarían, calculando combustible que otros consumirían, administrando alimentos con los que otros se alimentarían. Yo era el encargado de la logística de la Zona Sur del territorio español. Disponía de un magnífico equipo de personas a mis órdenes, y trabajábamos sin descanso. Mi misión era compleja, y agradecida. Pero cansado del traje de diario y agobiado por la guerrera y corbata, necesitaba vestir el uniforme mimetizado de campaña, anhelaba el olor a pólvora, a campo, calcular datos topográficos o de tiro, planear tácticas de enfrentamiento, en definitiva, el estar al pie de mis cañones, ordenando —¡¡¡fuego!!!—, como buen artillero que era. En momentos de desaliento, pensaba que no tenía sentido meterme entre cuatro paredes al frente de un ordenador y al mando de unos cuantos hombres realizando tareas administrativas, aunque fueran muchos los compañeros que envidiaban mi tedioso destino.

Una mañana tomando café, se acercó Joaquín, era como llamaba a mi teniente coronel cuando nos hallábamos a solas, y me aseguró que debido a su inminente ascenso a coronel, le habían propuesto para una arriesgada misión. Su participación era voluntaria, y dudaba si aceptarla o rechazarla.

Me dijo que su labor actual dentro de la Unidad era cómoda, que su familia estaba cerca, que no tenía necesidad de meterse en *fregaos* innecesarios, que económicamente le iba bien, en fin, comprendí que buscaba motivos positivos para no aceptar la misión. Le miré, y vi en él a un hombre cambiado, cansado, apático, no le reconocí, no era aquel comandante joven que un día envidié en la Academia, que nos insuflaba de moral, y cuya actividad no tenía límites. Pero callé, no deseaba herirle, además sabía que no le agradaba aceptar consejos. Solo pude animarlo tímidamente con vagas palabras, a que accediera al puesto ofrecido.

Era una oportunidad única, llevaba años entre documentos. ¡Sí!, importantes, clasificados y confidenciales, un puesto de especial relevancia y confianza, pero eran solo papeles. Un lugar donde las posibilidades de ascender eran altas, pero las de demostrar el valor eran mínimas. No había tocado un arma desde que coincidimos en la Academia, y aún recuerdo la fama de buen tirador que tenía. Manejaba como si de un bolígrafo se tratara el fusil, la pistola, el lanzagranadas, mortero, e incluso cualquier pieza de artillería. Desmontaba y montaba con los ojos vendados en menos de dos minutos, la pistola o el fusil más sofisticado. ¡Era el mejor!

—Está bien, lo pensaré Eduardo -me contestó agachando la cabeza, sin indicio por la actitud adoptada de cumplir su palabra. Definitivamente no era él, pese a todo le seguía teniendo cariño, pero la admiración iba desapareciendo.

Yo también en ese tiempo formé una preciosa familia, contaba con dos hijos pequeños y una esposa a los que adoraba, y con los que era totalmente feliz. Pero mi mujer antes de casarse supo bien con quien lo hacía, y asumía que llegaría el día en que tuviera que anteponer mi profesión, y así se lo fue inculcando a los niños, para cuando su padre tuviese que ausentarse durante largo tiempo, lo comprendieran como algo natural.

Pasado unos días Joaquín me llamó a su despacho. Me dijo con una sonrisa fingida, que había aceptado la misión, pero que necesitaba un oficial ayudante para realizarla, y esperaba una contestación afirmativa por mi parte a su propuesta. Sin dudarlo, di un paso al frente, y acepté. Era lo que llevaba años esperando, nunca fue sitio preferente en mis sueños las retaguardias.

—No es necesario que te precipites, puedo esperar un par de días para que me conteste. Supongo que lo consultarás con Nuria

—Está decidido Joaquín, cuenta con mi servicio, sé que ella me comprenderá y apoyará, ¡estoy seguro! En aquel momento nos dimos un abrazo. Volvíamos a ser aquellos militares que muchos años antes desbordaban entusiasmo.

Nos encontrábamos a comienzos de mil novecientos noventa y dos, cuando en una reunión urgente con diferentes generales, se puso sobre la mesa la situación actual de la Antigua Yugoslavia. El muro de Berlín había caído, la Guerra Fría había desaparecido, y algunos países se negaban a seguir sometidos a regímenes comunistas.

Desde comienzos de la década de los noventa, las noticias sobre la desintegración de la República Federal Yugoslava era el tema al que más tiempo dedicábamos, debido a una posible intervención de nuestras tropas en los Balcanes. Unos meses antes, a principios del verano de 1991, Eslovenia y Croacia las repúblicas más ricas del Estado Yugoslavo, habían conseguido independizarse, no sin antes repeler a las Tropas Federales del país. Eslovenia solo necesitó menos de un mes para ver cumplidos sus objetivos, mientras en Croacia la batalla fue más sangrienta, ya que en su territorio eran muchas las poblaciones de mayoría serbia, que se negaban a abandonar el nuevo Estado, y las limpiezas étnicas comenzaron a ser constantes por ambos bandos.

Pero lo peor estaba por llegar, porque Bosnia & Herzegovina, había anunciado en el pasado mes de octubre del noventa y uno, un amenazante referéndum propuesto para finales de febrero, con el fin de decidir también la separación para convertirse en república independiente.

Nuestra misión sería asistir a dicha consulta popular como observadores, evitando cualquier enfrentamiento entre las partes. En principio nada hacía presagiar peligro alguno.

A primeros de febrero nos hallábamos despegando en la Base de Morón en un anticuado Hércules C-130 de fabricación estadounidense, con nuestras mochilas, macutos y armamento, camino de Bosnia. Desde hacía un par de semanas, Joaquín portaba en sus hombreras las tres estrellas de ocho puntas de coronel. En cuatro horas, estaríamos aterrizando en nuestro destino: Sarajevo. A nuestra llegada la nieve caía con intensidad, y el frío se alojaba en nuestros huesos, mientras éramos alojados en el cuartel general de la ONU.

Lógicamente en un país donde el Presidente del Gobierno era bosnio (musulmán), el Presidente del Parlamento era serbio y el Primer Ministro era croata, la bomba tenía que estallar en el momento de prender la mecha.

El referéndum se produjo, no sin antes intentar ser boicoteado. Ganó claramente el sí, para regocijo de la mayoría musulmana, y enojo de los croatas y de los serbios, que veían peligrar sus hogares, así como su integridad física. Las jornadas fueron tensas, pero la sangre no llegó al río, hasta que unas semanas después, la Unión Europea y los EE.UU. dieron validez a los resultados de la consulta, y proclamaron formalmente a Bosnia-Herzegovina como nueva República Independiente. Ese fue el detonante de los primeros enfrentamientos.

Bosnios, croatas y serbios, o lo que es igual, musulmanes, católicos y ortodoxos, que habían convivido en paz durante décadas respetando sus ideologías políticas y religiosas, se vieron abocados a no entenderse, dando lugar a una guerra atípica y fratricida, ya que muchas familias contaban entre sus miembros a personas de las diferentes etnias.

Las primeras semanas las acciones aunque en ocasiones violentas, no revestían la peligrosidad esperada. Pero nos encontrábamos atados de pies y manos para conseguir acuerdos de paz entre las partes enfrentadas, ya que ni políticos ni militares de los ejércitos beligerantes daban su brazo a torcer, negándose tajantemente a aceptar las condiciones del contrario, y acabando las reuniones entre insultos y amenazas.

Y llegó aquél comienzos de abril. Sin previo aviso, Sarajevo y sus alrededores fue bombardeado desde los elevados picos que la rodeaban. Gran parte de la ciudad y de su población quedó destruida. Esta fue privada con anterioridad de agua, y electricidad, para posteriormente ser rodeada y atacada por los serbio con apoyo del Ejército Federal, masacrando a la mayoría de sus habitantes de etnia musulmana. Ese fue el instante del encendido de la chispa, que haría detonar la llama de la guerra. Lo anterior solo se trataba de escaramuzas, pero a partir de ahora se instalaba en Bosnia la crueldad sin límites, las matanzas indiscriminadas, las limpiezas étnicas, los genocidios, las deportaciones masivas, las violaciones de mujeres y niñas, la tortura a prisioneros, las destrucciones caprichosas, los crímenes, las venganzas personales, y un largo etc., ante nuestras propias narices, y nos veíamos impotentes para evitarlo.

Imposible transitar sin apartar grandes cantidades de escombros y desactivar las minas contra-personal y contra-carros diseminadas por las calles de la ciudad, carreteras y caminos. Solo se apreciaba los esqueletos de las edificaciones tiroteados por ametralladoras, morteros y obuses de artillería. La inmensa cantidad de ratas, eran el blanco de los francotiradores cuando estos se aburrían. Sarajevo se convirtió en pocos días en una ciudad fantasma, ocupada por el odio entre razas y religiones.

Para colmo de provocaciones, el edificio del Parlamento Bosnio en Sarajevo, fue destruido por la artillería serbia en mayo. Los acontecimientos se sucedían, y nadie era capaz de poner fin a aquella barbarie. Y lo que era peor, se iba extendiendo como un incendio descontrolado por el resto del país.

Fue a comienzos de junio, cuando la ONU, ordenó ampliar el despliegue de sus Fuerzas de Protección a Bosnia-Herzegovina, pues hasta la fecha, solo actuaban en Eslovenia y Croacia. Y llegaron los primeros Cascos Azules a la zona bélica.

Nuestra misión que en principio fue la de meros observadores para avalar la legalidad del referéndum, a partir de junio pasamos agregados a UNPROFOR (Fuerza de Protección de las Naciones Unidas), para dotar de seguridad tanto al lugar como al despegue y aterrizaje de aviones autorizados en el aeropuerto internacional de Sarajevo, que se encontraba a tan solo unos kilómetros al suroeste de la ciudad.

En ocasiones se nos solicitaba dar apoyo escoltando los convoyes de las Agencias Humanitarias cargados de agua, alimentos, medicinas, ropa de abrigo, mantas, para evitar que fuesen interceptados y saqueados antes de llegar a sus destinos. Muchos de esos vehículos blancos con las iniciales de O.N.U. en un azul celeste, eran desvalijados antes de que los niños, mujeres y acianos pudiesen acceder a su reparto La misión era de máximo riesgo, teniendo en cuenta, que el lugar era un gigantesco océano de minas contra personal y contra carros, y que nuestras cabezas estaban constantemente en el punto de mira de los kalashnicov de francotiradores.

Nos agregaron a una sección de guerrilleros de élite, perfectamente instruidos. Ellos llevaban sus mandos naturales, pero a la hora de decidir sobre el momento de actuar, es decir, de dar la orden definitiva, esta era dada por mi coronel, a quien se le había otorgado el mando por experiencia y preparación.

El conflicto balcánico pudiera ser un tema de suficiente importancia y meritorio de detallar, incluso para escribir un libro sobre el mismo, pero es mi deseo que el relato se centre en lo ocurrido el diecinueve de junio del noventa y dos, ya que este día marcaría mi vida para siempre.

Aquella maldita tarde, nos encontrábamos dando escolta a unos camiones con víveres para que llegaran a la ciudad sin incidencias. Todos estábamos en nuestro sitio, los flancos protegidos, la vanguardia vigilada, la retaguardia despejada.

Acabábamos de pasar un Check Point serbio, no nos pusieron impedimentos. Nos encontrábamos en "tierra de nadie". Enfrente a tan solo 500 metros se encontraba el puente que atravesaba las turbias aguas del río Miljacka en su parte oeste de la ciudad, justo cuando se une al Bosna. El lugar era paradisiaco, si no fuera porque estaba desprotegido, y nos sentíamos el blanco de muchos francotiradores apostados en las inmediaciones. Sin duda un paso peligroso.

—Mi coronel, sería conveniente esperar al anochecer con las luces apagadas y amparándonos en la oscuridad. El riesgo será mucho menor. Reconozco que la propuesta fue un atrevimiento por mi parte. Él pareció contrariado, no estaba acostumbrado a recibir sugerencias, y menos de un capitán sin veteranía.

—¡Se hará cuando yo lo ordene! -alegó de manera tajante. Lo conocía demasiado bien, y guardé silencio.

Era vital cruzarlo rápido, las posibilidades de recibir fuego eran grandes. Nueve días atrás, habían muerto varios soldados ingleses en iguales circunstancias. Era el lugar adecuado para realizar una emboscada, y las posibilidades de salida eran mínimas. Pero no había otra forma de llegar, sino era atravesando aquel puente que se nos antojaba larguísimo y estrecho, aunque con seguridad no mediría más de setenta u ochenta metros de longitud.

Nos detuvimos al comienzo del mismo, protegidos por la tupida vegetación. Echamos un vistazo a los alrededores ¡todo limpio!, los motores de los vehículos ligeros, pesados, y brindados, rugían con potencia, preparados para levantar el pie del pedal del freno y pisar con fuerza el acelerador.

Desoyendo mi consejo dio la orden de iniciar la partida. Recuerdo que se encontraba sentado dentro de un BMR (Brindado Medio sobre Ruedas) con el equipo colocado, yo decidí viajar asomando mi cuerpo por la escotilla superior del vehículo. Necesitaba ver lo que ocurría en las inmediaciones. Siempre conectado por radio con el conductor, un curtido cabo con mucha experiencia a sus espaldas. Mi única sujeción y apoyo, era una ametralladora Browning de 12,70 mm, con 2.500 proyectiles a mi disposición, pero manteniendo el dedo índice muy lejos del gatillo, como muestra inequívoca de mis pacíficas intenciones.

Justo cuando atravesábamos la parte central del puente, sonó el primer disparo. Escuché un silbido acerado rozando mi casco. Sabía que aquella era la señal para que diera comienzo la atronadora sinfonía de balas que en breve retumbaría sobre nuestras cabezas. Y efectivamente, no pasó un par de segundos cuando el traqueteo de una ametralladora martilleaba mis oídos. Le indiqué al conductor que acelerara, cuando una tormenta de proyectiles y el fuego cruzado nos impedían la visión. Aquel maldito puente se presumía mucho más largo de lo que en realidad era. El vehículo perdió el control, y fue a empotrarse contra el pretil, destrozando este, y quedando las ruedas delanteras suspendida en el aire, a una altura de veinte metros sobre el cauce del río.

Con enérgicos gestos de brazo, indiqué al resto del convoy que continuara, que no se detuviera. Pese a la confusión reinante, suspiré aliviado al comprobar que acataban mi orden. Estaba claro que su objetivo no era las provisiones, los camiones no recibieron un solo impacto, la trayectoria de las balas coincidían en un único punto, y ese era el BMR de Mando.

El brindado se mecía y el conductor sabedor de la inminente caída, salió despavorido de su diminuto habitáculo para comunicar la situación. Si permanecíamos dentro, caeríamos al vacío y nos hundiríamos sin remisión en las turbulentas aguas, después de golpearnos violentamente contra el agua. Pero si salíamos, seriamos abatidos como conejos por el fuego enemigo. Hay que actuar rápido -pensé.

Las descargas eran más certeras, estábamos completamente rodeados, y aquel cacharro cada vez se balanceaba más. Si continuábamos allí, éramos hombres muertos. Yo esperaba la orden del coronel para abandonar el vehículo, pero ésta no llegaba. La trampilla trasera no se abría. Cuando lo miré, se hallaba en un rincón bajo el equipo de transmisiones, acurrucado sobre sus rodillas en posición fetal, y con la mirada perdida. No reaccionaba a mis gritos, a mis súplicas, a mis peticiones para que mantuviera la calma y siguiera asumiendo el mando de la misión, mientras el fuego cada vez era más potente. Lo miré y comprendí que tenía que relevarle y asumir la autoridad. Se hallaba preso del pánico, inmerso en una crisis de ansiedad que le mantenía paralizado, y le impedía articular palabra, incluso respirar. Decidí optar por abandonar el brindado, y así lo ordené a la tropa. Sobre la marcha, improvisé una retirada ordenada hacia una zona boscosa, insistiendo en que no dejaran de disparar hasta ponerse a salvo.

En cuanto al oficial jefe, no tenía otra elección, necesitaba sacarlo de aquel trance si quería salvar su vida, y en un acto impulsivo le di dos bofetadas intentando desesperadamente devolverlo a la realidad. Casi lo conseguí, porque durante unos segundos pareció reaccionar. Un soldado que aún permanecía junto a nosotros, contempló confundido la dolorosa escena. No quería que viese a mi coronel en esas condiciones, y le ordené salir para darnos protección. Una vez a solas, le ajusté su casco, y el chaleco anti-fragmentos, y tomándolo por el brazo, le ayudé con dificultad a descender del BMR. La torrencial lluvia de balas se había transformado en borrasca, y rebotaban sobre las paredes acorazadas del vehículo produciendo un sonido metálico, tan agudo que percutían en mis tímpanos a modo de eco.

Me interpuse entre él y la trayectoria de los disparos, ofreciéndome como escudo humano para protegerle. Prefería morir lúcido, a permitir que mi jefe y amigo, perdiera la vida delirando. El resto del convoy se hallaba a salvo al otro lado del puente. Pero nada más tocar tierra noté un chasquido en mi rodilla izquierda, y la pierna se dobló en dos. Se trataba del impacto de uno de los miles de proyectiles que nos caían de los cerros colindantes. Deducía la gravedad de la herida, ésta aún se encontraba caliente, y aunque me impedía caminar, el dolor era soportable. No sabía si yo era el objetivo, pero era evidente que disparaban de manera intimidatoria sin intención de matar. Su propósito sin duda, era tomar a oficiales como prisioneros. Ya todos los hombres, tanto de los camiones como de los brindados se encontraban a resguardo, y hacían fuego indiscriminadamente, con el ánimo de que nosotros también pudiéramos acceder a un lugar seguro donde cubrirnos.

Unos cuantos soldados serbios se acercaban disparando pero con el punto de mira enfilado hacia el cielo, definitivamente no querían acabar con nuestras vidas. Fue cuando los nuestros dejaron de hacer fuego, sabedores de que si causaban alguna baja, éramos hombres muertos. Yo imposibilitado intentaba avanzar arrastrando lastimosamente mi pierna, pero convencido de que no llegaría jamás a la zona propia, fue cuando animé al coronel a que se alejara buscando refugio entre la maleza.

Horrorizado, soltó su arma reglamentaria y corrió desorientado, pero afortunadamente en dirección al grupo de guerrilleros españoles, ya parapetado en zona boscosa. Me tranquilizó verle a salvo.

La pierna no me respondía, y me dejé caer sangrando abundantemente víctima del agotamiento y abandonado por la fuerza. Fue cuando la miré y comprobé sobrecogido, como la rodilla había volado en mil pedazos, y solo unos minúsculos ligamentos y algún trozo de carne, unían el fémur con la tibia y el peroné.

Nadie pudo evitarlo, caí prisionero en poder del enemigo junto al vehículo abandonado. El tiroteo había dado su resultado. Nefasto para nosotros, y todo un éxito para ellos. Antes de abandonar el lugar, y sabedores de que ninguno de los nuestros se atrevería a disparar a riesgos de que me mataran, robaron con total impunidad todo cuando de valor quedaba en el interior del brindado, transmisiones, munición, botiquín de primeros auxilios, y hasta algunas raciones de comida almacenadas, después de esto le prendieron fuego, esperaron a que las llamas alcanzaran al depósito de combustible, y cuando ardía con intensidad convertido ya en una masa de hierros calcinados, bastó un leve empujón por cuatro o cinco insurrectos serbios, para arrojarlo al rio. El contacto de la chapa incandescente con el agua, originó una descomunal nube de humo espeso y negro que se alzó por el cielo Bosnio, cuando el sol comenzaba a ocultarse.

Me introdujeron en un vehículo ligero posiblemente de procedencia rusa, iniciando la marcha tras vendarme los ojos. Solo escuchaba conversaciones en yugoslavo, que aunque dominaba en parte porque estudié algo antes de la misión, no comprendía en aquel momento. Me llevaron a toda velocidad por angostos caminos de tierra con infinitas curvas en zigzag. Rezaba para que en una de ellas volcáramos. Cualquier imprevisto sería mejor que el calvario que me aguardaba.

En un recóndito lugar de las afueras de Sarajevo pasé la primera noche como rehén, y recibí cura urgente. Noté como frotaban mi herida con algo parecido a hojas rugosas, para posteriormente ser vendado. Entendí que el remedio casero había surtido efecto, de otra manera hubiera fallecido desangrado. Luego en intervalos irregulares, sentía el pinchazo agudo de lo que debería ser un antibiótico para ralentizar la infección. Al amanecer comprendí que me hallaba secuestrado en un diminuto zulo oculto entre la maleza y de imposible acceso, y a lo largo del día comprobé como aquel paraje no me resguardaba del agobiante calor, ni del ataque de insectos y roedores. Un pasamontañas me impedía ver a mis acompañantes y me dificultaba la respiración. Ignoro si fueron días, semanas o meses los que pasé agazapado en un rincón, llegando a perder la noción del tiempo. Notaba la constante vigilancia de algún soldado por el crujir de las ramas bajo sus botas. La comida era repugnante y el agua escasa, pronto aparecieron los primeros vómitos y diarreas. Siempre temeroso ante el próximo interrogatorio. -¿Dónde se encuentra vuestro arsenal? -preguntaba con insistencia una voz sin rostro que chapurreaba malamente el castellano.

Yo me limitaba a contestar: —Capitán del Ejército Español, Eduardo Castro Maestre, Cuartel General de la ONU en Sarajevo.

Era lo que se me había ordenado. En caso de ser apresado por el enemigo, solo aportaría mi empleo, nombre, nacionalidad, y unidad. Así lo establecían los Convenios de Ginebra, el Tratado por el que se rigen las normas de las guerras en su intención por humanizarlas. ¿Cómo se puede humanizar una guerra? -me preguntaba, y reía en mi desvarío. Estaba claro que esas normas internacionales se las pasaban por el forro de sus partes íntimas.

Al principio fue penoso, porque pensaba a cada segundo en Nuria y los pequeños. Ya habrían dado la noticia los medios de comunicación, estarían sufriendo ante la incertidumbre. Me preguntaba cómo se estarían movilizando en un intento por encontrarme y rescatarme. Pero cuando trascurrieron varios meses de cautiverio, ya me fui mentalizando a que nadie apostaría por mi supervivencia, y habrían desistido en su empeño dándome por desaparecido o muerto, formando parte ya, de la larga lista de bajas de caídos en combate. Nuria se habría adaptado a su viudedad y los niños a su orfandad. Ya solo sería un recuerdo en sus vidas.

—No puede ser. Mi coronel nunca se olvidaría de su antiguo alumno, de aquel hombre al que había intentado hacer a su imagen y semejanza. El mismo que hipotecó su vida profesional y hasta familiar por permanecer a su lado -me empecinaba en creer en los momentos de abatimiento.

—Da igual lo que hagan conmigo, siempre me recordarán como un héroe -me decía una y otra vez, en un intento por animarme a continuar guardando silencio, y asumir mi oscuro destino.

Cada interrogatorio iba acompañado de una avalancha de golpes. En ocasiones con los puños, otras veces eran patadas, y las más, con la culata del fusil. Pese a todo, resistí, sin soltar una sola palabra, pero la cara la tenía destrozada y desfigurada, la nariz partida, la mandíbula desencajada, los pómulos inflamados, los ojos hundidos, y la rodilla mal curada e infectada. Llegó un momento en que el dolor era tan intenso que deseaba que me ejecutasen, que me dieran el tiro definitivo que pusiera fin a tanto sufrimiento y me permitiera descansar. Llegué a suplicar mi muerte. Fue cuando me dieron una botella de rakia, pensaban que ahogando mi dolor en alcohol sería más llevadero el cautiverio. Yo bebía a pequeños sorbos, y entre trago y trago notaba como el líquido me rajaba la garganta como si un machete me degollara, luego cuando no me veían, rociaba las heridas con aquel orujo casero que abrazaba al contacto con la piel. Debía impedir que la gangrena me invadiera. Me acordé del Himno a los Caídos "La Muerte no es el final", y confié en que su letra fuera cierta. Creo que sabían muy bien que no sacarían información, que no abriría la boca para traicionar a mi unidad, aunque me amenacen con cortarme la lengua, por lo que solo me esperaba la muerte, o ser devuelto a mi lugar de procedencia. Las dos alternativas me valían y las dos me aterrorizaban, pues ignoraba las secuelas físicas y psíquicas que arrastraría de por vida. Solo suplicaba que lo decidieran pronto.

Una calurosa mañana de verano ante mi incertidumbre y a empujones, me hicieron subir atropelladamente a un vehículo. Pensé que me trasladaban a otro lugar para darme muerte. Ya lo tenía asumido, estaba mentalizado desde hacía semanas. La paciencia conmigo había llegado a su fin. Era más duro de lo que imaginaban. Pero comenzaron a recorrer caminos y más caminos. Yo sabía que rodábamos en círculo y que su intención era desorientarme.

—Creo que me piensan soltar en algún lugar desconocido, de no ser así no tendría sentido todo este circo -pensé.

Y así fue, el coche se detuvo y me lanzaron con violencia contra el suelo, alejándose de inmediato. Me dejaron tirado en la cuneta de una senda abandonada. Cuando comprobé que se marchaban y yo aún respiraba, intenté levantarme, pero no pude, el largo cautiverio y la pierna mal curada, hacía imposible que pudiese mantenerme en pie.

Me arranqué el pañuelo que me impedía ver, y los rayos del sol se clavaron en mis ojos como machetes de fusil. Ignoraba el tiempo que había permanecido con los párpados cerrados, y ahora solo veía sombras y luces difusas. Mientras me arrastraba exhausto con los ojos entreabiertos y los labios hinchados y llenos de ampollas suplicantes de unas gotas de agua, escuché el ruido del motor de un vehículo. Se aproximaba por el frente, y dudé si pedir auxilio o permanecer escondido entre los matorrales. Ignoraba de quien se trataba. Podía suponer mi salvación o mi ejecución. Aun a riesgo de mi vida, opté por lo primero, y levanté con insoportable dolor uno de mis brazos. Oí el chirriar de la frenada muy cerca, y acerté a vislumbrar la silueta irregular de varios uniformados, rezando para que fueran Cascos Azules de la ONU.

Me equivoqué, pronto comenzaron a hablar y supe que eran musulmanes. Me trasladaron hasta uno de sus Puestos de Control, y tras leer mi documentación avisaron a sus autoridades, quienes ordenaron mi entrega inmediata a mi Unidad de origen. Tras una corta conversación por radio y en menos de una hora, se personaron en el lugar varias patrullas españolas de la Policía Militar, y una ambulancia. Me condujeron al destacamento, pero durante el trayecto los sanitarios no dejaban de observarme, mientras me proporcionaban las primeras curas para paliar el dolor y limpiarme algunas de mis infectadas heridas. ¿Pensarían que estaban viendo a un fantasma?

Volvía lleno de moratones, de cicatrices, de heridas mal curadas, aguijonazos de alacranes, mordeduras de ratas, sucio, haraposo, con sed, hambre y sueño. Prácticamente desnudo, mi uniforme se hallaba hecho jirones, me habían despojado de insignias, y mi olor debía de ser repulsivo.

Me encontraba totalmente desorientado, no recordaba nombres tan habituales como el de la Unidad, o el de algunos compañeros. Llevaba semanas delirando con fiebres altas que me habrían afectado al cerebro. No coordinaba, me encontraba aturdido y temeroso, sin saber a ciencia cierta si estaba entre amigos o enemigos, hasta que vislumbré la silueta del coronel. Lo veía borroso, difuminado, distorsionado. Su recibimiento fue frio, cuando yo esperaba felicitaciones y abrazos. Al no ser así, dudé de aquellos que me recibían.

Algo no cuadraba en aquella escena, los rostros desencajados de mis superiores, no eran los propios de una bienvenida a quien ha estado secuestrado largos meses, soportando toda clase de vejaciones, insultos, amenazas, y golpes.

Frente a mí estaba Joaquín. Esbozó una mueca torcida, mezcla de contrariedad y asombro, no era alegría, no era alivio, no era la actitud propia hacia quien te ha salvado la vida. Más bien parecía haber visto aparecer a un espectro. Y es que posiblemente, ya me creía muerto y enterrado. Estaba claro que no esperaba mi vuelta, no es costumbre del enemigo dejar con vida a prisioneros, sin obtener algo a cambio.

¡Ya está me dije! Creerán que he cantado, que he contestado a sus interrogatorios, que soy un miserable traidor, de otra manera, no sería lógica mi puesta en libertad.

Lo saludé, y me dijo que se alegraba de mi vuelta, pero sus palabras eran forzadas. Utilizó un tono seco, distante, yo sabía que me ocultaba algo importante, pero ¿de qué se trataba?

Me arrastraba penosamente sujeto por un par de palos que hacían de improvisadas muletas, la rodilla aunque ya se hallaba cicatrizada, se encontraba infectada y con evidentes señales de gangrena. De inmediato me trasladaron a la enfermería, pero antes insistí en que se comunicara mi puesta en libertad al Mando en España.

Mi jefe me dijo que previamente deberíamos tener una conversación en privado. Necesitaba ponerme al día de cuanto había ocurrido durante mi ausencia. Fue cuando comencé a desconfiar.

Esa misma noche cuando todos dormían, el insomnio después de tanto tiempo despierto no me dejaba dormir. La extraña y fría bienvenida me daba vueltas en la cabeza. Necesitaba saber aquello que me estaban ocultando, sin esperar a que nadie me lo contara a su manera. Quería leer la versión oficial de lo sucedido cuando atravesamos aquel maldito puente sobre el río Miljacka.

Me incorporé con prudencia apoyándome en mis muletas evitando hacer ruido. En la puerta se escuchaba el runruneo de los walkie talkies de los soldados de guardia dándose novedades. Hablaban en un perfecto inglés.

Recordé que el despacho del coronel se encontraba justo al lado del puesto de socorro donde me encontraba. Solo una tapia baja y casi derruida se interponía entre mi habitación y su puerta. En teoría parecía fácil.

Esperé a que se realizara el relevo de las 02.00, y cuando creí llegado el momento, me deslicé por la valla de madera reforzada con sacos terreros que daba entrada al recinto, evitando ser visto por el centinela de la garita. Todo era silencio, solo interrumpido por el ulular de algún búho que me acompañaba en mi vigilia y amortiguaba el ruido de mis pisadas.

Cuando llegué al pie de la tapia, me pareció enorme, no sabía cómo iba a sortearla. Infinitos trozos de cristales serpenteaban la parte superior del muro para evitar el acceso. Sin vacilar apoyé mis manos en los cristales y me impulsé con la escasa fuerza que me quedaba. La pierna no podía subirla, y cuando ya casi me daba por vencido, giré sobre mi cuerpo y caí al otro lado sangrando por ambas manos. Se escuchó un golpe seco, y me mantuve inmóvil en la oscuridad unos interminables minutos, evitando gritar aunque el dolor era inhumano. Mientras tanto escuchaba la conversación de dos soldados de servicio a escasos metros. Cuando las voces se alejaron, me arranqué las mangas del pijama y las usé como vendas en mis manos. Así llegué arrastrándome hasta la misma puerta, pero esta se hallaba cerrada con varias cerraduras. Lo esperaba e iba preparado. Saqué la navaja de supervivencia, y las fui forzando sin pensar en las consecuencias.

Me dirigí a su escritorio, y lo forcé revolviendo todos los cajones hasta dar con el Diario de Operaciones. Me senté, no podía aguantar, estaba a punto de desfallecer, parecía que me estaban cortando la pierna con un serrucho. Saqué la linterna y me dispuse a leer: ¡¡¡CONFIDENCIAL!!! en mayúsculas y letras rojas encabezaba el grueso volumen.

Luego intenté recordar el día del incidente, tarea absurda, pues había perdido la noción del tiempo. Busqué varios meses atrás y después de mucho leer, lo tuve ante mis ojos.

"Diecinueve de junio de mil novecientos noventa y dos".

Tras leer la fecha, me salté la parte del texto irrelevante, hasta la página donde se describía el ataque sufrido en el puente.

"Cuando comenzó el fuego de fusilería y mortero, el coronel Laredo de Montilla asumió el mando dando las órdenes oportunas para repeler la agresión de las tropas serbias. En ese momento fue intimidado de manera física por el capitán Castro Maestre, que actuando bajo los efectos de un ataque de pánico, agredió en varias ocasiones a su Jefe, según atestigua uno de los soldados que presenció lo sucedido. El coronel Laredo intentó tranquilizar al capitán Castro ayudándole a salir del vehículo que se encontraba siendo tiroteado por un número indeterminado de francotiradores. En todo momento, el coronel Laredo antepuso la seguridad de sus hombres a la suya propia, estando a punto de caer prisionero por evitar que el capitán fuera apresado.

Más tarde, una vez protegido por la angosta orografía, repelió junto a sus hombres al agresor con certeros disparos, ignorándose si se produjeron víctimas entre el grupo de atacantes. Cuando advirtió la ausencia de su capitán, intentó en varias ocasiones volver a rescatarlo aun a riesgo de su vida, pero tanto el vehículo brindado como el oficial desaparecieron, el primero, en las turbias aguas del río, y del segundo se desconoce su paradero, sin poder asegurar si logró huir o fue capturado.

El jefe de la Unidad sin perder en ningún momento la calma, y dando muestra de una valentía acreditada se replegó ordenadamente con sus hombres hasta su llegada a nuestro Destacamento.

La actuación del coronel Laredo fue en todo momento heroica, pese al grave contratiempo de tener que luchar contra el enemigo y contra el capitán Castro, que incomprensiblemente y presa de los nervios solicitaba asumir el mando para entregar las armas y proponer la rendición."

La ira se iba apoderando de mí al leer cada párrafo del informe. No podía dar crédito a la versión ofrecida por Joaquín. Debía haber un error. Nada de lo que allí se reflejaba por escrito, se asemejaba a lo realmente ocurrido. Creí volverme loco.

Escuché ruido, apagué la linterna, guardé el documento en el cajón, y con el mismo insufrible dolor de la pierna, acrecentado por lo leído, volví a la enfermería, me aseé, me curé las heridas con vendas esterilizadas, tiré el pijama a la basura colocándome uno limpio, y me introduje en la cama rumiando lo sucedido.

El resto de la noche la pasé desvelado, ignoraba como afrontar la situación. Ya no me importaba perder la pierna, solo pensaba en conservar la vida para aclarar lo acontecido, para demostrar que aquel informe era erróneo, estaba manipulado, intoxicado por la maldad de alguien que deseaba traicionarme aprovechándose de mi supuesta muerte.

Comenzaba a amanecer cuando se abrió la puerta de la habitación. La luz me daba en la cara como en aquellos interminables interrogatorios, pero esta era natural y procedía de la ventana.

Enfrente vi la silueta del coronel. Se acercó lentamente, tomó una silla sentándose junto a mi cama, y con tono sarcástico me dijo.

—¿Sabes que esta noche han forzado la cerradura de mi despacho? Quien haya sido ha dejado bien claras sus huellas dactilares sobre su propia sangre en los documentos que buscaba —mientras señalaba mis manos heridas.

Mis manos me delataban. Se encontraban cubiertas por vendas con manchas sanguinolentas.

—Sí, fui yo -confesé.

Quedó pensativo un rato que se me hizo eterno.

—¿Y qué opinas?

—¿Sobre qué, mi coronel?

—Déjate de chorradas Eduardo, de sobra sabes a lo que me refiero. Qué opinas de lo que leíste.

—Yo no puedo opinar, solo obedecer sus órdenes. Ya me lo dijo tajantemente cuando le avisé de la conveniencia de cruzar el puente de noche.

—¿Qué piensas hacer al respecto?

—Nada, acatar lo escrito. ¿Acaso no fue lo que realmente ocurrió?

Se mostró desconcertado ante mi respuesta. Hubo unos minutos de espeso silencio que aprovechó para levantarse y caminar en círculo por la estancia. Estaba descuadrado ante mi serenidad y necesitaba cambiar de estrategia. Meditaba cuales serían sus próximos pasos a seguir. Yo aguardaba sus próximas palabras mirándolo fijamente. Por fin se decidió a hablar.

—Ya he hablado con el general, y hoy mismo saldrás para España. Es preciso que te curen esa pierna urgentemente, y aquí no tenemos medios. En otras circunstancias me hubiese gustado que continuaras conmigo, pero ahora es inviable. Tú y yo sabemos que desde lo ocurrido en aquel maldito puente nuestros destinos están condenados a no seguir paralelos.

—Lo que usted ordene.

—Te pido que evites hablar sobre el tema, y cuando se te pregunte, ya sabes lo que ocurrió. Exactamente lo que has leído.

—¿Y si no acato sus órdenes? –contesté retándole.

Me miró extrañado porque me conocía demasiado bien. Sabía que era un farol que me estaba tirando. Contaba con la certeza de que nunca lo delataría, de que nunca lo comprometería, de que jamás saldría la verdad de mi boca. Como también sabía que nada confesé al enemigo.

—En tal caso tendré que dar parte de que el capitán Castro ha forzado la entrada a mi despacho, y ha tenido acceso a materia de máxima seguridad y secreto. Lo achacarán a que estas pasando información reservada y confidencial al enemigo, y las consecuencias como profesional que eres, no hace falta que te las recuerde. Ya te enseñé hace muchísimos años en la Academia cuando tan solo eras un joven novato, cual es la condena para aquel que comete el delito de colaboración con el enemigo. No seas imbécil, y disfruta de la vida junto a Nuria y los niños, se alegrarán mucho de volver a verte.

Lo miré, y leí en sus ojos que sería capaz de denunciarme, como lo fue de falsear lo ocurrido.

—¿Por qué me traicionó? –pregunté.

—Todos tenemos momentos de debilidad. Te creí muerto, y no iba a desaprovechar la ocasión. Lo entiendes ¿no?

Sentí un impresionante vacío, una congoja, tristeza, desolación. Aquel hombre que lucía tres estrellas de ocho puntas en su pecho izquierdo, y que se encontraba frente a mí, nada tenía que ver con el comandante que conocí siendo un chaval, y que me llenaba la cabeza con valores morales.

Lo miré fijamente, y contesté con la certeza de que mis palabras serían las últimas de aquella tensa conversación.

—Lo entiendo perfectamente, mi coronel -mentí.

Dio media vuelta y cerró la puerta tras él. Yo quedé meditando la charla mantenida. Me sentía defraudado.

Una ambulancia me trasladó al aeropuerto, siendo evacuado en un vuelo especial. Después de tres horas de viaje me vi aterrizando en la Base aérea de Morón, donde me esperaba otro vehículo sanitario que me llevaría al Hospital Militar Vigil de Quiñones, de Sevilla.

Me mantuvieron totalmente aislado e incomunicado. "Prohibidas las visitas", anunciaba el cartel que presidía mi puerta. No hicieron excepciones ni con Nuria, que desesperada ansiaba el momento de abrazarme. Tras los primeros reconocimientos y por la cara de los doctores, supe pronto que la cosa pintaba fea. Un coronel médico me informó que me temiera lo peor.

—¿Qué es lo peor para usted, mi coronel? –pregunté.

Él no contestó. Me miró con recelo, y prefirió ignorarme.

¡Lo peor!, ¡qué puede ser peor que el cautiverio sufrido, peor que una rodilla destrozada en mil pedazos, peor que leer las mentiras de aquel informe. ¡Sí! Sin duda había algo peor que perder la pierna, incluso peor que perder la vida, y era la traición de mi profesor, amigo, compañero, y casi padre. Aún retumbaba en mis oídos la última conversación amenazante en el Botiquín de aquel recóndito Destacamento en las inmediaciones de Sarajevo.

Los doctores no titubearon en su decisión tras las primeras pruebas. La infección abarcaba casi la totalidad de la pierna. Esta se encontraba gangrenada sin posibilidad de otra solución que no pasara por la amputación inmediata del miembro. Casi la totalidad de la articulación había desaparecido con aquel certero disparo en mitad de aquel puente en las inmediaciones de la capital Bosnia.

Fue duro cuando desperté de la anestesia y comprobé que mi pierna se había convertido en un muñón por encima de la rodilla. Tras varios meses de curas y rehabilitación comencé a caminar. Ignoraba el suplicio que aún me quedaba por sufrir. Lo del falso informe, lo de la amputación, no era nada comparado con lo que me esperaba.

Fui citado a un interrogatorio donde no pude ni quise defenderme, y aquel soldado que fue testigo de lo sucedido, seguía empecinado en su declaración que de fui yo quien agredí a mi superior. ¿Para qué hablar si nadie me iba a creer? Pocos apostarían por mi inocencia, y nadie osaría poner en entredicho la versión ofrecida por el reputado coronel Laredo de Montilla. Solicité afrontar un Tribunal Médico, con la intención de que avalara oficialmente mi incapacidad física permanente, y trastorno mental transitorio, todo ello para justificar el supuesto maltrato a mi Jefe en aquella refriega de nefasto recuerdo. Esperaba con ello que al menos me quedara una indemnización económica, o una pensión que me permitiera alimentar a Nuria y los niños. Sabía que con mi invalidez difícilmente encontraría trabajo. Ya ni siquiera alegaba "en acto de servicio", me conformaba simplemente con una ayuda. La respuesta fue negativa, y me obligaron a elegir entre dos opciones, solicitar la baja voluntaria en el Ejército, o ser juzgado por traición y cobardía ante el enemigo, lo que conllevaría años de prisión, y a su vez, la expulsión deshonrosa de las Fuerzas Armadas. Lo consulté con varios abogados y todos coincidieron en que era imposible ganar el pleito. Ante la situación descrita entregué mis estrellas, mi arma reglamentaria, y opté por marcharme en silencio y por la puerta falsa. De la noche a la mañana pasé de ser un excelente oficial, a convertirme en un tarado físico y psíquico para los pocos que dudaban de mi culpabilidad, y en un traidor para la mayoría del colectivo.

Con el transcurso de los años mi carácter se agrió, no me adapté a mi nueva situación. Esperaba llegar a lo más alto en mi vocación, y sin embargo me vi sumido en el olvido, cuando no en el escarnio de aquellos que consideraba amigos y compañeros.

Mi amargura hizo que visitara a profesionales de la psicología y de la psiquiatría, en un intento por asimilar lo que había ocurrido. Tuve que mendigar y pedir dinero a familiares para costearme los médicos y terapéuticas. Me negué a salir de casa, y la relación con mi esposa se enfrió y deterioró.

Ya no era aquel joven que un día salió de la Academia de Oficiales con la intención de comerse el mundo. Era solo un mutilado, un discapacitado, un inútil según los médicos, que dedicaba las interminables noches a devanarme los sexos en un vano intento por encontrar una respuesta convincente a la situación sin salida por la que atravesaba.

Mi vida había cambiado en esos años. Nuria no pudo soportar mis constantes cambios de humor, mi mal carácter, mis continuos reproches, y solicitó el divorcio llevándose a los pequeños. Nunca le guardé rencor, me lo tenía merecido.

Desde aquel día que nos despedimos en la enfermería del Destacamento allá por el noventa y dos, no había vuelto a ver a mi coronel. Había transcurrido dieciocho años, y por la prensa y algunas revistas militares, supe que su fama y trayectoria profesional subió como la espuma, a raíz de su vuelta de la misión en Bosnia. Había sido condecorado con diferentes medallas por su heroica acción en la que perdí la pierna. Su categoría militar se revalorizó desde aquella Misión Humanitaria, los informes solo hablaban de su gran labor. Su Hoja de Servicio rebozaba de anotaciones positivas y felicitaciones, y su pecho se fue convirtiendo en un mar de relucientes olas en forma de medallas.

Me comentaron que ascendió hasta general de brigada sin salir de su despacho, siempre entre papeles, y rehuyendo participar en misiones en el extranjero, y evitando las zonas de conflicto bélico.

Supe por conocidos, que hacía pocos años había pasado a la reserva en un brillante acto donde se le reconoció todos los sacrificios realizados en bien de las Fuerzas Armadas y de la Patria. Se marchó con los honores y abrazos que todo militar desea para poner fin a una envidiable carrera castrense.

Puedo jurar que nunca en mi locura le dediqué un reproche, nunca en mi ansiedad y desesperación maldije su proceder, seguí respetándolo en la distancia. Pienso que el conformismo hizo que le llegara a perdonar.

Luego, cuando el sueño se alejaba, cuando la mente se ponía en funcionamiento, me preguntaba ¡cómo podía perdonar, a quien no había tenido escrúpulos para destrozar mi vida!

Después de muchos años lo volví a ver. La noche era oscura, y aunque la pierna me fallaba, la vista no. Lo vi al pasar junto a una selecta cafetería. Reconozco que podría haberme cruzado con él, sin necesidad de abrir la boca. Incluso puede que no fuera el momento, pero un arrebato de nostalgia, un cúmulo de contradictorios sentimientos, de agradables y fatídicos recuerdos, me animó a saludarlo. ¡Grave error!

De su brazo iba acompañado por aquella mujer que un día conocí mucho más joven ¡Silvia!, aunque no había perdido su elegante belleza. Otros matrimonios caminaban junto a él. Todos reían. Nevaba copiosamente, al igual que aquella lejana mañana de febrero cuando llegamos al Destacamento de Sarajevo por mil novecientos noventa y dos. En esta ocasión también hacía un frío invernal, propio de la fecha, ¡veinticuatro de diciembre! Sí, era víspera de Navidad.

Es cierto que desde que mi mujer acertadamente me abandonó, vivía en la más completa soledad. Me había acostumbrado a sobrevivir como aquellos guerrilleros con los que un día compartí misiones. Me fui volviendo más introvertido, y mi vida más parecida a la de un monje o ermitaño. La desidia y el abandono hicieron que perdiera la ilusión por levantarme de nuevo. El proceso de deterioro fue rápido, primero dejé de realizar rehabilitación, luego de asearme, más tarde de alimentarme saludablemente, para acabar encerrado entre cuatro paredes, de las que solo salía para comprar tabaco o algo de comida barata, arrastrando mi única pierna con ayuda de mis muletas.

Me dirigí hacia él, reconozco que mi aspecto era desaliñado, iba despeinado, posiblemente falto de higiene, pero ello no impedía que esperara un apretón de mano, incluso un amistoso abrazo. Deseaba felicitarle las Fiestas, solo eso. Ni siquiera aspiraba a que me presentara a sus acompañantes, como el ex-capitán Castro, "mutilado gravemente en acto de servicio". Pero sí a su esposa, la mujer que compartió durante casi doce meses con Nuria, la angustiosa espera de sus maridos destinados en zona de guerra. Ella no me reconocería. ¡Había cambiado tanto!

Cuando Joaquín me vio, su mirada fue idéntica a la que me ofreció tras mi puesta en libertad, mi cautiverio. Primero asombro e inquietud, luego como buen militar, utilizó la táctica, aquella que tan bien se le daba en las clases teóricas.

Comprobé que me reconoció al instante. Sí, estoy seguro. Como todo estratega, pronto supo cómo actuar. Lo había aprendido en la Academia. "Al enemigo hay que detenerlo antes de que rebase las líneas propias, hay que repeler la primera embestida sin permitir el cuerpo a cuerpo. Si nos ataca por sorpresa con la defensa baja, la derrota es casi segura".

Observó nervioso como me acercaba dispuesto a saludarle, y aprovechó para introducir una mano en el bolsillo del pantalón. Al sacarla la extendió en lo que parecía un intento por estrechar la mía, pero al notar el roce de sus dedos, percibí también el frío contacto de un billete. Golpeándole en el dorso de la mano, hice que el dinero cayera al suelo.

Ayudándome de mis muletas me agaché con dificultad apoyándome en mi única rodilla. Lo recogí, y se lo entregué.

—Señor, se le acaban de caer estos veinte euros.

Vio las cicatrices de mi cuerpo, aún quedaban marcadas las señales de aquellos interminables y agónicos interrogatorios. No podía haber cambiado tanto como para no reconocer a quien un día le salvó la vida.

Pero, ¿qué pensarían sus conocidos, excelentísimas personalidades de la milicia y la sociedad civil?

—No, son para usted buen hombre, para que entre en un bar y cene algo en una noche tan especial.

Lo tomé en silencio, quemándome la mano como una bala en el estómago. Me tragué el orgullo, y calle una vez más. Él contaba con la garantía de mi anonimato, y supo aprovecharse una vez más de mi lealtad.

—¡Gracias señor, feliz Navidad! -le dije, apartándome para que siguiera su camino.

Cuando llevaba varios metros andados, los dos nos giramos, nuestras miradas se cruzaron, y en ellas nos dijimos muchas cosas. Sentí una frustración imposible de digerir, los sueños, quimeras, y mitos de muchos años, habían caído de nuevo hechos añicos.

Había ganado una batalla más, aunque en esta ocasión no fuera acompañada de condecoración alguna. Había repelido la embestida del enemigo hostil, destrozándolo sin recibir un simple rasguño, sin gastar una sola bala, pero sin saber también, que quien huía confundido no era su adversario, sino el más fiel de sus aliados. Cuando vio que mis pasos se alejaban sentiría alivio. Ya nadie podría sospechar que aquel vagabundo de raído abrigo, con barba de varios días, y descuidada melena canosa, un lejano día fue su leal compañero, su ángel de la guarda, aquella tarde en que se interpuso en el destino de aquella bala asesina, para salvarle la vida.

—¿Quién era? -preguntó su esposa. Ha actuado de un modo extraño, como si te conociera, y además me suena su cara.- Tengo la certeza de haberlo visto en alguna parte.

—Nadie mujer, solo un mendigo, uno de los muchos pícaros que aprovechan estas fiestas para sacarse unas monedas.

Había ganado la batalla, respiró complacido. Intentó mostrar una falsa sonrisa ante sus acompañantes, y se encaminaron animosamente hacia un restaurante cercano donde les aguardaría un apetitoso pavo de Nochebuena regado con un excelente vino de gran reserva. Luego acudiría con su familia como cada año a la Misa del Gallo, a dar gracias a Dios por haberle dado una vida repleta de satisfacciones.

Pero esa noche víspera de la Navidad, el sueño le declaró la guerra, erigiéndose en un enemigo hostil y despiadado. Y después de aquella noche vinieron otras, y cada una de ellas se convertía en una cruel batalla que siempre perdía. La medicación que tomaba desde su vuelta del conflicto de los Balcanes para acallar su remordimiento, ya no le hacían efecto. Su mente no olvidaba el encuentro con aquel hombre que quiso saludarle, sin rencor, sin revancha, sin exigir una sola explicación.

Hasta que llegó un momento en que la vergüenza le debilitó más que la vigilia, notó como una oleada de nauseas subía por su garganta al comprobar cómo actuó de manera cobarde, sí ¡cobarde! Pero ya estaba acostumbrado, toda su vida había sido un impostor y mísero cobarde, por mucho que ante los ojos de los demás, fuera el más valiente de los guerreros.

Recordó que en su Hoja de Servicio, en el apartado "VALOR", figuraba: ¡¡¡ACREDITADO!!!

¡Qué ironía! Y el vómito le sobrevino sin poder contenerlo. Se incorporó en silencio, se sentó frente a su escritorio, y tomando papel y aquella pluma que le regalaron sus compañeros con su nombre grabado en oro cuando volvió de la misión, comenzó a escribir:….

====== OOOOOO ======

Esperó a que amaneciera, se vistió con parsimonia con su mejor uniforme de gala, metió algo en un maletín de cuero y montó en su vehículo con dirección al Cuartel General.

—*¿Da su permiso mi general?*

—*¡Pase! -en tono enérgico, se escuchó desde el interior del despacho.*

—*¡A tus órdenes!*

—*Vamos Joaquín, déjate de formalidades. ¿Qué te trae por tu antigua casa? ¡No me dirás, que echas de menos tu trabajo!*

—*No Miguel, no es ese el motivo de mi visita. Después de decir esto, apoyó el maletín sobre la mesa del teniente general. Este desconcertado lo abrió con cierto aire de misterio, y encontró en su interior más de veinte medallas y condecoraciones.*

—*¿Qué significa esto, Joaquín? ¡A estas alturas me vas a mostrar tus condecoraciones, cuando hemos trabajado juntos cerca de veinte años, y te las he visto ganar día a día! -por un momento pensaría que su antiguo compañero, el general de división Joaquín Laredo de Montilla había perdido la razón por su traumático pase a la reserva después de más de cuarenta años de servicio.*

—*Deseo devolver todas las medallas que me han concedido desde mi vuelta de Bosnia Herzegovina en octubre de mil novecientos noventa y dos. ¡Ninguna me pertenece! Y que el informe que figura en mi Hoja de Servicio sobre la emboscada sufrida el diecinueve de junio de aquel año en el puente de Sarajevo, sea sustituido por lo que relato en la carta que también acompaña al maletín. Todo ha sido una inmensa farsa.*

El teniente general incrédulo ante lo que ocurría, tomó aquella hoja escrita de puño y letra, y leyó en silencio. Su asombro crecía mientras su piel iba tomando un color rojizo, y el sudor comenzaba a rodarle por la mejilla.

—*¿Estás loco Joaquín? ¿Tú sabes lo que significaría eso? Supondría una mancha imborrable en tu impresionante curriculum militar. Perdería la admiración de tus superiores y el respeto de tus subordinados. Se te despojaría del "Valor Acreditado", y se te negaría el honor que todo militar llevamos dentro, ese que es nuestra razón de* ser, y por el que damos la vida. Te tendrías que enfrentar a la justicia, a un Tribunal Militar, y acabarías en prisión. ¿Estás loco? -volvió a repetir-. Me niego tajantemente a hacer lo que me pides. Lo que figura en tu expediente es lo que en realidad sucedió, y punto. Ahora por favor sal de mi despacho, tengo muchas cosas importantes que atender antes que escuchar las majaderías de un compañero que no está en su sano juicio –hizo una pausa y continuó.

—Joaquín ¡por Dios!, guarda ese maletín y vuelve a casa. Necesitas descansar. Tu pase a la reserva, tu inactividad en el servicio te ha trastornado. Precisas un médico con urgencia.

—No Miguel, esta vez no. El psiquiatra lo he necesitado todos estos años anteriores. ¡Ya es tarde! Ahora es cuando me encuentro realmente lúcido y centrado. Todos los militares somos unos apasionados de la táctica. Nunca osamos actuar sin planificar hasta el último detalle y con total detenimiento nuestras acciones. Sabemos que podemos fallar, por eso siempre buscamos opciones, alternativas, variantes para emplear según se comporte el enemigo. Sabía que la opción "A" no daría resultado, conociéndote esperaba tu respuesta, por lo que optaré por la solución "B".

—Nunca dudé de tu capacidad de estratega Joaquín, ha sido siempre tu fuerte. No concibo que te enfrasques en una misión sin estudiar y sopesar las diferentes alternativas. Y ¿se puede saber, cuál sería la solución "B"?

—¡Esta mi general! -en ese instante sacó su pistola de 9 mm corto con cachas nacaradas, y quitándole el seguro tiró con fuerza de la corredera hacia atrás, a la vez que se escuchó el sonido metálico del cartucho entrando en la recámara. A continuación apoyó el cañón del arma en su sien derecha.

El teniente general pese a su avanzada edad, saltó sobre la mesa con agilidad, y después de un pequeño forcejeo le arrebató la pistola cuando su dedo ya había comenzado a apretar el gatillo. Decididamente está loco –pensó-, mientras guardaba el arma bajo llave, en uno de los cajones de su escritorio.

Fue cuando las lágrimas, comenzaron a asomar por sus mejillas.

—*Lo siento, mi general, tan solo me dejas la opción "C", la más desgarradora -dio un sonoro taconazo, y tras despedirse con un enérgico "a tus órdenes", se dio la vuelta con dirección a la puerta de salida.*

El teniente general intrigado, solo acertó a preguntar:

—*Joaquín, ¿cuál es la opción "C"? -este se volvió con ojos vidriosos.*

—*Miguel, no siempre somos tan hábiles estrategas como aparentamos. En ocasiones nuestro ego lo anteponemos a la táctica en un intento por demostrar quien ostenta el mando en la maniobra. Es fácil tomar decisiones tras una mesa de despacho y junto a una humeante taza de café. Pero una vez en mi vida actué a golpe de impulso, lo que nunca debe hacer un militar que se precie. No acepté el consejo ni el asesoramiento de un amigo, en mi afán por dejar claro quién era el jefe, el adalid. Nunca pensé que la situación me sobrepasaría, creí que seguía sentado en mi despacho jugando con soldaditos de plomo y carros de combate de plástico, en un teatro de operaciones imaginario. No comprendí que de mi capacidad y aptitud en aquel momento dependía la vida de mis hombres, y me dejé llevar por la soberbia. No evalué al enemigo, ni sopesé las consecuencias de un error, un grave error que me condicionaría la vida, y lo que sería peor, la vida de alguien a quien quería como a un hijo. No asumí mi fallo, muy al contario me crecí ante las condecoraciones, felicitaciones y aplausos, tragándome el miedo, y ocultándome en mi silencio. Engañé a mi conciencia abandonando la realidad en una recóndita parte de mi cerebro -hizo una pausa para secarse las lágrimas.*

—*La tercera opción, la última que me dejas, es la "C" de calvario, de cobardía, de canalla, de culpable, significa vivir en el tormento, en la desesperación. Vivir con la convicción de que toda mi vida profesional ha sido una farsa. Vivir siendo prisionero del insomnio, de la conciencia, que cada noche me interrogará golpeándome sin piedad, y cada mañana amaneceré con una herida más en el corazón. Yo guardaré el secreto, no aportaré información alguna, y el enemigo en forma de remordimiento, seguirá machacándome con sus preguntas una y otra madrugada, cada vez con mayor saña y violencia, hasta que las cicatrices se hagan visibles en mi rostro en forma de ojeras, de palidez, de profunda tristeza cada amanecer. Suplicaré el tiro de gracia, les provocaré, les insultaré, rogaré que sean benévolos, y acaben con mi vida. Esa será mi penitencia. En definitiva, viviré la misma experiencia que el capitán Castro, pero con un enemigo mucho más cruel: "la memoria".*

—¿Te acuerdas de él? De aquel joven oficial, con una trayectoria profesional envidiable.

—Sí, yo no olvido a ningunos de mis hombres, incluso a los traidores.

—¡Que equivocado estás Miguel! Tuviste a un héroe a tus órdenes, y no supiste valorarlo, como también ignoraste que premiabas con medallas y ascensos a un cobarde. ¡Tú también has sido una víctima más del engaño! Una de las cualidades del valiente es la generosidad, y tu supuesto traidor, fue fiel al compañerismo que en su juventud le inculqué. Una vida siendo incapaz de delatar y guardando lealtad a su jefe y amigo, mientras yo, el verdadero villano, preferí sacar pecho y vanagloriarme de mis heroicas pero ficticias acciones de guerra.

—Me dejas la peor opción. Sabes que aunque seas superior, siempre seré más antiguo que tú, por eso no puedo ordenarte, pero si exigirte respeto. Demuéstrame tu camaradería devolviéndome la pistola.

—No estás en condiciones de exigir, además recuerda que ya no estás en activo.

—En tal caso, te suplico que no actúes como amigo, sino conforme al honroso uniforme que portas, como el excelente militar que eres. Permite que sea yo quien elija mi destino, quien decida de qué manera pulgar mis inconfesables e imperdonables pecados. Porque de otra manera, a partir de hoy sentiré vergüenza cada mañana al verme reflejado en el espejo, y al mirar a mi esposa e hijos. Veré pasar los días con la sola intención de que el final llegue cuanto antes. Sabré que no tengo pasado, presente, y mucho menos futuro. Porque el que ha seguido ascendiendo, el que ha sido condecorado en numerables ocasiones, aquel al que se le acreditó el valor, no era yo. Este hombre que ves aquí, es solamente un muñeco roto, un fantasma viviente, un condenado cobarde. Todo cuanto he conseguido desde aquella suicida misión, le corresponde al ex-capitán Eduardo Castro, he sido un ladrón, le robé toda una vida. Yo nunca regresé de aquel infierno, el

coronel Joaquín Laredo de Montilla murió de pánico una tarde de junio bajo el fuego enemigo en un puente de Sarajevo. ¡Estoy muerto Miguel! ¡Estoy muerto, desde hace muchos años!

El teniente general, se levantó pensativo y parsimonioso. Tomó los documentos entregados por su compañero y los quemó en la chimenea del despacho. Guardó las medallas en lugar seguro. Se preocupó de borrar cualquier indicio que manchara el pasado del antiguo general de división Laredo. Durante años había sido víctima de sus mentiras, y ahora se convertiría en cómplice. A continuación abrió el cajón, sacó la pistola, y la entregó a su amigo que la tomó con alivio.

—Gracias mi general, sabía que lo entenderías.

—Simplemente se trata de compañerismo y de justicia.

Una fuerte detonación se escuchó en el majestuoso edificio de la Plaza de España sevillana.

Titulares de la prensa: "Hoy las Fuerzas Armadas están de luto. El que ostentara el grado de general de división, y valiente combatiente en la guerra de los Balcanes Don Joaquín Laredo de Montilla, fallece en extrañas circunstancias. Todo apunta a que el arma que portaba el laureado militar se disparó accidentalmente en las dependencias del Cuartel General".

El silencio en el Patio de Armas del Cuartel durante las honras fúnebres era sobrecogedor. Solo roto por el retumbar del paso lento de la Escuadra de Gastadores cuando esta se dirigía a depositar la corona de laurel a los pies del monumento a los Caídos por la Patria. La letra de "La Muerte no es el final" se escuchaba de fondo cantada por las tropas en formación. A continuación, un estremecedor toque de Oración, y tras este, la máxima autoridad y único testigo de lo acontecido, el general jefe de la Región Militar Sur, ordenó con gesto crispado al Pelotón de Honores, realizar las Salvas reglamentarias en homenaje al militar fallecido. Una llamarada sonora iluminó durante unos segundos el cielo de la capital hispalense cuando la tarde agonizaba. Tras una breve arenga elogiando el historial profesional y humano del general fallecido, se le hizo entrega a su viuda, de la Bandera roja y gualda perfectamente plegada. Esto puso punto final al solemne acto.

Un enigmático hombre se hallaba apartado de la formación de antiguos camaradas. Iba vestido con raído traje de paisano, contrastando con la elegante uniformidad de gala del resto de asistentes. Este intentaba mantenerse firme y erguido, apoyado levemente en su vieja muleta. Su rostro aún guardaba marcadas y desagradables cicatrices que el tiempo no había conseguido disimular, sus ojos hundidos en las concavidades, y sus pómulos prominentes le dotaban de cierto aire fantasmagórico. Nadie se le acercó, nadie le reconoció. Los músculos faciales contraídos por el dolor, la mirada ausente sin conseguir evitar que varias lágrimas rodaran por sus mejillas por la pérdida del maestro, compañero y amigo.

El general jefe dudó un instante y tomó un maletín de cuero que se encontraba junto al estrado de personalidades. Todos se miraron con curiosidad, sabían que eso no formaba parte del protocolo. El militar miró al horizonte enfilando sus pasos hacia aquel misterioso hombre que asistía al acto en la más completa soledad. Cuando llegó a su altura se detuvo y cuadró saludando militarmente, a la vez que le hizo entrega del maletín. El desconocido, en su afán por corresponder al saludo del general, hizo un esfuerzo sobrehumano, estando a un tris de perder la verticalidad.

—Tenga, el contenido de este maletín le pertenece por justicia. Desconozco si servirá para subsanar todos los errores cometidos, pero con ello intento devolverle el honor y la dignidad que un día le arrebataron. Comprenderá que no lo haga públicamente por respeto a la familia de nuestro compañero fallecido. No puedo cambiar el pasado sin manchar el historial del general Laredo Montilla. Él ya ha pagado el peaje de sus mentiras.

Aquel individuo abrió la pequeña valija con dificultad, y ante sus ojos se mostraron infinidad de medallas, cruces, condecoraciones, diplomas, que destellaban ante los últimos rayos de sol de la tarde.

—Mi general, cuando las medallas se consiguen con valor, disciplina, compañerismo y entrega sin límites, se denominan condecoraciones, pero cuando estas son productos de la calumnia, falsedad, cobardía, y servilismo, solo se convierten en un puñado de chatarra. Se equivoca si piensa que con el contenido de este maletín puede reparar eso que usted denomina errores, y que para mí supone *toda una vida destrozada. Hay veces en que es inútil dar marcha atrás, es imposible restaurar lo ultrajado -hizo una pausa para respirar profundo en un intento por controlar su dolor y ansiedad. Una vez repuesto prosiguió.*

—No se moleste en su intento por devolverme el honor y dignidad, no se puede devolver lo que uno nunca ha perdido. Esos valores jamás me han abandonado. He aprendido a aceptar la vida que me ha tocado vivir, y a estas alturas no es mi intención cambiarla. ¡Quien me creería! ¿Cómo empezar de nuevo?

Y el hombre con paso vacilante y ante la perpleja mirada de los presentes, se dirigió hacia la viuda enlutada y llorosa entregándole el maletín de condecoraciones. La mujer recibió la pequeña valija estrechándola contra su pecho sin consuelo, ignorando quién era aquel extraño que se la ofrecía. Le miró confusa, intentando adivinar en su rostro marcado por profundas arrugas y viejas cicatrices, a alguien conocido. ¡No lo consiguió! A continuación, el desconocido abandonó el recinto llevando en sus manos unas muletas que cargaban el peso de su cuerpo, y dejando atrás una maleta que soportaba el peso de su pasado.